4
Record of Erotic Warrior
Story by Masanan Illustration by B-Ginga

星里奈

早希

今度はミーナが体を陽光の下に晒す。

目を閉じてシャワーを浴びるかのように両手を広げる。

……何も起きない。

「ご主人様、大丈夫みたいです！」

ミーナが目を輝かせ弾んだ声で言う。

「ああ。よし！」

俺も心底ほっとした。

エロいスキルで
Record of Erotic Warrior
異世界無双
著:まさなん
イラスト:B-銀河

Contents

第九章（裏）ルート　グランソードの祭日

第一話　晴天の花嫁

Ｎｏｗ　Ｌｏａｄｉｎｇ……
第四巻　第九章（裏）ルート　グランソードの祭日　第一話　晴天の花嫁

石畳の上に、半透明のヴェールが揺らめく。

純白のウェディングドレス姿で、街中を走る少女――。

ま、普通に考えれば、これもお祭りのための予行演習か何かだろう。

……ひょっとしたら俺への結婚申し込みを急いでいるのか？　と可能性としては一応考えたが、よせよせ、地球ではその手の無駄に思わせぶりな女のそぶりで酷い目に遭ったことがある。

イケメン限定イベントの但し書きは忘れてはならない現実、転ばぬ先の杖なのだ。

「わぁ、可愛いウェディングドレスね」

星里奈も感動したように言った。赤毛のポニーテールをなびかせる花のＪＫだからか、結婚式やウェディング姿には憧れもあるようだ。

「でも、予行演習なのかしら？」

「お祭りであんな結婚式の服は着ないよ！」

ピンク髪のロリっ娘リリィが断言するが、こいつも現地人だからな。正しい情報だろう。

だとすると余計に訳が分からなくなり、そのまま様子を眺めていると、ゼーゼーと息を切らしたその少女が俺の真ん前までやってきた。

「ふう、見つけましたわ。私の運命を変えてくれそうな人。この歳でステテコ愛用って、ちょっとヤバそうだけど、この際、仕方ないです」

「あん？」

何を言ってる、失礼な――と思ったら、少女の背後から男達の荒々しい声が飛んできた。

「いたぞっ！」「あそこだっ！」「取り押さえろ！」

「絶対に逃がすな！」

黒色の修道服を着込んだ男達は一直線にこちらに向かってきた。間違いなく、この花嫁を追っているのだろう。あちらは十名以上、こちらはリリィを勘定に入れても三人か。

さて――見て見ぬ振りをすれば俺達は安全だが、この逃げてきた少女はどうなるか分からない。

しかし少女を助けて邪魔立てすれば、正体不明の奴らとの戦闘もあり得る……か。

「どうするの？　アレック」

緊迫した声で星里奈が判断を仰いだ。

「決まってるだろ。――女に付く」

俺はニヤリと笑って言ってやった。

「もう、言うと思った」

「なら聞くな」

「そこの者、礼を言いますわ。私はジュリア＝フォン＝バルサーモ。あなたの名は？」

ウェーブがかかった美しい銀髪に、あどけなさの残る小さな唇。しかし強い志を窺わせる瞳だ。

その少女が問う。

「俺はアレックだ」

「では、アレック――これを」

彼女が自分の手から指輪を手早く外して俺に渡してきた。

「そこまでです、お嬢様。家にお戻りを」

追いついた男達が言う。

「いいえ、私は戻りませんわ。たった今、私はこのアレックと婚約を結びました」

振り向いたジュリアが勝ち誇ったように宣言する。

「な、何ですと？」

「他の男とすでに婚約済みの女ならば、ロリコーン伯爵との婚姻は無効ですわね」

「ふざけた真似を。そんな婚約は認められませんな」

「あら、貴族同士の婚姻の破棄は司祭様にお伺いを立てるのが習わし。それを平民のあなたが無視して勝手にするというのですか」

「それは……構わん、やれ！」

黒い修道服の男達が隠し持っていたダガーを一斉に抜いたが、ろくでもない宗派の連中らしい。こちらの世界の聖職者は他人を傷つけ血を流させるのを禁忌とし、メイスや杖が主流なのだとフィアナに聞いたことがある。それを堂々と刃を使ってくるか。

俺は装備のないステテコ姿だったが、【アイテムストレージ】からショートソードを取り出し、最初に斬り込んできた男のダガーをはね上げた。

「はっ！」

星里奈も踏み込んで隣のダガーを弾く。

「やった！　叩き放題～にひひ。それそれっ」

俺の後ろに隠れつつ、リリィもムチを使い始めた。

「いって！　リリィ、味方に当ててるんじゃない。しかも髪はやめろ」

「ゴメンってば。わざとじゃないもん。あはっ」

相手は十人以上だったが、彼らを【鑑定】するまでもない。こちらの攻撃が一方的に当たり、すぐに勝負は付いた。感覚としてはレベル10程度の連中だ。場数も、冒険者の俺達に比べれば言わずもがなだろう。

「くそっ、出直しだ！」

「貴族に楯突いたこと、いずれ後悔させてやるぞ」

忌々しそうに捨て台詞を残していく連中の背中に向かって、一歩前に出たジュリアが気迫のこもった言葉を投げつけた。

「私という貴族に楯突いたのはあなたたちでしょう！　平民の分際で、分をわきまえなさい！」

それで気が済んだのか、スッキリとした笑顔で振り向く彼女。

「じゃ、私の新しいフィアンセ様、どこか落ち着いたところでお話できるかしら。とにかく、こんな服、早く着替えたいもの」

「なら、俺達の宿がいいだろう。凄腕の元冒険者が経営している店だから、おかしな奴はいないぞ」

「ありがたいですわ」

「星里奈、服を」

「ええ、じゃ、この子に合いそうな着替えの服を買ってくるわね」

「ああ。派手な物じゃなくて、平民に見えるのにしろよ」

「分かってる。任せて」

何事かと衆目が集まる中、宿へと向かう。しかし、これだと俺達の居場所は修道服の奴らにバレバレか。

だが、ジュリアがあの場で俺の名前を出した以上、今更こそこそしたところで連中が突き止めてくるのも時間の問題だった。そこは仕方ない。他に安全な場所も思いつかないし、宿の女将も人助けなら、うるさくは言わないだろう。どうせ荒くれ者が集まる冒険者御用達の宿なのだ。

「ああもう、小姓がいないとこのドレス、歩きにくくて仕方がないですわ。そこのあなた、スカートの端を持ち上げてくださいな」

「ん？　いーよ。ふひっ！」

リリィがジュリアのスカートを持ち上げたが、ふぁさっと扇ぐように風を送り込んだり引っ張ったりと悪戯をする。

「ちょっ、ちょっと！　何をするのですか！　おやめなさい」

「うふー」

「リリィ、その辺にしておいてやれ」

放っておくと延々と二人で遊び出しそうなので、俺は釘を刺しておく。

「うん、仕方ないなぁ。アレックの頼みだから、今日はこれくらいで許してやるー」

「ふん、これだからマナーのなっていない平民は」

小馬鹿にしたジュリアだが、リリィのほうが格上だと知ったならどんな顔をするやら。

「あれが俺達の宿だ」

『竜の宿り木邸』が見えてきたので俺はジュリアに指さして教えてやった。

「ふうん、平民達にしては、結構大きな宿に泊まっていますのね」

「まあ、大人数だからな」

「ハーレムだもんね！」

「んん？」

怪訝な顔をしたジュリアだが、俺は余計な事は言うなとリリィにそっと目で合図しておく。

リリィもそのほうが面白いと思ったか、ニヤニヤと笑って黙り込んだ。

何も知らない無垢なロリを宿に連れ込む。それだけで期待と興奮が高まり、人生が楽しくなってくるのはなぜなのか。

「女将、一人分、部屋を追加だ」

「アレック……。マーフィー！　事案発生だよ。兵士の詰め所へ報せてきな」

「なに？」

今までリリィやネネを連れ込んだ時には何もお咎め無しだったというのにこれはどういう扱いだ。

「おいおいアレック、貴族の娘を攫ってきたら、そりゃダメだろう。しかも花嫁って」

なるほど、地位が関係していたか。

「勘違いするな、二人とも。彼女は自分の意思でここに来ているぞ」

「そうよ。私の名はジュリア。お忍びという事にしておいて頂戴」

「そういう事なら構わないけど、ま、分かったよ。その格好も何やら深い事情がありそうだしね。一番上の角部屋を用意しよう。三十ゴールドだよ」

上等な部屋なのか、いつもより高値だ。ジュリアは金も持っていない様子なので、俺が支払ってやった。

「お待たせ、アレック。服を買ってきたわ」

思ったよりも早く星里奈が服を買ってきたので、着替えを待ってから、ジュリアの話を聞く。早希(さき)やイオーネ達も一緒だ。ミーナがいないが、今日は休日なので、彼女は佐助(さすけ)の所で忍術修行に取り組んでいる。

「それで？」

主要メンバーがそろったところで俺はジュリアの話を聞いた。

第二話　破局のクエスト

「ええ、先ほど名乗ったとおり、私はこの国の子爵家の娘、ジュリア＝フォン＝バルサーモ。今日はロリコーン伯爵との結婚式が予定されていたの。でも、色々調べてみたら、伯爵は平民の愛人をたくさん囲っていて、しかもその中にはあきれたことに未成年もいるらしいのですわ」

「あー」「なるほど」

皆が同情したあと、俺をジト目でチラリと見る。何なんだその目は。まるで俺もそのロリコーン伯爵と同類だとでも言いたげだな？

――間違ってはいない。

だがしかし、俺は未成年でも全力全開でウエルカムなのだが、どうしてか十八歳以上としかヤれていなかった。リリィもネネも見た目よりは上の年齢なので、実に残念な話だ。

いや、女を年齢で判断するのは愚かな事だったな。世の中には早熟な子もいれば、ねんねの子もいる。そのねんねの無垢な肉体を愛でて男を教え込むのが最高の美学――ゲフン、まあ、人間というものは禁止されればされるほど背徳感や冒険心で燃えてくるものなのだ――それを習慣や法律で同一扱いするなど、個人という人間を見ていない証拠。実に遅れた制度だ。

なので俺はウンウンと、しおらしくうなずき、同情した態度で優しく声をかける。

「結婚は同意が大切だからな。誰か他人が決めた事や世間の習慣なんぞで、個人の意思が踏みにじられて堪るか」

「そうですわ！」

「待って、ジュリア。事情は分かったけれど、この男はその伯爵と大して変わらない男よ。今でこそ紳士ぶってるけど、中身は悪魔だから」

「星里奈、問答無用で無実の他人を斬りつけた悪魔が、変なそそのかしをするのはやめろ」

「くっ、あれは……」

「あら、星里奈はまともな人かと思いましたが、そんな人でしたのね」

「違うの、ジュリア、そいつに騙されちゃダメよ」

「まあまあ、ええやん、二人とも。別にダーリンも星里奈もそんなに悪魔って言うほどの酷い事はしてないんやし」

早希が取りなしたが、その通りだ。商売をやっているだけあってなだめるのも上手い。トレジャーハンターを自称する彼女は、黒髪のショートにシーフのような軽装だ。

「それで、ウチらにはどうして欲しいん？　やっぱりそのロリコーン伯爵との結婚をご破算にせえっちゅう依頼かな？」

　ほう。早希がジュリアに上手く聞いたが、クエストという形にすれば、俺達に報酬が発生するか。なにしろ相手は金の有り余っている貴族様だ。少しくらい金をもらっても罰は当たるまい。

「そうね。ええ、あなた方は冒険者のようだから正式に依頼を出しましょう。私とロリコーン伯爵との婚姻を破談させること。報酬は金貨十枚でいかがかしら」

「その依頼、受けよう」

　俺が真顔で言い、皆も異論なしにうなずいた。

「ですが、よろしいのかしら？　さっきも目撃したかと思いますが、ロリコーン伯爵は手段を選ばぬ男ですわ。あなた方にも命の危険が――」

「心配せんでええよ。ウチら冒険者は命を張ってなんぼや。それに、ダーリンが引き受けたからには、勝算もあるんやろ？」

　早希の問いに俺は自信を持って言う。

「もちろんだ」

「どうかしらね。女の子の容姿に目がくらんでなきゃいいけど」

　ふん、星里奈、俺はそこまで甘ちゃんじゃないぜ。少女一人捕まえられなかったあの手下共の間抜け具合からして、今回は貴族が相手だろうと勝てると踏んだまでだ。それにジュリアも貴族だからな。貴族と貴族の争いという事なら、地位を笠に着て一方的にとはいくまい。

「まずは調査だ。星里奈、早希、お前達はロリコーン伯爵について調べろ」

「「了解！」」

「残りは二軍の連中にも言って、この宿を警備するぞ。どうせ修道服の連中がここを突き止めてくるはずだ」

「「「了解！」」」

　さあ、貴族との戦いだ。

俺は自分でも調査してみようと思い、戻ってきたミーナを連れて、まずは商人ギルドに向かった。

街のあちこちでトンカントンカンという音が響き、人々が建物に飾りを付ける作業をやっている。

「ご主人様、グランソードのお祭りはかなり大がかりですね」

「そうか」

ミーナは自分の故郷と比較したようだが、いや、そうだな、日本でも祭りくらいはあったか。それでもグランソードのほうが本格的に見える。まあ俺はあまり祭りの準備など見た事がないせいかもしれないが。

「よう、アレック、お前も小遣い稼ぎにどうだ?」

屋根の上から犬耳ラルフが声をかけてきた。白い髪に青いバンダナを巻いた顔見知りの冒険者だ。同じくバンダナを巻いた彼のパーティーメンバーが一緒に屋根に登ってトンカチを振っているが、これもクエストなのだろう。祭りの準備を引き受けている様子だ。

「いや、こっちはもっとデカい仕事が入ったんでな」

「そうかい。ま、そりゃあ悪くないが、地元の祭りには協力しておくもんだぜ、アレック。流れの冒険者となればなおさらだ」

「ふむ」

郷に入れば郷に従え、ベテランの話も聞いておいたほうがいいか。

「アレック、ラルフのお説教は話半分にしておきな。二束三文でボランティアなんて、するほうが珍しいんだからね」

彼のパーティーの一人が愚痴交じりに言ったが、手の空いた二軍の誰かを手伝いに回すとしよう。

俺は礼を言う代わりに片手を上げ、その場をあとにする。

少し歩くと、通りの向こうに金貨を表す看板が見え、立派な建物が姿を現した。この商人ギルドも飾り付けをするようで、豊穣を願ってか果物の形の板をいくつも打ち付けている。何気なくその様子を眺めているとミーナが俺をそっと引っ張った。

「ご主人様、通りの陰から不審な男二人組がこちらを見ています」

見ると、黒い修道服の男達だった。

「なんだ、あいつらか。気にしなくて良いぞ、ミーナ。奴らはレベルが低い。あれがロリコーン伯爵の手下共だ」

「やはりそうでしたか。ですが、尾行されたら……」

「構わん。商人ギルドの中は警備も厳重だし、いくら貴族でもここで襲ってきたりはできないはずだ。そのまま入るぞ」

「はい」

「いらっしゃいませ。本日は商人ギルドにどのようなご用件でしょうか、アレック様」

間抜けな羊顔のお面をつけた職員の男がにこやかに笑うが、なんだか一発殴りたい衝動に駆られるな。だが、これもお祭りか。

「ユミと話がしたい。それから俺は今、ロリコーン伯爵と揉めている。その使用人も尾行してくるが、ま、好きにさせてやってくれ」

「か、かしこまりました」

やはり貴族と聞いて職員にも緊張の色が走る。

「アレック様、こちらへどうぞ」

吹き抜けの上階から、赤毛の商人ユミが声をかけてきたが、ＶＩＰ御用達のエリアへご案内か。

ま、それが一番安全で無難だろうな。伯爵の手下にしてみれば、俺がそこで他の貴族と商談しているかも……という考えが少しでも頭をよぎれば、間違っても襲撃は無理だ。格上の貴族がいて問題でも起こし、お家お取り潰しにでもなったら、主(あるじ)の怒りを買うだけでは済まないからな。

「ふう、アレック様、事情をお聞かせ願っても？」

ＶＩＰエリアのソファーにふんぞり返ったところで、ユミが懸念したように質問してくる。

「ジュリアという貴族からクエストを頼まれてな。事情はこうだ」

俺は詳しい事情をユミに聞かせてやった。

「なるほど、それは義に基づいた行動です。ですが、また貴族と敵対されるとは、随分と思い切った事をなさいますね」

追われていたロリを助けたかったから、という理由だけなのだが、ま、それも正義だろうな。どうも正義という言葉は鼻について使いたくないが。それもこれも正義を声高に叫ぶ連中にろくなのがいないせいかもしれない。

「ああ、それで敵方のロリコーン伯爵について、調べようと思ってな」

「分かりました。通常、貴族の情報については住所や役職など一般的な情報以外はお教えできない決まりなのですが、特別に開示いたします。私の責任問題になりますので、この事はくれぐれもご内密に」

「分かっている」

「では、資料を持ってきますので、ここでしばらくお待ちを」

待っていると下で男の言い争う声が聞こえた。伯爵の手下が俺の事を探ろうとして職員と揉めたらしい。宝玉を定期的に売りに来る上得意と、伯爵の手下風情では、こちらが勝つに決まっている。だが、それもやはり金次第、ワイロを積めばどうなるか分からない。伯爵が変な搦め手を思いつく前に、さっさと片付けておきたいところだ。

――だが、どうやって？

サクッとやってしまうのは無理だ。リオット男爵の時は、わざわざ人目に付かない裏通りに護衛も連れず向こうからやってきた。その無防備さに助けられたが、伯爵の地位ともなれば、必ず護衛が付いていると見た方が良い。護衛でなくとも誰かに目撃され通報されればこちらは終わってしまう。そんな危ない橋は渡れないな。

なら、誘い出すか？

名前からしてロリコーンというくらいだ。奴が目を付けたジュリアも紛う事なきロリ体型、同類の俺には分かる。奴は確実にロリコンだ。美味しいロリ少女が裏通りでお待ちしていますと言ってやれば——いや、ダメだな。手下の修道服共を使ってくるだろう。ジュリアの時もそうだったが、本人がそこへ来るとは思えない。そこは白馬の王子様として、本人が直に告白してなんぼだろと思うのだが、まあいい。

「ご主人様、ロリコーン伯爵の屋敷を探ってみましょうか？」

あれこれ考えているとミーナが提案してきた。

第三話　潜入作戦

ロリ花嫁の奪い合い。

相手は貴族様だから俺達にとっては荒事よりも搦め手が良い。敵方のロリコーン伯爵を陥れる方法が欲しかった。伯爵の本拠地に誰かが潜入して弱点を探るというやり方は、なかなか良い方法に思えた。

「うん、良い考えだ。だが、誰を送るかな……」

うちのパーティーでロリ体型と言えばネネとリリィの二人だが、どちらも潜入作戦には向いていない。ネネは気弱だし、リリィは悪戯を仕掛ける事ができても、情報収集どころじゃないな。

他は、二軍に入れてやっている双子のサーシャとミーシャもいたな。小麦色と色白の肌をした銀髪のコギャルだ。だがしかし……微妙にあいつらでは情報収集には荷が重い気もする。一応は元暗殺者なのだが、隠密行動の点でも一流とは言いがたい。

「私が行きます」

「なに？」

俺はミーナの容姿を改めて眺めるが、顔には少女のあどけなさが残っているものの、体つきは微妙なところだ。真のロリコンは、成長しきった女性などババア呼ばわりして見向きもしないというからな。俺はそこまでハードコアなタイプではないので、ミーナでも充分美味しいのだが。

「大丈夫です。年齢をごまかせば、きっと食いつくと思います。手下を使って嫌がる少女を追いかけ回すなんて、どうやらロリコーン伯爵はご主人様と同類みたいですから」

「ほう、年齢か。確かに」

俺は力強くうなずく。もし、ミーナの実年齢が初々しい十二歳だとしたら……おお！　なんだか燃えてきた。白髪の北欧系小学生だと！　辛抱堪らん！

「あっ、ご主人様、こ、こんなところでは、ダメです、あんっ！」

「オホン、アレック様、ここでの性行為はご遠慮下さい」

ユミが戻ってきた。チッ、良いところだったのに。

「持ってきたか」

「ええ。こちらになります」

彼女が差し出したハードカバーの本が二冊と、巻物がいくつか。ハードカバーには『貴族年鑑』『名士録』とそれぞれ題名が付いている。だが、これだと表面的な動きしか載っていないだろうな。

「ミーナ、お前はその二冊を当たれ」

「はい」「私も読みますね」

俺は巻物のほうを当たることにした。

「これは……アクセサリーの注文履歴か。宝石が多いが女物ばかりだな」

「おそらく、囲っている愛人へのプレゼントかと」

「なるほど。マメな奴だ」

しばらく資料を漁ったが、めぼしい物は何も出てこなかった。

「ダメですね。過去に脱税や反逆などの犯罪歴は無し。貴族の少女に対する誘拐の疑惑が掛けられていますが、おそらく金を払って示談にしたのでしょう。見境のないゲス野郎です」

顔をしかめ軽蔑の瞳で嫌そうに言うユミだが、なんだかそそるものがあった。

「ユミ、今の言葉、俺に向けて言ってくれるか」

「見境のないゲス野郎ですか？　そんな言葉をかけられて悦ぶなんて、本当にあなたはゲス野郎ですね」

おお……次のプレイはこれでいくか。

「あの、ご主人様をそんなに悪く言わないで下さい。ちょっとゲスなところもありますけど、根はいい人ですから」

「いいんだ、ミーナ」

「そうですよ、本気で言ってるわけじゃありません。そういう性癖があると聞いたことがあります」

「な、なるほど、そういう性癖ですか……ええ……？」

「安心しろ、ミーナ、お前には要求しないぞ。お前に真顔で言われたら本当にへこみそうだからな」

「そうですか、良かったです」

ほっとして胸をなで下ろすミーナは俺を罵る（ののし）よう要求されると思ったらしい。安心しろ、俺は女が嫌がる事は基本的にやらない男だ。

「では、商人ギルドからのメイド紹介という形にさせていただきます」

ユミが言うが、いきなりミーナが一人で訪ねるよりは上手くいきそうだな。

「いいだろう。うちの軍団に元暗殺者のロリ双子がいる。そいつらも連れてくるから、よろしく頼む」

「分かりました」

「だが、ユミ、後でお前も貴族から睨まれることになるぞ？」

「偽名で参りますので、大丈夫でしょう。髪型も少し変えておけば、分かりませんよ」

「ふむ」

「では、ご主人様、私はメイドを装って潜入する事にします」

「ああ、子細はお前達に任せる。上手くやってくれ」

「ええ」「はい、ご主人様。お任せ下さい」

「では、ミーナさんは今から打ち合わせでここに残ってもらうとして、アレック様、お帰りは裏口からどうぞ。伯爵の手下はこちらで上手く引き留めておきます」

「分かった」

俺はギルドの職員用の裏口から外に出た。念のため出る前に周囲をドアの隙間から【覗き見】で確認したが、裏口も見張っていないとは。数だけで抜けた連中だ。悠々とした気分で宿に戻ったが、早希に叱られてしまった。

「ダーリン、それはあかんよ。潜入作戦で身元がバレないにしても、ロリコーン伯爵がミーナ達を気に入って即お手つきしたらどないするん？」

「むむ、それもそうだったな。ミーナが自分で提案したから、良い案だと思ったんだが……」

「ミーナもしっかり者やけど、あの子は基本、こういう裏事には長けてないし、未経験やろ。ま、ダーリンもそうやろうし、ここはウチがしっかりせなあかんな。じゃ、ちょっとウチも一緒に潜入に行ってくる。新しく仕入れた情報はレティとイオーネに話しといたから」

「ああ、悪いな、早希」

「ええんよ、ウチ、尽くすタイプやし」

ニヤリとウインクしてそんな事を言う早希は、ま、その通りだな。

「だが、お前はロリで通るかな……」

「ふふ、こうしたらいけるやろ？」

早希が両耳の上の髪を横に引っ張ってツーサイドアップの髪型にしてみせた。

「いけるな」

「ふふっ、じゃ、サーシャとミーシャも呼んでくるわ」

「ああ」

早希に呼ばれてきた銀髪コンビ、肌の色が色白と小麦色で違うだけのポニーテール・ロリが俺を見るなりハモって言う。

「「あ、スケベ親父だ」」

「アレックか、リーダーと呼べ」

まったく、まだまだ躾(しつけ)が足りないようだ。

「「エー、その顔で言われてもねー、キャハハ！」」

「お前ら、二人ともＰＫ容疑で牢獄に入れてやってもいいんだ――いや、たまにはお前らに旨(うま)い物を食わせてやろうと思ってな。伯爵貴族の料理だぞ？」

「「あっ、行く行く～！」」

「じゃ、細かい話は早希から聞け。気を付けてな」

「任せてぇな」「「はーい」」

さて、次だ。

「おっと、そうだ、そこのお前とお前、手が空いているならちょっと祭りの手伝いをしてきてくれ。ギルドでクエストが出ているはずだ。俺も後でボーナスを出してやろう」

「了解です、アレックさん」

暇(ヒマ)そうな二軍の二人にも指示して、これでうちのクランの評判も少しは上がるだろう。

第四話　手がかり

俺の部屋に戻ると、思った通り一軍メンバーがそこに待機していた。

「ああ、アレック」

「星里奈とイオーネはどうした？」

メンバーに二人の姿が見えないので聞く。

「星里奈は外で聞き込み中、イオーネならジュリアの部屋で警備をしているわ。ジュリアが一番重要でしょ？」

レティが言う。彼女は室内でも紫紺のとんがり帽子を被ったままだ。

「そうだな」

ロリコーン伯爵は今も血眼になってジュリアを捜し連れてくるように命じているはず。結婚式まで開いて待ちぼうけを食わされ、しかも他の男に花嫁を取られたとなれば、怒りも頂点に達している事だろう。

「それでレティ、ロリコーン伯爵について何か分かったか？」

「そうね、いくつか分かったけど、基本、どーしようもないロリコンって感じね。歩く犯罪者よ」

レティが肩をすくめて嫌そうに言う。

「待て、たとえロリコンでも、手を出すその瞬間までは犯罪者じゃないぞ」

ロリコンというだけで犯罪者にされては俺が参ってしまうので、そこは紳士として擁護しておく。

「そうだけど、実際に手を出してるし。事件になりそうになると、大金を払って示談に持ち込んでるらしいわ。だから評判は最悪。でも犯罪で摘発するのはちょっと難しいわね」

「そうか。その辺はなかなか上手く立ち回る男のようだ」

「どこがさ。全部金で解決してるだけじゃないか」

それが上手い立ち回りなのだが、ルカは口をへの字にすると腕組みしたまま肩をすくめた。真っ直ぐな性格の女戦士(アマゾネス)には気に入らないか。

「アレックさん、伯爵は孤児院の子供達をメイドや下男として何人も召し抱えているそうです」

フィアナが悲しそうな顔で言った。

「なに？　男もか」

「ええ。逃げ出した男の子から話が聞けましたが、それは口もはばかるような酷い事をされそうになったそうです。裸にされて……」

「そうか」

白い聖職者服を纏(まと)う心優しき彼女には辛い話だろう。

しかし、男の子も、か。それが見るからに美少女という感じの男の娘(こ)ならまだ分かるが、何人もというのは度が過ぎているだろう。女性のショタコンは許せるが、男のショタコンはちょっと気に入らないな。

「子供を金で好き勝手するなんて、ろくでもないよ」

ルカが言うが、それもそうだな。嫌がる子供を襲うのはなおさらだ。

「それでアニキよぅ、どうするンだ、これから？ずっとあのジュリアをここに匿(かくま)っておくのか？」

熱血戦士ジュウガが焦(じ)れったそうに聞いてきた。

「いや、ロリコーン伯爵の弱みを握って、結婚を諦めさせる。もしくは奴を破滅させる。そうすればジュリアも堂々と表を歩けるぞ」

「うーん、簡単に言うけどなぁ……相手は貴族様だぞ？」

「確かに金も地位もある相手だ。だが、手下共の質を見ても、そんなに大した奴じゃないぞ、ジュウガ。無駄に恐れるな」

「お、おう。別に、恐れてはねぇよ。オレ様はクラン『風の黒猫』の一軍メンバーだぜ？」

腕に力こぶを作って見せるジュウガだが、その意気だ。

「じゃ、その弱みを握るまでは、連中から隠れて上手くやり過ごすって事でいいのよね？」

レティが具体的な方針を聞いてきたが、それでいいだろう。

「ああ。荒事はまだやめておけ。兵士が出てくるとこちらが面倒になるからな」

俺達はこの国グランソードの国王と面識があるから、すぐに処刑などはされないかもしれないが、向こうも公正さを重んじてそれなりの調査をしてくるはずだ。それに、あの国王に変な借りは作りたくないからな。また面倒事をバーターで押しつけられるのはこりごりだ。

「「了解！」」

「じゃ、修道服を着た連中からは逃げねえとな」

「はう、鬼ごっこですか」「グエ……」

犬耳っ娘ネネとそのペットの松風(まつかぜ)まで不安げな顔色を見せたので、俺は言っておく。

「心配するな、奴らが狙うとしたらリーダーの俺とジュリアだけだろう。仲間を攫って人質にするなんて考える頭があれば、とっくにジュリアは捕まっていたはずだ」

ジュリアの家に脅しをかけるなり、家族は地位があって無理だとしても、ジュリアにも平民の友人くらいはいる事だろう。

「じゃあ、アレックも気をつけないとね。あれ？そういえばミーナは？」

レティが聞くが。

「あいつは早希やユミと一緒に伯爵の館に潜入作戦を実行中だ。ま、二日三日で戻ってくるだろう」

「ええっ？　大丈夫なのかしら？」

「早希がいれば大丈夫だろう。ヤバければ助けにいく」

「分かった。じゃあそれまでは待機かな？」

「そうだな」

「大変よ、アレック」

　星里奈がそう言ってドアを開けて入ってきたので、皆が心配したが、ミーナ達の事ではなかった。

「冒険者ギルドで受付の人から教えてもらったんだけど、伯爵の手下があなたとジュリアに賞金を懸けたそうよ。金額は二人ともそれぞれ十万ゴールド、アレックについては『貴族の娘を誘拐した罪』で生死を問わずだって」

「チッ、それなりの金額を懸けてきたか。頭は悪そうだが、金の使い方はなかなかだな。賞金首とは」

「変な感心をしてる場合じゃないでしょ。十万ゴールドだと、下手をするとAランクの冒険者だって手を出してくるかも」

「うーむ」

　セーラのようなAランクパーティーが相手だと、俺達に勝ち目は無い。

「まだジュリアの居場所は知れ渡っていないけど、しばらくこの宿から離れて身を隠したらどうかしら？」

　星里奈が言う。俺は首を横に振った。

「いや、ここが一番安全だからな。元Aランクの女将（エイダ）もいるんだ。それに今、下手にジュリアを外に出すわけにはいかないぞ。手下も冒険者共も血眼になって捜しているだろうしな」

「ええ、そうね……」

「ま、Aランクパーティーがやってきても、このっ、クラッシャー・レティ様がいれば魔法でちょちょいのちょいよ。実力はAランクだもの」

　レティが変な決めポーズを付けて言うが、こいつは時々とんでもない事をやらかすからあまり信用できない。

「うーん、室内で魔法を使うのはやめてね、レティ」

　星里奈も懸念して釘を刺す。

「ちょっと、魔法使いに魔法を使うなってどういう了見よ。それって人間に息するなって言うのと同じ事じゃない」

「レティ、とにかく、お前は今、前に出なくていい。大魔導師は切り札だからな。そーゆーのは大事に最後まで取っておくもんだ。俺達がピンチになるまではな。頼りにしているぞ、天才大魔導師」

面倒臭いので俺は【話術　レベル5】を使って丸め込む。

「お、おお……任せて！　そうね、私は最後の切り札だものね。じゃ、自室で隠れて待機してるから、何かあったら呼んで！」

「さすがね、リーダー」

星里奈が褒めるが、それくらいはな。

「うっし！　じゃ、オレ様もさっそく一階の入り口で警備するぜ。アニキが賞金首になっちまったんじゃ、どんな奴がやってくるか、分っかンねえしな」

「ああ。頼むぞ、ジュウガ。ただし、斬りつける前に普通の客かどうかは確かめてからにしろよ」

「分かってるって」

「待った、ジュウガ、アタシも行くよ」

「おう、ルカがいれば百人力だぜ！」

「私は行かないからね！」

リリィがベッドに潜って宣言するが、元からお前にはあまり期待してないから好きにしろ。

「私もあとで下に行くわね。それからアレック、提案なんだけど、先手を打ってこっちもAランク冒険者を警備に雇ってみたらどうかしら？　手強い冒険者がいると知れ渡れば、他の冒険者への牽制にもなると思うわ」

星里奈が提案したが、なかなか良い案だ。少なくとも面倒臭い小物がひっきりなしに宿屋に押しかける事はなくなるだろう。金はかかってしまうが、ここはケチったら負けの場面だな。

「よし、二十万ゴールドで信頼できそうなAランク、セーラあたりがいいだろう。まずはアイツに指名クエストを出してみろ。期間は一週間でいい」

『笑う幸運の女神』のセーラは金髪ヘソ出しでちょっとチャラい感じの女だが、俺を気に入ってるようだし、彼女のパーティーは依頼されたクエストをきっちりこなしてきた。信頼できるパーティーだ。

「分かった！」

「神のご加護があらん事を」

フィアナがその場で手を合わせ、祈りを捧げてくれた。

さあ、生き残りを懸けての大勝負だ。

伯爵が先に俺達を仕留めるか、俺達が先に伯爵の弱みを握るか、数日のうちに決着は付くだろう。

――いや、必ず付けてみせる。

第五話　第一の刺客

伯爵を倒す手立てを俺が考えていると、部屋にノックがあった。

「開いてるぞ」

と言おうとした俺だったが、念のため剣を抜き、他の奴にドアを開けさせる事にする。

「リリィ、開けろ」

「絶っ対、ヤダ！」

「ふう、じゃ、ネネ、頼むぞ」

「はわわ、りょ、了解です」

ネネが震えながら恐る恐るドアノブに手を伸ばし、開ける。

「おいおい、アレック、オレだぜ？　同じ宿泊客にまで剣を向けるたぁ、お前もとうとう焼きが回ってきたんじゃねえのか？」

ドアの向こうからニヤついた顔を見せたのは戦

士マーフィーだった。だが、俺は距離を置いたまま、冷たい声で言う。

「何の用だ？　マーフィー。その場で、部屋に入らずに用件を言え」

「ヒュー、怖ぇ怖ぇ、見ろよ、アレックの奴、超マジになってるぜ？　貴族なんかを敵に回すからだ。なぁ？」

後ろのパーティーメンバーに笑って同意を求めたマーフィーだが、そのパーティーメンバーも曖昧に笑うだけで緊張感が漂っている。一人は剣の柄に手を掛けたままじゃねえか。ったく。

「俺は何の用かと聞いたぞ、マーフィー。二度は言わない。こっちも貴族を敵に回して厳戒態勢だからな、うちの魔術士が優秀なのはお前らも知ってるだろう？　廊下でみんな仲良く消し炭になりたくなければ、まず用件を言え。話はそれからだ」

「お、おいおい、マジかよ、やめろよ、アレック。いつも仲良くポーカーをやってる仲だろ、オレ達は。ちょいと心配事を冒険者ギルドでうちのメンバーが聞きつけたって言うから、それを確認しにきただけだ。敵対するつもりは無いぞ」

「なら、リーダーのお前だけで話は済むだろう。他は下がらせろ」

「分かったよ、兄弟。お前らは下で待っててくれ」

「オレは一応反対したんだぜ、アレック」

「オレもだ」

「バ、バカ、余計な事を言うな。早く行け！」

マーフィーが冷や汗を掻いているが、最初から襲撃のつもりで来たわけでもなさそうだ。まずは様子を探って、あわよくばというところだろうな。まったく。

「残念だ、マーフィー」

「いや、そうじゃねえって！　悪かったよ。ちょっくらジュリアがここにいるか確かめようと思っただけだが、ちゃんと匿ってるみたいだな。教えておいてやるが、お前ら、賞金首になってるぞ。二人とも十万ゴールドだ」

「ああ、さっき星里奈から聞いた。こっちは二十万でAランクの護衛を雇う予定だ」

「ヒュウ、スゲえな。二十万も出すのか。なあ、アレック、お前らはどっからそんなに金が湧いてくるんだ？」

「さてな。お前には縁の無い話だ、マーフィー。教えてやったところで、それがスキルならどうしようもないだろう？」

「チッ、やっぱりスキルか。そうだろうと思ってたんだが、それじゃあ聞いても仕方ねえな。どうだ？　オレ達なら五万で護衛してやるぞ」

「いらん。Aランクとうちの軍団で間に合っているからな」

「へっ、そうかい。へいへい」

　肩をすくめてふてくされたマーフィーだが、諦めたようですぐに階段を降りていった。

　さて……他に宿泊客に俺を狙ってきそうな奴がいるかどうか、女将に確認でもしておくか？

　そう思って俺が部屋を出たとき、廊下から声が響いてきた。しわがれた滑舌の悪い男の声。

「よぅ、『風の黒猫』のアレック」

「誰だ！」

　聞き覚えの無い声だ。俺はすぐに廊下を見回したが、人影は一つも無い。それなのに声はすぐ近くから聞こえてくるようだった。

「ヒッヒッヒッ、誰だと思う？　オレはお前のすぐ近くにいるぞ？　アレーック、せいぜい、その節穴の目で血眼になって捜し回るんだな、アーハッハッハッ！」

　チッ、これは魔法かスキルか？

「ネネ、臭いはするか？」

　異変を察知して部屋からこちらを覗き込んでいる彼女に俺は確認する。スキル持ちのミーナほどではないが、ネネも犬耳族で鼻が利く。

「い、いいえ、知らない人の臭いはしてないのです」

「そうか」

ならここに奴の本体はいないと見るべきだろう。もし、侵入に成功していたら、こんな派手な自己紹介なんぞせずに、すぐに事を済ませるはずだ。生死を問わない賞金首だからな、今の俺は。

それでも心配になったので俺はジュリアがいる部屋に向かう。廊下の角を曲がると、そこにはドアの前で立って警備しているイオーネがいた。

「イオーネ、ジュリアは大丈夫か？」

「ええ。ジュリアさん、様子はどう？」

「問題ないですけど、何かありましたの？」

ジュリアがドアから顔を見せたが、この分だと二人ともあの声は聞こえなかったらしい。

「見ぃーつけた！」

「くっ」

しわがれた声に慌てて俺もイオーネも周囲を見回すが、やはり姿は見えない。

「わざわざジュリアの居場所まで教えてくれるとは、とんだ間抜けだなぁ、アレック！」

「ふん、連れ出せるものなら、さっさとやってみろ。お前、ひょっとして姿も見せられないんじゃないのか？」

魔法かスキルか、いずれにしても敵には何らかの制約があるはずだ。でなければ、いちいち俺達をからかったりせず、さっさとクエストを完了しているはずだからな。それを探るため、俺は軽く男を挑発してやった。

「ヒヒヒ、お望みとあらばいつだってこのオレの姿を見せてやるが、今はまだ早ぃ。お楽しみはこれからだぜ？　ジュリア、今日からオレがアンタをじっくりねっとり四六時中見張ってやるからな。服を脱ぐときはオレがその場にいるかどうか、よぉく確かめてからにしたほうがいいぜ？」

「無礼な！　私は子爵家の娘、ジュリア＝フォン＝バルサーモ！　名乗りもしない有象無象の輩などに恐れはしません！」

毅然と言い放つジュリアはさすが貴族の娘と言ったところか。

「ほう、じゃあついでに名乗ってやるが、オレは『影縫い』のオボロよ。それも正真正銘のBランクだ。金でAランクを雇って討伐報酬のズルをやるような、そこの男とは実力が違うぜ？」

しわがれた声が自慢げに言う。

「オボロ、一つだけ訂正しておいてやるが、俺はそんなズルはしていない。ちゃんと自分たちの実力でイエティを倒してBランクに昇格しているぞ。セーラのパーティーを雇った事もあるが、それはそのあとだ」

「ハッ、そんな言い訳、信じるとでも思ったか」

最初から疑ってかかってくる奴には何を言っても無駄か。ま、奴が信じようが信じまいが、どうだっていい。敵は敵。なんであろうと容赦はしない。

「ネネ！　レティを呼んでこっちにこい」

「はいです！」

「ヒッヒッヒッ、さあ、楽しい楽しい鬼ごっこだ。オレがジュリアをかっさらうのが先か、お前らがオレを捕まえるか、結果は見え見えだがな！　無理無理無理無理！　見えねえもんは捕まえようがないぜ？」

さて、それはどうかな？

「アレック！　敵は？」

レティが走ってやってきたが、すでに奴の声も聞こえてこないし、いったん逃げたに違いない。余裕ぶってはいたが、相当にチキンな奴だ。結局一度も姿を見せなかった。

「いや、もういなくなったようだ。最初から姿は見せず、声だけだったが……。レティ、声だけ聞こえてくる魔法、いや、声を飛ばせる魔法はあるか？」

「ええ、いくつかあるわね。でも、その侵入者が声を飛ばしてきたというのなら、たぶん、魔術じゃないわ」

「どうして分かる？」

「そりゃあ、遠隔で会話までできる実力の持ち主の魔術士なら、もっと別の方法も使えるに決まってるからよ。使い魔や視覚を飛ばしたりして、相手に気付かれないうちに場所を探ったりね。攫ってもいないのに警備担当者に気付かれるなんて、ちょっと頭が弱いか、それしか取れる方法が無いって事でしょ？」

一理ある。

「なら、奴のスキルか。それもちょっと厄介だな」

独自のスキルなら、レティにも対処法は分からないだろう。

「とにかく、魔法の結界をここに張って、魔法による視界と声を遮ってみるわ。ネネちゃんも手伝って」

「は、はいですっ！　レティ先生」

「だが、その前に、ジュリア、お前は部屋を移ってくれ。念のためだ」

俺はジュリアの安全を最優先に考えて言った。

「そうですわね。お手数をかけますわ」

「いや、気にするな。こちらもクエストを正式に受けているからな」

「ええ。もし万が一……あなた方の実力に見合わないようであれば――」

「そんな心配はするな。必ずお前を守ってやる」

「ど、どうもですわ」

ジュリアは頬を赤らめて少し照れたようだが、こっちも誓いを交わした婚約者だからな。一度捕まえたロリを逃しはしないぜ？　ヒヒ。

✧第六話　不審

「くあ……ふぅ」

ベッドから起き上がった俺は、眠気の覚めやらぬ顔を両手でペチペチと叩き、頭脳をスッキリさせた。

今は護衛の任務中、しかも昨日は『影縫い』のオボロとかいう野郎がこの宿の中に侵入してきたからな。

片時も油断はできない。

ジュリアは別室に移動させ、交代で見張りを立てている。

俺も念のため遅くまで待機していたが、しかし、奴は結局あれから現れなかった。

次に仕掛けてくるのはいつか――。

タイミングが読めないのは厳しい。気を張ってこちらが疲れ切るのを待ち構えているのか？

他に仲間がいるのか？　侵入経路と方法は？　あいつのスキルは何だ？

色々と思索にふけっていると、廊下を誰かが走ってくる音が聞こえた。

ベッド脇に置いておいた剣を握る。

しかし、ドアを開けて入ってきたのは敵ではなかった。

「ご主人様っ！」

ミーナがドアを開けて入ってくるなり、俺に抱きついてくる。

「どうしたんだ、ミーナ」

彼女がこれほど取り乱すのを見たのは初めてだ。潜入から戻って来たのは良いが、さてはロリコーン伯爵に何かされたのか？

「怖かったです」

「もう大丈夫だ」

ミーナを抱きしめ返してやり、俺は彼女の白い髪を優しく撫でて落ち着かせてやった。行かせるべきではなかったな。

「特に何もされてへんから、そこは安心してな。ただ……ダーリン、あそこはヤバいかもしれへんで？」

腕組みした早希が部屋に入ってくると、難しい顔で言う。

「どういう事だ？」

その場に赤毛の商人のユミと双子のサーシャとミーシャもいるので、この様子なら五人とも上手く伯爵家から逃げおおせたようだが。

「いくつか奇妙な点があるのです。私達で伯爵の館に行ったのですが、簡単に雇ってもらえました」

ユミが説明した。彼女が商人ギルドの紹介状を自分で書いて持っていったが、メイド長はそれを一瞥（いちべつ）しただけで、すぐに採用を決定したそうだ。

「そこで私は少し違和感を覚えました。仮にも上流の家柄なのですから、普通は身元調査に三日から一週間は掛けるところです。いくらメイドが美人で、ロリコーン伯爵の好みに合っていたとしても、何を企んでいるか分かりませんからね」

「ふむ。他には？」

俺が聞くと早希が答えた。

「ウチらはすぐにでも伯爵にお目通りされるやろうと思ってたんやけど、結局、伯爵とは会わずじまいやったわ。適当に掃除を任されただけで」

「「ごはんもパンだけだったんだけど！　アレックの嘘つき」」

双子が不満そうに言うが。

「パンはともかく、それは雇われた期間がまだ浅かったからじゃないのか」

「そうかもしれへん。でも、他のメイド達に話を聞いてみたら、どの子もまだ入って数週間くらいで、誰も伯爵には会ってはいないって言うんや」

「なに？　それはおかしいだろう」

俺は怪訝（けげん）に思った。ロリコンが手に入れたロリメイドを一度も見ないなど、あり得ない。

「ええ、ひょっとすると、長年仕えた信頼のおけるメイドだけ、面会して身の回りの世話を任せているのかもしれませんが……」

「ないな。それはないぞ、ユミ。どんな美少女でも数年経てばロリじゃなくなるんだ。ロリには賞味期限というものがある」

「ええ、本当にキモイですね、アレックさんは。――でもやはり疑念が確信に変わりました。ロリコーン伯爵は、何か大きな秘密を抱えているようです」

「つまり、お前達は奴の脱税や犯罪など、何か伯爵が失脚しそうな具体的な証拠は集められなかったんだな？」

その点を俺は確認しておく。

「残念やけど、そうや。ウチが執務室に忍び込んで帳簿を漁ってみたけど、おかしな点は何もなかったで。ただ、伯爵にしては食材がケチ臭いんや。貴族の中には珍味に金貨を毎月数十枚とかける連中もぎょうさんおるのに」

「そこまでの贅沢となると馬鹿馬鹿しいな。領地からの税金となるとなおさらだ」

「ええ」

品行方正なロリコンか。

いや――そもそも奴は本当にロリコンなのか？

「そういえば、ミーナ、それなら……いったい何が怖かったんだ？」

俺はミーナが怯えている理由を不思議に思って聞く。さっきまでの話なら、むしろ安心して勤められそうな職場だ。

「……血の臭いが地下から漂っていました。それもおびただしい量です。きっとあそこでは死人が何十人も出ていると思います」

「なるほどな……」

ロリコンはロリコンでも、色々と趣味には幅があるからな。

だが、幼女を愛でるのが正しいロリコンだ。

人殺しなど、ロリコンの風上にも置けない。

「ウチが地下室に忍び込もうとしたんやけど、鍵がないと入れんかった。ちょっとそこでメイド長にも怪しまれたし、ミーナが怖いって言うから、五人で撤収してきたんよ」

「ああ、良い判断だ、早希。そこは危険を冒して無理するところじゃないからな。あとは、そうだな……、国王にこの事を話して調査してもらうとしよう。奴も自国の民が犠牲になっているかもしれないとなれば、必ず動くはずだ」

「そやね。それがええと思う」


俺はミーナと星里奈と早希を伴って、グランソードの王城へと向かった。

「おい、見ろよ、アレックだ」

「あいつ、貴族様から十万ゴールドの賞金が懸けられたって言うのに、よく出歩けるな」

「よく見ろ、護衛しているのは『笑う幸運の女神』セーラのパーティーだぞ。連中、Aランクの護衛を雇ったらしい」

「それなら安心だ。Aランク相手に手を出すバカはいないだろうよ」

「『風の黒猫』は前にもセーラ達を雇ってただろう。どんだけ金があるんだ？　羨ましいこったぜ」

通りを歩いていると、ヒソヒソと冒険者達がそんな噂話(うわさばなし)をしているのが聞こえてきた。

「はんっ、気に入らないね。これじゃまるでアタシらが金で簡単に動くような、そんな安っぽいパーティーに思われてるんじゃないかい、セーラ？」

大剣を背中に担いだ、ゴツい女戦士がセーラに文句を言った。

「えー？　別にそんな事ないよぉ。だって私、気に入らない依頼は全部断ってるじゃん」

「それはそうだが、そーゆーイメージって事さ」

「ま、いいじゃないですかジェイミー、護衛にかけては私達の得意分野ですし、他でもないセーラが引き受けると言ったんですから」

セーラのパーティーの聖職者がリーダーを擁護する。

「ふん、それが気に入らないって話だよ」

「訳が分からないわね。きちんとした料金ももらっているし、私は全然構わないわよ？　そろそろダンジョンも飽きて来ちゃったし。無限回廊は、も～嫌だわ」

魔法使い風のメンバーがそう言って肩をすくめる。こうして仲間内で揉めるのはよくない傾向だが、他の周りの冒険者はこちらに近寄ってくるどころか、逆に刺客と間違われないよう道を空けるほどだ。やはり、ここはケチらずAランクパーティーを雇って正解だったな。

「うん、たまには気分転換だね。それでアレック、昨日、宿を襲ってきた男って、近くにいる？」

セーラが聞いてきたが。

「いや、それは分からん。声は聞いたが、奴は姿を最後まで見せなかったからな」

「ふーん」

「ふん、宿の中まで入られるなんて、抜けてる警備だね。ぽっと出のBランクはこれだから」

「ジェイミー、それはもう良いでしょ。ちゃんと護衛対象は守りきったんだし、誰も怪我をしてないんでしょ？」

「ああ。奴は様子見か、名乗りだけが目的だったのか、ともかくそんな感じだったな。すぐ仕掛けてくる様子は無かった」

「ふーん、今時、賞金稼ぎや暗殺者でそんな律儀な子は珍しいよ？　私だったら、背中を取ったら速攻でサクッといくけどなぁ。取れるチャンスは取れる時にガッツリ頂かないと」

セーラの言う通りだろう。その点でおそらく奴は一流ではないのだ。

「アレック、アンタは誰かに恨みを買ってるんじゃないのかい。それでわざわざ名乗って怖がらせてきたのさ」

それも考えられる。美人をぞろぞろと連れ歩くリア充の金持ちおっさんとくれば、気に入らない奴もごまんといるだろう。やれやれだ。

「それなら、何か因縁なり、腹が立つ理由を言うと思うけど」

星里奈が言うが、理由をはっきり言うような奴の方が少数派のはずだ。正当な理由があるならまだしも、妬み嫉みなんてものは、理屈云々じゃないだろうしな。

✧第七話　アサシンギルドの回し者

無事、王城に辿り着くことができた。俺達は顔パスで門を通り、いつもの殺風景な部屋に案内される。

「アレック、オレに用があるそうだな」

先ほどまで貴族に謁見でもしていたのか、国王は赤いガウンを身に纏った正装で現れた。

「はい陛下、実はロリコーン伯爵の件で伝えておきたい事が」

「ふふ、聞いたぞ？　奴のせいで賞金首になったそうだな」

「ええ、まあ」

相変わらず耳が早い。ニヤニヤと笑う国王は、この分だと自らお忍びで冒険者ギルドに行って掲示板を見たのだろう。

「それで、オレに泣きついてきたか？　アレック。悪いが、ギルドに正式に受理されたクエストに関してはオレにはどうにもできんぞ」

「いえ、その事ではなく。伯爵の館にミーナが潜入して地下室から大量の血の臭いを嗅ぎ取りました。しかも、伯爵が頻繁に雇っているメイドは、期間が浅い者ばかりで、伯爵と一度も会ったことは無いと」

「なに？　血の臭いか……メイドの人数は分かるか？」

国王が眉をひそめた。

「今はメイドが十五人やそうです。ただしメイド長の他は全員、雇われて数週間」

早希がメイド長から聞き出した人数を報告する。

「ううむ、妙だ。一人二人ならばともかく、メイド全員が新人というのはな。どうやら調べた方が良さそうだ。分かった。手を打とう。だが、貴族の館に侵入したからには、何も出てこなければ問題になるぞ」

「分かっています」

「ああ。それと、セーラ、お前も一緒なら都合が良い、ちょうど一つ緊急のミッションがあってな。引き受けてくれるか」

「ええ？　今はアレックの護衛中なんですけど」

「コイツなら心配はいらない。装備も良いし、人数も多いクランだ。その辺のAランクにだって負けはせんだろう」

勝手なことを。

「あの、国王陛下、さすがに私達でも『聖杯の探索者』あたりだと手に負えないと思いますが」

星里奈が当然の懸念を伝えた。あのクランはAランクの中でも最大の勢力らしいからな。

「ガラードの事なら心配するな。奴はこういう賞金首を狩ったりはしないぞ。ま、そこはオレからも引き受けないように、この国のAランク全員に頼んでおいてやろう。Aランクで興味を示しそうな奴は……そうだな、『石蛇』くらいのものだが、奴は今、隣国のポルティアナに用事で出かけていたはずだ」

「むー、じゃ、ちょっとだけですよ」

「悪いな、セーラ。では、すぐにファーノン大司祭に会ってくれ。話は通してある」

「そういう事だから、アレック、こっちの用事が終わってから、またそっちの宿に行くね」

「ああ」

セーラが護衛から一時抜けるのは痛いが、国王が他のAランクに俺を狙わないよう要請してくれるとなれば、悪い取引でもない。

「アレック！　油断はしちゃダメだよ」

退出する俺にセーラがそう声をかけてきたが、当然だ。


「どうしようか、アレック。他のBランクを護衛に雇う？」

城から出て、星里奈が聞いてくるが。

「いや、それだと俺達とは実力的にそう変わらないだろうし、信頼できない奴や連携が取れない奴だと面倒だ。あまり意味が無いぞ」

セーラ達は名の売れた冒険者であり、実力的にも上だったから護衛として意味があったが、Bランクの護衛だと心許(こころもと)ない。だいたい、そんなのを雇ってしまえば、俺達のクランの実力が疑われかねないからな。悪手だろう。

「そうね……」

「ま、ウチらがセーラを雇ったっちゅう話はそのまま広がっとるやろうし、他の冒険者にはそう思わせておけば、効果はあると思うで？」

「そうだな」

「ヒヒ、こりゃあ良い話を聞かせてもらったぜ。Aランクの護衛がいないとはな」

聞き覚えのある声が後ろからした。オボロか。

後ろを振り向くと、黒装束の男がいる。その顔には翁(おきな)のお面がつけられていた。

「お下がりください、ご主人様！」

ミーナが前に出るなり、オボロに斬りかかったが、カツンとおかしな音がした。ミーナが斬りつけたのはどうやら服だけの抜け殻で、中身は丸太にすり替わっていた様子。

「くっ、仕留め損ねた。気をつけて下さい、皆さん！　これは忍びの手の者です！」

ミーナが悔しそうに叫ぶ。

「忍者だと？　チッ」

俺は舌打ちしながら、周囲を素早く見回した。

前にリリィの家臣団が出てきた時も思ったが、忍者は姿をなかなか見せないから厄介だ。それが暗殺を狙ってくれれば、いつ何時襲われてもおかしくない。

「こいつが『影縫い』なの？」

星里奈が聞いてきた。

「そうだ」

「ヒヒヒ、アレック！　どうやらお前は敵に回しちゃいけねえ奴を敵に回してしまったみたいだぜ？　アサシンギルドの恐ろしさ、とくと味わうがいい」

視界の端がきらめいたので、俺はとっさに剣で弾き返した。手裏剣が地面に落ちる。

くそっ——アサシンギルドの回し者だったとは。また厄介そうな連中が出てきたものだ。

「星里奈、【エネミーカウンター】を使え！」

「分かったわ。敵は一人だけよ！」

他にも潜んでいるかと思ったが、一人だけか。

「なら、オボロを逃がすな。アサシンギルドに護衛の話を知られる前に仕留めるぞ」

「ヒーヒヒヒ、甘い、甘いなぁ、アレック。このオレ様が逃げようと思えばいつだってお前らを振り切れるぜ？　何より——」

「ぐっ!?」

「アレック！」

左の太ももに手裏剣が刺さったのでそれを引っこ抜く。

「アサシンギルドから派遣されたのは最初からオレ一人だけだ。分かるか？　この意味が。オレ一人だけでこの任務は完了可能だという事だ！」

「【スターライトアタック！】」

星里奈が左に必殺技を出して斬りかかったが、敵の姿を見つけてというわけではなく、当てずっぽうで技を繰り出しただけのようだ。その証拠に、オボロが反対側から現れた。

「ヒヒヒ、どこを狙ってやがる。オレ様はほら、こっちだぜ？」

「くっ、【スターライトアタック！】」

すぐさま星里奈がオボロに斬りかかったが……ダメだな、捉えきれていない。忍者オボロは素早く跳躍すると、建物の屋根の上に立った。

「ダーリン、ウチは他のメンバーを呼んでくる！」

早希が別の方向へ走り出した。

「おう」

さて奴は――と思ったが、もう屋根に姿が無い。また見失った。

「どこだ？　星里奈、【エネミーカウンター】で位置を報せろ」

「私のはそういう都合の良いスキルじゃないんだけど、あれ？」

「どうした？」

「消えたわ。反応が無い。逃げたみたい」

「そうか。さっきの感じだと、そのまま奴一人で押してきても殺れそうな感じだったが……早希が仲間を呼ぶと不利だと判断したのか？」

「どうかしら。みんながここに来るまで時間が掛かりすぎると思うけど」

「ご主人様、気分は悪くないですか？　おそらくさっきの忍者は手裏剣に毒を使っているはずです」

ミーナが答えを教えてくれた。

「なるほどな。それでか」

毒を塗った武器を当てたことで勝利を確信し、任務終了とばかりに奴は帰ったわけか。

だが、奴のほうが甘かったようだな。俺には【毒耐性　レベル5】がある。レベルは最高だから、どんな毒も俺には効かないのだ。死体を確かめない暗殺者も一流とは言えまい。

「ミーナ、肩を貸せ。具合が悪いフリをして、そのまま宿に戻るぞ」

「分かりました」

第八話　穴熊

宿に戻った俺は真っ先にジュリアの部屋を目指す。

彼女の安全を確認するのが第一だが、もう一つ理由があった。

「ルカ、そっちはどうだ?」

部屋の前でビキニアーマーを着たまま警備しているアマゾネス戦士に状況を聞く。

「今のところ問題ないよ。例の『影縫い』も出てきてない」

「そうか」

ノックし、ジュリアが自分で部屋の鍵を開けるのを待つ。

「はい。ああ、アレックさん。どうかしましたか?」

ドレス姿のジュリアは少しだけ疲れた表情だったが、すぐに笑ってみせた。

「ジュリア、話がある」

「聞きましょう。さ、どうぞ、お入りになって」

俺はミーナを連れてジュリアの部屋に入り、応接間のソファーに腰掛けた。

「それで話とはなんでしょうか」

「ああ。さっき、俺は街中でアサシンギルド所属の奴に襲われた」

「——! それは……大変でしたわね……」

目を見張ったジュリアは普通に驚いた様子だ。

「だが、奴はロリコーン伯爵とは無関係のはずだ」

「どういう事ですの? 理由を聞いても?」

「もちろんだ。ロリコーン伯爵は金の使い方はそこまで上手くない。奴がそろえていた手下の修道士達は低レベルばかりでお前も俺も捕まえられなかった。業を煮やした奴が今度はギルドに賞金首として俺を登録したが、それ以上の手はまだ打っていないはずだ。昨日の今日だからな」

「なるほど……お話は分かりましたわ。おそらく、そのアサシンギルドに金を払ったのはバルサーモ子爵家、つまり、私の父でしょう」

バルサーモ子爵にとっては、ロリコーン伯爵との政略結婚を何としても成功させるため、邪魔者を消そうとアサシンギルドに金を払ったに違いない。基本的にジュリアを攫おうとしていたロリコーン伯爵とは方法が違うのだ。他にアサシンギルドに金を使うような奴に心当たりは無い。冒険者ならいちいち暗殺者を雇ったりせず、仲間を募って俺を攻撃してくるはずだ。

「手は打てそうか？」

「手紙を書いてみます。お恥ずかしい話ですが、最近の父はオークションに凝ってしまって、金策に奔走する毎日です。ロリコーン伯爵との結婚も急に出てきた話でしたから」

「娘を売り飛ばすような真似までしてオークションに入れ込むなんて、家出でもしたほうがいいんじゃないのか？」

「ええ……ですが、私には父が入れ込む理由も分かっているのです。一年前に病死した母を生き返らせる『死者の書』というものを耳にしてからの事ですから」

悲しそうに微笑むジュリアには、それが無駄な事だと分かっていても止められなかったのだろう。

「なるほどな。だが、それなら手紙では難しいだろう」

「いえ、別の貴族の夫なら受け入れる用意があると私が伝えれば、父もそれで納得してくれるはずです。私が今回の結婚に反対したのも、ロリコーン伯爵にまつわる良くない噂、未成年の少女をたくさん集めているという一点ですから」

「ああ、そうだったな。ミーナ達が潜入して調べたが、血の臭いがするそうだ。奴はかなり危険だな」

「血ですか……殺人までやっていたとすれば恐ろしいですわ」

ジュリアは不安に駆られたか、自分の両肩をさすって軽く身震いした。

「安心しろ、ジュリア。国王にこの件を伝えて調査してもらう事になった。ロリコーン伯爵が失脚するのは時間の問題だ」

「そうですか。ありがとうございます。ではこちらも父に手紙を書きますね」

「ああ」

これで上手くいけばアサシンギルドの動きも止められるだろう。止まらなくても、ロリコーンが失脚するまでの時間を粘れば、俺の勝ちだ。


「早希、配達だ。ジュリアの手紙は冒険者ギルドで信頼できる冒険者を雇ってクエストにしろ。うちの二軍でもいいが、顔を覚えられていると危険があるからな」

「分かった。ダーリンの命も懸かってる事やしな。ここはケチらず、どーんとAランクを雇ってバルサーモ子爵に届けさせたるわ」

早希は手紙を書き終わるのも待たずに出て行ったが、ま、雇った配達員をここまで連れてくればそれで良いだろう。

「アレック、私は何をすればいいかしら？」

星里奈が聞いてきたが、今はこちらは動くべき時ではない。

「いや、何もしなくて良い。ここの警備を頼む。ルカは俺の部屋まで来てくれ」

「「分かった」」

ミーナに俺の部屋の前に立たせて警備をやってもらい、ルカと二人きりになる。

「それで？　アタシは何をするんだい？」

「まず、ルカ、お前はそのビキニアーマーを脱いでもらおう」

「んん？　ひょっとして襲ってきたアサシンとアタシがすり替わってるのを疑ってるのか？」

「いいや、お前に化けていれば大したものだが、お前はずっと宿の中にいたんだろ？」

「ああ、そうだよ」

「交替で見張っているイオーネが偽者を見抜けないはずはないから、そこは安心だ。それより、今は時間稼ぎというか、暇潰しだ。小遣いを稼がせてやるぞ、ルカ」

「あ、ああ、そっちなんだ……」

いそいそとグラマーな体を揺すった女戦士は、落ち着きをなくして目をキョロキョロさせると、頬を上気させながら、ビキニアーマーを脱ぎ始めた。一回、十ゴールドの売春だ。

彼女の小麦色に引き締まった腹筋と、柔らかく膨らんだ乳房の対比が芸術的だ。俺も服を脱ぎ、二人でベッドの上に乗る。キスを始め、さあこれからというときに、ノックがあった。

「誰だ？」

俺も良いところを邪魔されて少し不機嫌になる。

「すみません、フィアナです。これから神殿に寄ってこようと思うのですが」

「神殿に？　明日じゃダメなのか？」

今は警戒すべき時だ。それはフィアナも分かっているはずだが。

「はあ、どうしてもという事なら仕方ありませんが、明日のお祭りの準備で司祭や僧侶達が夜通し祈りを捧げる儀式があるのです」

祭りのための儀式か。アサシンが狙うのは俺だけだろうし、それに連中も神殿の中までは襲わないはずだ。それならなんとかなるかと考え、許可を出す。

「分かった。それなら、誰か……ジュウガを護衛に連れて行け」

「はい、ありがとうございます」

街は街でお祭りの準備に忙しいようだ。ま、俺は興味ないし、冒険者の流儀として手伝いもやったので後はどうでもいい。

「じゃ、やるぞ、ルカ」

「あ、ああ」

緊張した様子の彼女は、いつもながら初々しくて良い。

第九話　前夜祭

白いシーツの上に小麦色の肢体が横たわる。俺がつつーっと指をその肌に沿って這わせると、ルカが堪らず喘ぎ声を漏らした。

「ああっ、んんっ、はあんっ」

色っぽい声だ。彼女は透き通るエメラルドの瞳を気持ちよさそうに閉じながら、女を主張する豊満な肉体(ボディ)を無意識になのか扇情的にねじって見せてくる。

ゆっさゆっさと揺れ動く乳房を俺は両手で鷲掴(わしづか)みにすると、形が崩れるまで強く握りしめてやった。

「ああっ！　くうっ！」

胸全体が性感帯なのか、ルカは辛そうに下唇を噛んで耐える。痛みでという事はあるまい。モンスターに噛みつかれようとも、斬られようとも悲鳴も上げない豪胆な奴だからな。

柔らかで弾力性に富んだ大きな乳房を、俺は撫でたり、さすったり、つまんだりと変化を加えながら弄(もてあそ)んでやった。

「んはっ、んんっ、くっ、ああっ！　アレック、お願いっ、も、もっと、強く揉んでっ！」

息も絶え絶えといった様子の中、欲望のままにおねだりしてきたルカに、俺は見下ろしながら応じる。

「いいだろう」

「ああーっ！」

力を入れて揉んでやると彼女が大きな悲鳴を上げ、その小麦色の体を弓なりにぐっと反らせた。腹筋があらわになり、足先でシーツを握りしめる。そそる女だ。

「今度はケツだ」

「あ……」

ルカの体をゴロンとひっくり返してうつ伏せにさせ、俺はその形良く引き締まった彼女のお尻に両手の五本の指を食い込ませた。

「んっふぅっ！」

相変わらず敏感だ。彼女が反射的に力を入れる度に筋肉を感じさせるお尻をやはり撫でたり揉んだりしながら、ほぐしていく。

「んふっ、ふっ、ふっ、はふっ、くうっ、ああっ、ふっ、はっ、んんっ！」

荒い息を漏らすルカは俺に身を委ねたまま、なすがままだ。

「起きろ」

そそる肉体は汗を掻いて湿り気を帯び、魔道具の明かりを反射し始めた。それを今度は座位で後ろからいじっていく。

「んっ、ああっ！　アレック、ああっ！　あんっ！　そこは、ダメッ！」

後ろから耳たぶを舐めてやると、ルカは首を振ってイヤイヤをした。

「ダメなものか」

今度は首筋を舐める。

「ああっ！」

そこすらも性感帯になってしまったのか、ルカはビクリと震えて色っぽい悲鳴を上げた。

「そろそろいいな」

「あ……あ……」

ベッドに仰向けにルカを寝かせると、細い足首を掴んでひっくり返し、カエルのポーズを取らせる。ルカの秘所は汗とは別の液体でてらてらと妖しくぬめっており、男を受け入れる準備はもう完了しているようだ。

　俺の性剣もこれ以上なく硬くなって猛(たけ)り、こちらも準備万端だ。

　その男の剣をあるべき女の鞘にゆっくりと挿入する。

「んふうっ！　ああっ、入ってくる……！　ああ……！」

　待ち焦がれていたのか、小刻みに体を震わせたルカは歓喜の表情を見せた。

　さらにぐっと奥まで挿入する。するとルカの内側は俺の先端を締め付け、にゅるりと絡みついてきた。

「動くぞ、ルカ」

「あ、ああ。い、いつでも、いいよ、アレック。いつもみたいに好きにして」

「ああ。それっ、それっ」

「くうっ、ああんっ、激しっ、うあっ！」

　今日はレスリングだ。ルカをベッドに押し倒したまま、俺は荒々しく動いて攻める。ま、レスリングの詳しいルールなど知らないが、男と女のプレイに細かいルールなど不要である。フリースタイルだ。

　ルカが堪らないといった様子で首を左右に振る。長い黒髪が揺れる様は獅子舞を思わせた。そういえば明日は祭りだったな。俺も心の中で、ヨイサッ、ヨイサッと音頭を取り、腰を振りながらルカと男女の踊りを楽しむ。

　ぶるんぶるんと上下に揺れるルカのバストを眺めるのもなかなか楽しい。

「かっ、かはっ！　くうっ！」

　いよいよルカは高まってきたようで、目をキュッと閉じて身をよじっている。

「ルカ、俺を睨め」

「くっ」

快楽にそのまま身を委ねようとしていた彼女が根性を見せ、指示通りに俺を睨む。が、彼女に襲いかかる快感までは制御できない様子で、すぐに表情が崩れ、目を閉じてしまう。まだまだだな。

　今度は俺も目を閉じ、ルカの中で動く感触を楽しむ。動くスピードをわざと緩めると、彼女は待ちきれなくなったようで自分から腰をイヤらしく振り始めた。

「こ、こら、アレック、アタシはもうイキそうなのに、くうっ、意地悪すんな、は、早くイカせて！」

　まったく、ここで焦らすほうがもっと気持ち良くなるというのに、我慢の足りない女だ。

「いいだろう、ほれ、好きなだけイけ」

　腰を動かす幅と速度を徐々に上げ、ラストスパートに入る。

「あっ、あっ、んっ、あんっ、アレック、それ、いいっ、凄っ、しゅごいっ、いいのっ、しゅきっ、だいしゅきぃ！」

　もの凄い力でルカが俺に抱きつき、腰が動かせなくなった。

「くそっ」

　ややタイミングがズレてしまったが、俺も限界を迎えて我慢できずに出してしまう。

「ああ――！　熱いのが、アタシの体の中にっ！　流れてくる――！」

　ふるふると震えたルカは大きく痙攣し、その白濁の欲望に満たされたのか、ぐったりと果てて昇天した。

「ふう」

　俺はルカの頬を軽く叩く。

「起きろ、ルカ、第二ラウンドだ。次は上手くタイミングを合わせるぞ」

「わ、分かった」

　仲間とのスキンシップ、呼吸の合わせ方も大事なリーダーの役目だからな。

俺はルカとタイミングが合うまで、そのまま夕食も抜きにして、夜の特訓に励む事にした。


「起きなさい、アレック」

この声は星里奈か？　乱暴に俺を揺すりやがって。

「うう、あと五十分……」

「ダメよ、今すぐ起きて。いいわ、ミーナ、濡れた布でコイツの顔を拭いて」

「はい、失礼します、ご主人様」

「ぶわっ、くそ、やめろ」

強引なやり方をされ、目が覚めてしまった。

「それで、何があった？」

俺はふてくされながらも理由を聞く。こいつらが俺を早く起こすのは、何か事情があっての事だろう。

「すまねえ、アニキ。フィアナを『影縫い』の野郎に攫われちまった」

しょげ返ったジュウガが、目を伏せたままで言う。

「なに？　どういう事だ。ジュウガ、詳しく話せ」

「それが、神殿までの行きは全然問題なかったンだ。無事にフィアナを神殿に送り届けて、オレは寝ずの番で祈りが終わるのを待ってた」

途中で眠くなってやられたか？　それなら交代要員も付けるべきだったか。

「それで、昼になってようやくフィアナの祈りが終わって、今度は宿まで護衛するつもりだったンだけど、街中で急にあの野郎の声が聞こえやがってよ。『影縫い』のオボロだって言いやがるから、オレは追いかけたンだ」

「チッ、ジュウガ、奴は自由に声をどこにでも飛ばせるんだぞ？　それは罠だ」

「ああ。気付いたときには遅かった。戻ってみると、フィアナの奴がいなくなってて」

「彼女、宿にも戻ってきてないわ。自分で勝手にどこかに行くとも思えないから、『影縫い』に攫われてしまったみたいね」

星里奈が言うが、間違いないだろう。

「よし、分かった。手分けしてフィアナを捜すぞ」

「「「了解！」」」

二軍とイオーネはそのままジュリアの警備に残し、他の全員で俺達は街の中を駆ける。

やけに人通りが多いと思ったが、それもそのはず、今日は祭りの日だった。

あちこちで動物の顔を模した面を被った者がいて、並んだ屋台から香ばしい食べ物の匂いが漂ってくる。

笛と太鼓の音も鳴り響く中、俺とミーナはフィアナの痕跡を追った。

その俺達を親しげに呼び止める声があった。

「よう、アレック、そんなに急いでどこに行くんだ？」

第十話　真の姿

屋台で焼きイカにかぶりついていた冒険者が話しかけてきたが、ひょっとこの面を頭の横につけている。顔を見ると国王だった。

「陛下……」

「いや、ここにいるのは冒険者ランドルだ。国王なんていないぞ。お忍びだからな、敬語も無しだ」

そう言って笑ってウインクしてくる国王は楽しげだが、こっちはそれどころではない。

「フィアナが攫われた。捜索だ」

「なに？　それは大変だな」

「では、急ぐので失礼。ああそれと、伯爵の件だが、調査の方は？」

走りかけた俺は地下室の調査が進んでいるのか

を聞いた。すると国王が渋い顔で言う。

「アレック、昨日の今日だぞ。昨日は祭りの準備、今日は祭りの本番で、兵士も騎士もオレも皆忙しいのだ。これも大切な国王のお仕事だからな、許せ。フィアナについては兵士に言付けておこう」

「分かった」

国王の権力に頼れば解決も早まるだろうが、大勢の国民からの要望もひっきりなしだろうから、特別扱いを求めてもな。

それに自分の仲間を、自分の恋人候補を他人に任せていてはアレックの名が廃る。

「いや、そうか……ひょっとするとフィアナは伯爵に売られたか？」

『影縫い』のオボロにとって俺を襲う理由は、嫉妬という理由があるにせよ基本はアサシンギルドの依頼のはずだ。金で動く殺し屋なら、少し調べれば俺と伯爵が揉めているのはすぐ分かるだろうから、伯爵にフィアナを引き渡してついでの金をせしめようと思ってもおかしくはない。

「ミーナ、ロリコーン伯爵の館へ向かうぞ！」

「分かりました！」

俺はミーナに先導させて、ロリコーン伯爵の館へと急ぐ。

途中、サーシャとミーシャの双子が向こうからフィアナを捜しながら走ってくるのが見えた。ちゃんとこいつらも真面目に捜索をしていたようだ。

「サーシャ、ミーシャ、お前らも付いてこい」

戦力としてはそれほど期待できない二軍だが、広い館の中を捜索するのには役立つだろう。

「『フィアナが見つかった？』」

「ああ、たぶん、こっちだ」

伯爵の館の近くまで来ると、ミーナが匂いを嗅ぎつけた。

「見つけました、ご主人様、フィアナさんの匂いです」

「当たりか。よし、追跡するぞ」

「はい！」「「おー」」

さすがに正面は警備が厳しいだろうと思い、裏口に回ると、そこからちょうど黒装束のオボロが出てきた。奴は良い事でもあったのか、跳び上がってガッツポーズを決めた。

「よしっ！　ざまぁ見ろ、アレックめ！　これでオレもいっぱしの金持ちだ！　あの『風の黒猫』に一泡吹かせたって言ってやりゃあ、酒場で一目置かれるぜ」

「ほう、お前が俺に一泡吹かせたのか、オボロ」

「なっ！　生きていたのか、アレック……！　お前、あの毒で死なないなんて、まさか不死身なのか!?」

俺に驚いたオボロが恐れをなして逃げだそうとするが。

「逃がしませんよ！　【影縫いの術！】」

ミーナがくないをオボロの足もとの地面に投げると、オボロがその場で動けなくなった。

「ぐぐっ！　動けねえ?!　この技は！」

忍術スキルだな。

「「それそれっ」」

そこに双子がかんざしを投げつける。

「ぐあっ」

「オボロ、一度しか聞かないぞ。フィアナをどうした？」

「し、知らねぇ――ぐはっ！」

ま、白状しなくても、ここで奴が金を手に入れていた時点で、フィアナの居場所はもう確定したも同然だからな。

俺はオボロの懐に手を入れ、その金貨と銀貨が数枚入った小袋を取り出した。

「ああっ、てめえ、それはオレの金だぞ！　アレック！」

「ああ。だが、もう俺の金だ。仲間を売られた分のけじめだからな。ついでにその利子も付けてきっちり返してもらう事にしよう。それと、フフ、もっと良い事も思いついたぞ？」

俺がそう言ってやるとオボロが表情を強張らせた。

「な、何をするつもりだ……」

「なに、簡単な事さ。オボロ、この金でお前を賞金首にしておいてやろう。罪状は『貴族の娘を襲った罪』だ」

俺はニヤリと笑い、双子もはやし立てた。

「「わぁ、ヤバイヤバイ」」

「ふ、ふざけるな！　よ、よせ、お前と違ってこっちは無名のソロなんだぞ！　一万ゴールドぽっちの金でも、やれると踏んで目の色を変えたCランクやDランクのバカ共がよってたかって首を獲りにくるじゃねえか」

「ああそうだな。お前みたいに金目当てのお友達がたくさんやってくるだろうから、せいぜい寝首を掻かれないよう注意して頑張るんだな。オボロ、ソロなら仲間を攫われる事はないから、その分は守りやすいぞ？」

「や、やめろ、頼む、勘弁してくれ！　アサシンギルドに紹介されただけで、ほんの出来心なんだ！　アンタに恨みなんてねえんだよ……」

「俺はコロコロと物言いを変える嘘つきは信用しないたちでな」

ほんの出来心で誘拐や殺人をしでかすような危険人物を容赦するつもりもない。

「くそっ、くそっ、くそっ！　てめえみたいな奴に、なんで……なんでだッ！」

「他人の話だな、オボロ」

「なに？」

「お前は他人の事を気にしすぎだ。自分の冒険者の評価なら、自分の冒険に打ち込めば良いだろう」

「ふん、そんなのは綺麗事だ。名を売るためなら、結局、誰かに勝たなくちゃならねえ」

「名前を売るのがお前の目的なのか？　くだらないな」

「なんだと？　じゃあ、アレック、お前は何を目的にしてるんだ」

「俺か？　そうだな。俺は俺が生きたいように生きる、それだけだ」

　クランを大きくするという夢もあるが、それは俺がやりたいと思った事の一つにすぎない。

「「アレックは、スケベなことがしたいだけだよねー」」

　それもある。

「生きたいように……だと？　はんっ、それができれば、苦労なんてしねえんだよ、クソが」

「苦労が無いなんて誰が言った？」

「むっ」

「オボロ、てめえは生きるための真剣さが足りないんだろうよ」

「真剣さ、か……」


　ま、ちんけな賞金首の手続きなんぞはあとでいい。

「行くぞ」

「はい、ご主人様！」「「りょうかーい」」

　俺達はフィアナを救出すべく、門の中に忍び込んだ。

「「アレック、そんなに警戒しなくても、ここ、中も外も警備はあんまりいないよ」」

　サーシャとミーシャが言う。

「なに？　そうか」

　てっきり警備兵がいるものだと思っていたが、意外にも伯爵の館は無防備で、双子の言う通り裏手には誰もいなかった。不用心だなとは思ったが、今は他人のセキュリティのチェックなんてしてる場合じゃない。俺とミーナはうなずき合って、館に忍び込んだ。

「フィアナさんはこちらです」

　頼れるミーナの鼻に導かれるまま、廊下を進む。

静まりかえった伯爵の館は薄暗く、どこか不気味だ。

「ううん、ここで匂いが薄れてしまっていますね……」

「近くを捜してみるぞ」

「待って、アレック。そういえば、メイド長にあっちの廊下の先は行っちゃダメって言われた」

「そうそう。あそこが怪しいかも」

双子が言う。そちらに向かうと、ミーナがうなずく。

「匂いがありました。この部屋です」

「よし」

鍵が掛かっていたが、剣で鍵穴ごと壊してやった。

部屋の中に入ってみると、そこにはフィアナだけではなく、数人の子供が縄で縛られていた。

「助けに来たぞ、フィアナ」

「アレックさん！　申し訳ありません、大人しく付いてこないと、その辺の子供を殺すとオボロに脅されてしまって……」

なるほどな、フィアナのレベルなら抵抗や助けを呼ぶ事くらいはできると思ったが、オボロの奴、こうやって脅しで相手を意のままに操ろうとするタイプだったのだろう。

「そこは自分の命を最優先にしろ。他人の子供まであれこれと気を回していたら、結局は誰も守れないぞ、フィアナ」

「はい、反省しています。もっと勇気を出して私が助けを呼んでいれば。さ、あなたたちも早く家に帰りましょうね」

「はい、司祭様！」

「怖かったよう、お姉ちゃん！」

フィアナと双子に子供達の救出を任せ、俺とミーナはそのままこの館の奥、地下室へと向かう。

国王の調査を待つまでもない。ここでロリコーン伯爵の大量殺人を示す証拠を手に入れれば、奴を失脚させられる。そこまで行かずともジュリアの父も娘の結婚を考え直すだろう。

この通路には明かりも灯されていないが、【覗き見】と【暗視】がある俺達なら問題ない。

闇一色の通路を走り抜けると、そこに古めかしくも頑丈な鉄扉が待ち構えていた。

「この先です、ご主人様」

「よし、行くぞ」

重い鉄扉を二人で押し開ける。鍵は掛かっておらず、金属の軋む耳障りな音を立てながら、扉がゆっくりと開いた。

「うっ！」「これは……」

ミーナの鼻でなくとも分かる。中は、むせ返るほどの腐臭と血の臭いが充満していた。

ここは大きな広間になっており、石壁に囲まれた殺風景な場所だ。家具も何も無いが、石畳の床の中心には何やら大きな魔法陣が描かれている。

「これは、何を目的とした魔法陣なんだ……？」

「さあ……」

俺の問いかけにミーナも首をひねる。

勇者召喚の魔法陣は俺もこの世界に呼び出された時に見ているが、それとは明らかに別種のモノだった。不気味な赤い文字と線で描かれ、鬱屈した禍々しさを感じずにはいられない。

「その魔法陣は悪魔を召喚するためのモノよ。それもかなり上位の奴ね」

後ろから声がしたので俺もミーナも跳び上がりそうになった。

「レティさん！」

「なんだ、レティか。脅かすな」

「なんだとは何よ、チッ、どうせならワッ！って大きな声で脅かしてやれば良かった」

「今はそーゆーおふざけをしてる場合やないよ、レティ」

早希も一緒だったか。

「やっぱりダーリンもここが怪しいと踏んだんや

な」

「ああ。フィアナならさっき見つけて外に出しておいたぞ」

「うん、ジュウガと合流させたし、これでひと安心や。シッ！　あかん、向こうから誰か来るで」

「むむ」

ここまでは一本道の廊下だったので、逃げたり迂回する場所が無い。

仕方なく俺達は広間の端でしばらく隠れる事にした。

その間に俺はスキルで何か使える物がないかを確認したが――

【テレホンセックス　レベル3】Ｎｅｗ！

見覚えのないスキルが増えていた。スキルコピーのお仕事だ。きっとオボロのスキルだな。まったく、侵入してくるからどんなに厄介な奴かと思ったら、つまらんスキルだったな。声を遠隔で飛ばすだけか。しかも異世界で電話ってなんだよ。

「ええい、子爵家の娘を攫うのにどれだけ手間取っておる！　代わりにお前達を生け贄に捧げてやっても良いのだぞ？」

「も、申し訳ございません、お館様」

この受け答えだと、やってきたのは伯爵本人とその手下の修道服のようだな。

しかし、生け贄とは……幼女達の大切な命と体をそんな事に使うなど、たとえ天が許そうともこの俺が許さん！

俺は早希達に目配せして剣を構えた。

悪即斬だ。ここで伯爵を殺る。

鉄扉が開き、相手が一歩足を踏み入れたところで、左右から一斉に斬りかかる。

「ぐあっ！」

手応え有り。だが、それは手下の一人だったようだ。

「く、曲者だ！　出合え！　出合え！」

「お館様、お逃げ下さい！」

「ちぃっ、さてはワシの生け贄を奪ったとか言う冒険者風情か！　さっさと捕らえろ！」

三角おにぎりの長い底辺を下にしたような顔形の小太りな伯爵が、そう命令しつつも自分はスタコラサッサと逃げていく。

「くそっ、伯爵を追え！　ここで仕留めないと俺達も後が無いぞ！」

俺は殺到する修道服の男達を切り捨てながら叫ぶ。

「くっ、あかん、邪魔や！」「どいて下さい！」

「ぐあっ！」

いくらレベルが低かろうと、狭い通路に立ち塞がれてはこちらも思うように前に進めない。こんな時は――

「レティ！　どうにかしろ」

俺は頼れる後衛の魔導師に命じる。

「あわわ、こ、こういうときの魔法は、フレイムスピアーだと味方に当たりそうだし、ええと」

「いや、それでいいだろ、とにかく早く唱えろ！」

前に似たような状況では上手くやってのけたというのに。

「わ、分かった！　――我は贖うなり。主従にあらざる盟約において求めん。憤怒の魔神イフリートよ、鋭き劫火で敵を滅せよ！　【フレイムスピアー!!!】」

そういえば俺も魔術を覚えていたんだった。とっさの時に出てこないとは、やはり剣士としての意識が強かったようだ。

「ジャジャジャジャジャジャジャジャジャジャジャ！」

すぐに俺もアイスジャベリンを連打する。

「ぎゃっ！」「ぐおっ！」

立ち塞がった手下に次々と命中した。

しかし、その向こうにいた伯爵にはあと一歩のところで届かず、逃がしてしまった。

「追うぞ！」

「「了解！」」

地下室を出て館の廊下を走る。

「階段を上がっています！」

「よし！」

ミーナがいれば、見失う事は無い。これなら追い詰められるか？

「危ない、ご主人様！」

途中、ミーナが俺をいきなり突き飛ばすと、壁に何かがぶつかった。

「ギギッ！」

そいつは大きなコウモリの羽根を持ち、黒い悪魔のような姿をしていた。ゲームでは割とおなじみの魔法生物だ。

「これはガーゴイルか？」

「ギッ！」

ガーゴイルは再び飛びかかってきたが、その爪をミーナが剣で防ぐ。

「ご主人様、ここは私が」

「一人でやれるのか、ミーナ」

「大丈夫です。佐助さんに忍びの技も教えてもらっているので、いざとなれば逃げられます」

「いいだろう、だが、無理はするなよ」

「はいっ、すぐに追いつきます」

「気ぃつけてな、ミーナ」

ミーナが手裏剣を投げて敵を牽制したところで、俺達はその脇を走り抜ける。

階段を駆け上がり、最上階に辿り着いた。

だが、廊下の向こうを見渡しても、奴がいない。

「どこだ？」

「ダーリン、あそこ！」

早希が指さしたが、窓が開いてカーテンが風に揺られている。

「くそっ、あそこから下に降りたのか!?」

慌ててその窓に駆け寄って覗き込むが、下には伯爵の姿が見えない。

「ソイヤッ！　ソイヤッ！　ソイヤッ！」

その代わりに、竜を象った神輿を半裸の男達がかけ声を上げながら担いでいる。

どこだ？

ここで奴を見失えば、貴族を襲った不届き者として、俺も『風の黒猫』も終わってしまう。俺があそこでジュリアを助けたばかりに。ギリッと噛みしめた俺の奥歯が耳障りな音を立てた。切迫したプレッシャーで吐きそうだ。

その時、屋根の上から、靴が転げ落ちていくのが見えた。

「上か！」

どうやって奴が屋根の上に登ったのかは不明だが、上にいる事は間違いない。

「屋根の上だ！　追うぞ！」

「はいな！」

早希が器用に窓から伝ってロッククライミングの要領で屋根に登っていくが、何か登攀のできるスキルがあるようだ。早希がロープを垂らしてくれたので、俺も屋根の上に向かう。

「さて、ロリコーン伯爵、もうアンタの逃げ場は無さそうだぜ？」

屋根の端にしがみついている伯爵に向かって俺は言ってやった。

すると――

「くくっ、ははっ、あーはははは！」

伯爵はそれが楽しかったようで狂ったように笑い出した。

気でも触れたか？　そう思ったが、こちらを笑って睨む伯爵の瞳には理性と呼べるモノがまだ備わっていた。

「このワシをここまで追い詰めようとは、ニ、ニンゲ、ン、ンの分際でなかなかやるではないか、アレックとやら。光栄に思うが良い。ワシの真の姿、貴様にも拝ませてやろう。万物の頂点に立つ高等生物の力と美しさを、その身をもって知るが良い！」

伯爵がそう言い放つと同時に、彼の体が一気に膨張し、服が破れた。

左右の肩から肉が不自然に盛り上がり、みるみる奇怪な形へと変貌していく。

しかも、先ほどまで晴れ渡っていたはずの空にどす黒い雲が急速に集まり始めた。

なんだと!?　これは——

第十一話　星屑と共に消ゆ

これは——生物の範疇を超えている。

そう感じずにはいられない。

普通とは違う異様さに、正視したくないという拒否感と、この現象から目を離してはならないという危機感が俺の心の中でしばしせめぎ合った。

この感じは聖方教会でデラマックが緑色の化け物になった時とよく似ている。

全身から触覚のようなモノが突き出し、頭は三つ、鋭い爪に鱗のような肌、そして竜のような尾。

そこで伯爵だったモノの変身が終わり、爬虫類のような縦筋の黄金の瞳がぎょろりとこちらを見据えた。

なるほど、最初から人間では無かったか。

しかし、鳥肌が立つほどのグロテスクな姿だが、これが奴の感覚では美しいのか。

俺があきれていると、奴がニヤリと笑い、突進をかけてきた。

速い！

「ダーリン！」

後ろの屋根が吹き飛んだが、躱す判断が一瞬でも遅れていれば、俺の体が粉々になっていたに違いない。

それほどのパワーとスピードを感じた。まずいな。

「ほう、躱したな？　変身したワシの攻撃を躱したニンゲンは、お前が初めてだぞ、アレック。褒めてやろう」

「ふん、人間でないモノに褒められてもちっとも嬉しかないぜ？　次はこっちの番だ、伯爵。ジャジャジャジャジャジャジャジャジャジャジャジャジャジャジャジャジャ！」

【超高速舌使い】による魔法詠唱。ここは最初から全力でいく。そうしなければ生き残れる気がしない。俺の剣の先から飛ばしたアイスジャベリンが伯爵の体に次々と命中する。

「おお！」

伯爵は感嘆したような声を漏らすと、連続での命中を嫌って回避し始めた。メタボ体型のくせして、やたら動きが機敏だな。くそっ、当たらん。

「ダーリン！」

伯爵の背後から早希が鉄球を乱れ打ちした。これで挟み撃ち、良い連携だ。

「ええい、小賢しい！」

嫌な【予感】が背筋を走る。後ろを振り向いた伯爵は何かをやるつもりだ。

「逃げろッ！　早希！」

「きゃっ！」

奴がしっぽを振り回し、さらにそれが異様に伸びた。いったいどういう仕組みだ？

「大丈夫か、早希」

「ふう、何とか」

早希が屋根の上を転がりながら体勢を整え、すぐに起き上がった。ダメージは受けたようだが、まだいけそうだな。

しかし、これでは迂闊に近づけなくなった。

あの不可解な攻撃方法はそれだけで脅威だ。やった事はしっぽを振り回しただけなのだが……。

「ククク、思い知ったか、下等生物共！　その理解できませんという顔、堪らんなァ！　こぉんなこともできるのだぞ？」

今度は伯爵が左右の頭をろくろ首のように伸ばしてきやがった。ガチガチと歯を鳴らす伯爵の頭を俺と早希がそれぞれ躱して逃げる。無限に伸びるなどと、漫画やアニメではよくあるパターンだが、物理法則を無視してそれを現実でやられては敵わない。

「大した事じゃないわ。アストラル界にエーテルを使って具現化させた高位マインド、早い話が魔力転換よ！」

「ぬっ！　貴様は」

「フフフ、人呼んで破壊の天災、歩く壊し屋、触ったら誰でも負けの魔導師クラッシャー・レティ！　ここに見参！」

レティが追いついて登場したが、何のつもりか彼女も首を伸ばしまくって本当にキモいな。コイツ、人間か？

だが、その仕組みに魔力が関わっているというなら話が早い。魔力には魔力を。

「――縛れ！　映し鏡の円環、四種の器が螺旋を阻み、魔力をもって魔力の鍵穴をここに封じるなり。【ベクター・ブロック！】」

レティがその場に魔法陣を形成したが、そう、魔力を注入するなり封じるなりしてやれば、奴の増殖や変身も止められるだろう。

「く、くそっ！」

魔法陣から逃れようとする伯爵だが、その魔法陣は自動的に動いて追尾するようで、レティの奴、やはり魔術に関してだけは超一流だな。

「おのれ、魔術士め、死ね！」

伯爵は手をかざしたが、魔力を封じられたせいなのか、何も起きない。奴の特殊能力――物理法則を無視した膨張や変化が使えないならば、普通の白兵戦でもやれそうだ。

「ふんっ」

俺が剣で斬りかかると、伯爵が吠えた。

「舐めるなァ！　下等生物めが！」

「ぐっ！」

奴のパンチをまともに食らってしまったが、スピードもパワーも防御力も段違いだ。これほどの強さがあったなら、最初から逃げる必要も無かっただろうに、どうなってやがる。

「大丈夫ですか、ご主人様」

屋根を転がり落ちそうになったところで、ミーナが俺を助け起こしてくれた。

「ああ、そっちは無事に勝ったようだな」

「はい、ネネちゃんが手助けしてくれました」

「グエッ！」

「あ、松風もでしたね」

『おのれ、邪魔なニンゲン共め、次から次へと増えおって。ここで無駄な魔力を消費しては、あの御方のご降臨に差し障るではないか』

ネネが伯爵の心を【共感力☆】で読んだようだが、奴はもっと何か面倒な企み事をしていたらしい。

「アレック、平気？」

星里奈も駆けつけたか。これで勝機は見えたな。

「ああ。だが気をつけろ、奴は強い。なんでもいいから、まずは奴の魔力を少しずつ削っていくぞ！」

「「了解！」」

「ぬぬ、魔力だと？　貴様、何を企んでいる！」

伯爵が俺の言葉に警戒したか、動きが鈍った。

奴は天候まで変化させているのだ、このまま時間を稼げば、あの国王やその部下もこの異常事態に気付いて駆けつけるだろう。フィアナも奪還したからには、俺達が急ぐ必要はないのだ。

「せいっ！　きゃあっ！」

「星里奈！」

だから、気をつけろとさっき言っただろ！　攻撃を仕掛けるのは有りだが、回避を意識しておけと。

「ククク、バカな下等生物共が、このワシのパワーとスピードにその程度のレベルで追いつけるとでも思ったか。面倒だ、ここで一気に片を付けてやるとしよう」

伯爵が六つの瞳をぎょろりとこちらに向けた。

悔しいが、今の伯爵とまともにやり合うのは危険だ。

「死ね、虫けら共」

「くっ」

突進をかけてきた伯爵。だが、素早く横から別の人間のブロードソードが斬り込み、伯爵を勢いよく吹っ飛ばした。

「よく持たせた、アレック。あとはオレに任せておけ」

国王が不敵な笑みを浮かべるが、彼一人では心配が残る。

「そうもいきません。こいつは俺の獲物でしてね」

「なら早い者勝ちにしろ。どのみち褒美はくれてやる」

国王は俺にそう言うと伯爵に向き直った。

「さて、化け物よ。我が城下を荒らし、このオレの貴重なお忍びの時間を無駄にしたのだ、その罪は重いぞ？」

「罪だと！　ニンゲンの分際で舐めるなァ！」

伯爵が怒りをあらわにして突っ込む。

「ぬうん！」

国王が真正面から伯爵の突進を止めようとしたが、止めきれない。だが、それでも素早く体を反転させて国王は安全に距離を取った。

あの突進をまともに食らうわけにはいかないな。だが、隙を見て星里奈の必殺技を後ろから叩き込めば——いけるはずだ。

そのためには、奴に一瞬でもいい、隙を作らせなければ。

俺は立ち上がった星里奈に目配せして、その意図を伝える。星里奈もうなずいて、俺の作戦は確実に伝わった。

「さあ、まずはお前からだ、アレック！」

俺に突進をかける伯爵。ミーナが俺の前に立ち塞がるが、彼女でも伯爵を押し返すのは厳しいだろう。

だが——

ここでとっておきのスキルが俺にはあった。


【テレホンセックス】


『いいのか？　ホイホイ付いてきちまって。お前の後ろ、ケツの穴ががら空きだぜ？』

「ぬっ!?」

伯爵が誰もいない場所を振り返る。そこに生まれる一瞬の隙——

「今だ！　星里奈！」

「任せて！　これで終わりよ、【スターライトアタック！】」

すべてを無に帰す虹色の星屑。最凶の必殺技が伯爵の体をかすった。奴も上手く躱して、直撃とはいかなかったようだが。

「ふう、なかなか惜しかったな、ニンゲン。今のはヒヤリとさせられたぞ」

そう余裕ぶる伯爵だが、俺も星里奈もすでに剣を納めている。

勝負は終わった。

あとは奴を哀れみの目で眺めるだけだ。国王も星里奈のスキルの情報はすでに持っているのか、余裕の笑みで待機だ。

「なんだ貴様ら、その目は？　絶望して抵抗するのを諦め——うおっ!?　か、体が！」

伯爵の肌から艶が消えて、ボロボロと肉体が崩れ落ちていく。

「バカな、そんなダメージは食らっていないぞ！　か、回復薬が効かぬだと!?　ＧＵＷＡＡＡＡ

「―――！」

伯爵が黒い煙と化し、断末魔の悲鳴と共に消えていく。

その向こう側――闇が薄まり雲が拡散すると、俺達には澄み切った静かな青空と太陽が見えていた。

「やったわね」

「ああ」

星里奈が笑うと彼女の白い歯が日の光を反射してまぶしく輝いた。

「さて、俺達も屋台で食うか」

「「賛成！」」

✧エピローグ　フィアンセとの愛

伯爵を倒した。

これでジュリアが恐れるものはもう何も無い。

「見事、やり遂げましたわね、アレック。礼を言いますわ」

『竜の宿り木邸』で報告を聞いた彼女が晴れやかに微笑む。

「なに、礼には及ばない。婚約者として当然の事をしたまでだ」

俺も晴れやかに微笑み返してやった。

「ああ、その事ですけど、アレック、あなたを貴族の生活に縛り付けるつもりはありませんわ。例の婚約、あれは伯爵に対抗するための一時的な方便ですし、気になさらなくても結構ですわ。この場で――きゃっ!?」

両手で抱え上げてやるとジュリアは小さく悲鳴を上げて慌てた。

「おっと、破棄は司祭様にお伺いを立てなきゃいけないんだろ」

「そ、そうですけど、ちょっと放しなさいな、レディのそんなところを触るなんて、あっ！」

ベッドに乱暴に投げ出してやると、彼女も身の危険を感じたようだ。身を縮め、不安の色を見せる。

「ど、どうするつもりですの？　仮にも私は貴族、おかしな真似をすると、タダではすみませんわよ？」

「婚約した仲だ、自分から俺の部屋にやってきておいて、男に勘違いするなと言う方が無理があると思わないか？」

「そ、それは……」

「ま、お前も軽い気持ちで言ったんだろうし、あの場ではとっさに出た言葉だから、俺も不義理だのなんだのと言うつもりはないぞ。婚約を解消したければしてやろう。ただ、こっちはお前を必死で守ってやったんだ。ちょっとくらいそのご褒美があっても良いとは思わないか？」

　そう言って、ジュリアの足を指でねっとりと触り、靴を脱がしてやった。

「くっ、星里奈が言っていましたが、私の体目当てだったとは、あなたはロリコーン伯爵と本当に同類ですわね！」

「別に違うと言った覚えもないが」

「ああもう、分かりました！　あなた方が貴族を敵に回して危ない橋を渡ってくださったのも事実です。そこはバルサーモ家の一族として恩賞を与えても良いでしょう。私の体で良ければ、す、好きになさいな」

　潤んだ瞳が揺らめき、心の不安を映すジュリア。だが、紅潮した頬には期待も垣間見えていた。

　本人が好きにしろと言ったのだ、ここは同意成立だな。

「いいだろう。抱かせてもらうぞ」

「うっ……あ、あの、私、初めてなので、痛くしないで、優しくしてくださいね」

「もちろんだ。きっちり男好きにさせてやるから、安心しろ」

「いえ、それは別に、余計な事まではしなくて

――きゃっ！」

　手を内ももに滑り込ませると、ジュリアはビクッと体を震わせた。彼女の優雅な金髪がそれにつられて小さく揺れる。その色白の柔肌はまだ男を知らない。

「あ……あ……んっ！」

　服を脱がせ、俺の指が彼女の肌に触れる度にジュリアは小さく敏感に反応する。

　これから何をするかくらいはメイドや星里奈から聞かされたのだろうが、ジュリアにとっては初の体験だ。強気だった彼女も不安そうに小さく体を震わせ、俺の愛撫に耐えている。

　上着を脱がせると、白のレースの下着がお目見えだ。小さな体にその色香たっぷりの下着はややアンバランスだったが、これもなかなか良い。俺はすぐには下着を剥ぎ取らず、その上に指を這わせ、ジュリアの膨らみをそっと確かめていく。

「んんんっ！」

　指がくすぐったいようで、ジュリアは自分の下唇を噛んで耐える。目尻にはほんのりと涙を浮かべ、これは犯し甲斐がある。愛らしい唇に俺がキスしてやると、最初こそ顔を背けたジュリアだったが、自分から応じてきた。

「ちゅるっ、んちゅっ、ああ……」

　俺はその唇の間に舌を侵入させ、そうはさせまいと閉じようとするジュリアの関門を強引にこじ開けてやった。

「んはっ、ああっ、んちゅっ、はぁんっ」

　舌を吸ったり舐め上げてやると、その快楽に魅了されたのか、彼女もすぐに甘いため息を吐く。

　まだつぼみのような膨らみかけの胸を触り、ブラを外してやる。彼女はそれに気付いてもいない様子だ。乳房の薄い桜色の部分をつまんでやると、少し驚いたように体を揺らした。

「ひゃっ、そ、そんなところ、つまないで下さいな」

「ダメだ、これは俺に対するご褒美だからな。最初は好きにさせてもらうぞ。二回目からはお前の要望通りにしてやるが」

「そんな、あんっ、ああっ、ダメ、ダメです、そんなにいじられたら、私……私、くうっ！」

堪らなくなったのか、ジュリアは体を弓なりに反らし、行き場のない快楽を持て余している。

「どれ、ここはどうかな」

今度は下の小さな溝を指でなぞるように撫でてやると、思った通りしっかりと濡れていた。

「くうっ！　ああっ、そ、そこは……！」

「自分でもさんざん触って楽しんでいたみたいだな。イヤらしい子だ」

「ち、違います、そんな事はしていませんわ」

「ごまかすな。こうやってちょっと撫でるだけで――」

「ああんっ！」

電撃に襲われたように痙攣するジュリアは相当な敏感さだ。自分で開発済みとは今後が楽しみだ。

俺はレースの下着を脱がせてやり、そこも舐め上げてやった。

「きゃうっ！　うあっ、そこは舐めないでっ！　いやぁっ、うう、や、やめなさい！」

口ではそう叫びながらも、彼女の手は俺の頭を両手で押さえつけ、快楽を自分の体から放すまいとする。

押しつけられた俺はピチャピチャと音を立てて彼女の一番敏感なところを舐め回してやった。

「いっ！　ああああ――っ！」

ひときわ大きな声を発した彼女は、全身を強ばらせると、ぐったりと弛緩(しかん)して意識を手放した。

「イったか。だが、まだこれからだぞ、ジュリア」

俺は自分の服を脱ぎ、はち切れんばかりに臨戦態勢となっている肉の凶器を取り出す。

ジュリアの小さな口で先にフェラしてもらうの

も良かったのだが、まあ、初めてだからな。そこはまた今度でいい。

「むむ、かなりキツいな」

ゆっくりと挿入したが、ジュリアのそこはまだまだ未発達だったようだ。だがまあ、痛がっていないし、大丈夫だろう。全部は入りきらなかったが、そこで俺は腰を動かし始める。

「うう、な、なに？」

「目が覚めたか。もうじき終わるから、力を抜いていろ、ジュリア」

「くっ、何を――い、痛い！　動かさないで！　ぬ、抜いて！」

「だから、力を入れるなと。スキルの取り方は知っているな？　ポイントをくれてやるから、痛みを軽減するスキルを取れ、ジュリア」

「くっ、と、取りましたわ。ふう」

「よし。それでいい」

「ちょ、ちょっと、動かさないで下さいな。痛くないと言っても、私の体が壊れたら、どうするのですか」

「大丈夫だ、任せろ。こっちはお前のような体形の女と何人もやってきたからな。ベテランだ」

「ええ……？　んっ、ああっ、な、何か、感じが変わってきましたわ。こ、これって……んんんっ！」

「そろそろだな。ラストスパートだ」

「ええっ!?　んくっ、ああんっ、ダメ！　そ、そんなのっ！　激しすぎます！　ダメ、アレック、そんなの、私、壊れちゃう、壊れちゃうからぁ！　らめぇえええぇ――――！」

か細い声で悲鳴を上げるジュリアに思わず興奮し、俺もしたたかに腰を打ち付けてしまった。猛り狂ったドロドロの欲望が二度三度と体から噴出する。

「ふう、大丈夫か？　ジュリア」

「え、ええ。大丈夫です。でも、しゅごい……は

「ふう」

汗を浮かべて上気した顔で答えるジュリア。しっかりとプレイに満足してくれたようだ。これなら二回目も簡単に了承してくれそうだな。俺はニヤリと笑いながら、小さなフィアンセの髪を撫でてやった。


数日後、俺は約束通りに国王から褒美を受け取った。筋力の宝玉（中）だ。ま、売り飛ばせば十万ゴールドくらいにはなるだろう。

「よくやった、アレック。あれからこちらでも調査したが、ロリコーン伯爵は一年前に怪しげな錬金術師を雇ったという。その女の正体は不明だが、一連の事件に関わっているはずだ」

「錬金術師――ちなみに、そのローブの色は？」

紫紺と言われた日には、レティに尋問しなくてはならない。だが、国王は違う色を言った。

「黒だ。まだ若く美しかったらしいが、フードを深くかぶり、素顔もろくに見せていなかったそうだ。それとな、聖方教会からもその錬金術師を見かけたという証言が出た」

「聖方教会でも？」

俺は眉をひそめる。

デラマック大司祭が人間を大量に監禁していた事件がついこの間あったばかりだ。あの石ころを売りつける教団の親玉も最後には異様なモンスターになり、人間の言葉を喋（しゃべ）っていたからな。魔族だとか何とか言っていた気もするが……。

「ああ。聖方教会はともかく、地位のある人間にそんなおかしな連中が交じっていては国が混乱する。今、早急に調査を進めているところだ」

国王がどかっと椅子に座る。しかし、苛立（いらだ）ったようにヒザの上で指をトントンと叩いた。

「……だが、どの大臣が化け物とつながっているかも分からん状態では、調査のしようがない。ロリコーンもデラマックも、普段は人間そのものだったのだからな。これでは調査を命じた大臣が実は化け物で、そいつに黒い奴を『全員白です。問題ありませんでした』と言われてしまえば調査自体の意味がない」

まあ、そりゃそうだな。調査を行う人選も重要だ。

「だから、信用できそうな冒険者をまずはファーノン大司祭に面通ししてもらい、化け物かどうかを検査した上で投入している。どうだ、アレック、お前も頼まれてくれるか」

おっと、この案件は凄く面倒そうだ。調査対象が貴族だと地位の問題も絡むから面倒だし、何より高レベルの化け物がいきなり襲ってくる可能性があるのも頂けない。

「オホン、陛下、具体的なクエストであれば考えますが、それこそ信頼できるAランクに任せた方がいいかと」

「うむ、ま、その時には頼む。どうせお前も、もうじきAランクになるだろうしな」

「さて、それはどうですかね」

俺は肩をすくめ、王城をあとにした。

第十章　炎の剣

✧プロローグ　雪だるまと司書

多くの冒険者が一攫千金を夢見て果てる『帰らずの迷宮』。

その第五層、氷の迷宮も順調に攻略を進めた俺達は、しかし、雪だるまのボスに苦戦を強いられていた。

「突進、来るぞッ！　逃げろ！」

「くっ、誰か、ミーナさんをお願いします！」

治療を諦めて立ち上がった僧侶(クレリック)フィアナが叫んだ。

その場に倒れているミーナは意識が無い。

俺が駆け寄って助け起こしてやりたいが、距離的に難しかった。

「星里奈、頼む」

「いえ、私は攻撃するわ」

「なに？　お前、ミーナがどうなってもいいって言うのか」

「そうは言ってないわ。でも、このままじゃ全滅よ。なんとかスターライトアタックをコアに当てないと」

「あるかどうかも分からない事を試すのはやめろ。お前の技ポイントも限界があるだろうが」

「それでも！」

「おい！　二人とも、コンな時に言い争ってる場合かよ！　ちぃ、ここはオレ様が」

「馬鹿、お前じゃ無理だジュウガ、転んだらヤバいからやめろ」

　義足で起き上がれない事はないが、この状況だ、スピードが遅くなるだけでも痛い。

「ああもう、間に合わないじゃない！　馬鹿ー！」

　レティが攻撃呪文を諦め、浮遊魔法でミーナを動かし、雪だるまの直撃から救ってくれた。

　だが、ルカとイオーネが助けに入ろうとしていたため、どちらもボスの突進を受けて吹っ飛ばされ、ダメージは深刻だ。

「くそっ、リリィ、早く回復させろ。アイテムだ」

　遊撃役のロリっ娘シーフには回復ポーションを持たせてある。

「そんなコト言われても、すぐできないってば！　ええと、ダメージが一番大きいのは……」

「いや、もう気付け薬とポーションを適当にばらまけ！　急げ！」

　何かスキルを取らせておくべきだったな。ここまでギリギリになるとは思ってもみなかった。

「あかん、こっちのポーション、切れてもうた！　誰か、予備をウチに渡して」

　早希が言うが、回復が一人減るとなると、厳しいな。いや、もう持たないか。

「攻撃中止！　全員、時間を稼げ！」

　俺はボス戦を諦め、脱出を試みる。だが、それも容易な事ではない。

　お約束として、後ろのドアが閉まるのがボス部屋だ。

　だが、俺には【瞬間移動】のスキルがある。

　これで強引に……行けるか？

　気を失ったため端っこに寄せておいたネネを抱き上げ、俺は【瞬間移動】スキルを使った。

　駄目元での試みだったが、上手く部屋の外の通路に出る事ができた。ネネも一緒だ。

　彼女のＨＰを確認するが、問題は無かった。

「よし」

いったん戻り、今度はミーナを抱き上げて【瞬間移動】。次はレティだ。

「あー、死ぬかと思った。マジで」

「私、アレックが私だけ置いてけぼりにしないかって心配で仕方なかったよぅ、うわーん」

時間は掛かったが、なんとか全員を運び出す事に成功した。

つ、疲れた……。

【スキル硬直緩和　レベル5】New！
【スキル技の使用ポイント軽減　レベル5】New！
【スキル使用の速度上昇　レベル5】New！

落ち着いたところで、それ系のスキルを新たに取得し、ネックになった部分を改善しておく。

「リリィ、アイテムスキルは何か取ったか？　いや、俺が自分で見ればいいか」

【パーティーのステータス閲覧　レベルMax】があったのだった。

見ると、リリィは【ポーションばらまき】を取っていたので、まあ、それでいいだろう。

全員、無言で地上の宿まで戻り、言葉少なに夕食を食べる。

「どうしたい、今日はやけにみんな静かだね。無事に帰ってきたっていうのにさ」

女将のエイダが気楽に笑ってくれるが、今回は本当にギリギリだった。

死人が一人二人出ていてもおかしくなかった。

「無理ねえよ。オレら、死にかけたンだぜ、おばちゃん」

ジュウガが言うが。

「そんな事は見りゃ分かるさ。だが、アンタ達は生きてる。生き残ったんだ。暗い顔してんじゃないよ。暗い顔するのは死人が出たときだけにしておきな。辛気くさくしたって何も良くなりゃしないんだから」

　さすがに元Aランク冒険者、お見通しか。

　ま、ここは素直に先輩に教えを乞うべきだな。誰か死んでから後悔しても遅い。

「エイダ、第五層のボスについてヒントをくれ」

「ああ、雪だるまかい？　あいつは炎で消し去るのが良いと思うよ。アンタ達には二人も魔術士がいるんだしさ」

「無理よ！　あんなデカい雪だるま、私の最大級の炎でも、ちょっと溶けるだけだったし」

　レティが苛立ったようにテーブルを叩く。

「んん？　デカいって、まあ、人の背丈よりは少し大きいけどさ」

「なるほど、そういう事か……」

　どうも、俺達の特別バージョンは、大きさが普通と違うらしい。

　無駄に難易度を上げやがって、あの眼鏡っ娘神、今度会ったら、問答無用でレイプしてやる。

「レティの魔法で片が付かないとなると、厳しいわね。となると、やっぱり私の必殺技で」

　星里奈が意気込むが、さんざん斬って倒せなかったんだから、少しやり方を変えるべきだ。

「しばらく、攻略は休みにするぞ。各自、あの雪だるまを倒す方法を探せ。いいな？」

「「了解」」


　翌日の朝十一時過ぎ、そろそろ起きるかと思って宿の食堂に行くと、星里奈がプンスカしながら戻ってきた。

「ああもう！」

「どうかしたのか」

「どうもこうも、酒場で攻略法を聞いて回ってたら、酷い連中がいたのよ」

「ふうん？」

　コイツの事だから、下手に言い寄る男がいたら、

【スターライトアタック】だろうに。

「奴隷を壁にして戦えば楽勝だって、そう言うのよ？」

「ああ、そりゃ、役に立たないアドバイスだな」

「でしょ。まったく、人の命をなんだと思ってるのかしら」

それに、あの雪だるまの圧力だと、体格の良い奴隷を並べたところで、突進を防ぐのは無理だ。

「ま、俺達はそんな戦い方はしない。引き続き、よろしく頼むぞ」

「ええ、分かってる。私もごはん、一緒にいい？怒ったら、お腹空いちゃった」

「構わんが。女将、朝食だ」

「時間外の朝食だから、特別料金を頂くよ」

「だが、俺はまだここの朝食を食べてない。俺の時間では朝だから、不公平かつ不当表示だ」

「アタシの知ったこっちゃないね」

やはりダメか。

「普通に昼食でいいでしょ。私が払うわ。女将さん、パンと唐揚げとチーズ下さい。あと、アレックに野菜スープを」

「あいよ」

遅いブレックファーストを適当にすすり、俺は王立図書館へ行ってみる事にした。

酒場はもう星里奈が聞き込みをしているから、別の所がいいだろう。


「ここか」

「はい、ご主人様」

ミーナと一緒にそのデカい建物を見上げる。

図書館というより、神殿という感じだな。巨大な円柱が外側に並んでいてパルテノン神殿っぽい建物だ。

「行くぞ」

「はい」

中に入る。入り口では兵士が二人、門番をしていたが、この世界の書物は貴重品だからな。

簡単にコピーができる現代とはやはり違う。

「お前、ここは図書館だぞ。本を読むところだ」

兵士が俺を見るなり嫌そうな顔で説明してくれたが、んな事は分かってるっての。

「だから、読みに来た」

兵士が変な顔をすると、二人で顔を見合わせ、笑い出す。

なんか、失礼な連中だな。

「あの、ご主人様はBランク冒険者で、文字もちゃんと読めますよ。それに、王様とお知り合いですから」

「なにっ!?　Bランクだと?」

「陛下と知り合い?!」

そこまで驚く事かね。

「ミーナ、あまり余計な事は言うな」

こういう場で国王と知り合いだというのは権力を振りかざすようであまり好ましくない。それに、処世術としてはあまり目立たないほうが良いだろう。

「はい、ご主人様」

「知り合いなら、何か印を持ってるだろう。しかし、そんな格好で、なあ?」

「ああ」

兵士が見下した目で俺を上から下まで眺めるが、ふむ、麻布服は失敗だったな。

涼しいからこれをチョイスしたのだが、身分制が厳しいこの世界では、格好もステータス表示の一つだった。ノームコアやジョブズスタイルと言ったところで通じないだろうし。

「ああ、そうだ、これがあったな」

国王からもらっている通行証を俺は懐から出した。

「こ、これは、プラチナ通行証!」

「上級貴族だけが持ってるっていうアレか?　銀じゃないのか」

「違う。銀なら色がもっと黒ずんでるし、ここに文字が彫ってあるぞ」

「本当だ……！」

二人の兵士が改めて俺を見た。得体の知れないモノを見る目つきだ。

「オホン、通っていいかね？」

「は、はいっ、申し訳ございませんでしたっ！」

「ど、どうぞ、お通り下さい」

「いやいや、気にしなくて良いとも、ハッハッハッ」

なんだかふんぞり返ってしまうのは俺自身が特権に馴れていないからだろう。

この二人の兵士が悪いわけではない。

通行証は通るためのモノだ。

だから、通れればそれでいい。

「ご主人様……立派です！」

ミーナが尊敬の眼差しを向けてくるが、俺が勘違いしてその気になってくるから持ち上げすぎるのはやめろと。

中に入ってみたが、結構な規模の図書館だ。中央部は吹き抜けになっているが、前後左右は四階建ての造りになっていた。

これだけたくさん本があると、ちょっと呆気にとられてしまう。

「凄いですね……」

ミーナも同感のようだが、さて、雪だるまの倒し方って、分類はどこになるかな……。

ここを歩き回って分類を見るのも一苦労だと思っていると、後ろから声をかけられた。

「何か、お探しですか？」

透き通る声だ。

振り向くと、空色の神官っぽい服を着た美少女が笑顔でそこに立っていた。おそらくここの司書だろう。

「ああ。濃厚でエグい男女の話を探している。描写がリアルで臨場感があって、読んでいて性的に興奮できるヤツじゃないとダメだ。特に、初めは嫌がっていた無垢な少女がだんだんと中年男に調教されて堕ちていく物語がいいな。ただし、暴力は無しか最低レベルで」

俺は真顔で答えた。

第一話　司書ソフィー

「か、官能小説ですね。分かりました。それでしたら、大項目は文学になりますから、四階の東エリアのあちら側になります。９１３番の棚をお探し下さい」

青色の髪のその司書は、俺のセクハラトークに少し面食らった様子だったが、きちんと案内してきた。プロだな。

「それと、これはついでなんだが、『帰らずの迷宮』第五層のボスの攻略方法なんかがあると助かる」

「はい、それでしたら大項目は冒険になりますから、同じく四階の東エリア、９１６番になります。もし、モンスターについて生態や分布などを詳しくお知りになりたいのでしたら、３番か48番になりますが」

「いや、それはもう見て分かってるから、攻略法だけでいい」

「はい、でしたら先程の９１６番ですね。有料で代読も可能ですが、いかがされますか？」

「代読？　それはつまり、文字が読めない者が、係の者に朗読してもらう制度という理解で良いのか？」

「ええ、その通りです。三十分で十ゴールドになります」

安宿一泊分となると少し高いが、今の俺にはどうという事はない。

「では、二時間、お願いしたいが」

俺は微かな興奮を胸に秘めつつ、平静を装って言う。

　この透き通った声の少女が、エロい小説を臨場感たっぷりに朗読してくれるとは、とても凄いサービスではないのか。いや、たぶん、そこまではしないだろうが、そこは彼女も臨場感を出せないだろうが、そこは読み直し再生（リピート）を要求するとしよう。時間制だから可能なはずだ。

「はい、分かりました。ドリアさーん、代読希望の来館者でーす」

「はーい」

　野太い声が応じる。

　ぬっとカウンターの向こうから出てきたのは厳（いか）つい顔のムキムキ中年男だった。司書と同じ色の制服を着ているというのに、体格の線が違いすぎるためか、同じに見えない。

　くっそ、そう言うオチかよ。

　ま、案内の司書がいちいち代読までしてたら、案内役がいなくなるか。

「それで、本は何かしら」

　その厳つい男が、体をくねらせ小指を立てて聞いてくる……。

「まだ決めておられませんが、そのぅ、９１３番の官能小説と９１６番の冒険関連をご希望だそうです」

「ああ、官能小説ね、ハイハイ。任せておいて、アタシはそれ得意よ、フフ。たっぷりと官能させて、あ、げ、る」

　意味ありげに青ヒゲ男が色目を使ってくるし。

　クソッ！

　精神耐性スキルをほとんど取ってるのに、このダメージの大きさはなんだ？

　俺はほとんど無意識にスキルを使用した。

「【デスタッチ】」

　レベル86のスペクター・オーバーロード、『影の不死王』からコピーした凶悪スキルだ。

　その冷血な手に触れられた者は即座に魂を吸い

取られ、死を与えられるという。

「あら、ダメよ、お客さん、ここではお触りはNGなの。でもアタシ、夜は『バー・モロダッシ』でバイトしてるから、そっちなら触らせてあげるわよ」

「ご、ご主人様！」

「なん……だと……！」

ノーダメージのそいつに、俺は驚いた。このスキル、レベル5MAXでAランク冒険者の戦士すら即死させていたというのに。

確率が思ったより低いのか？

「あら、アタシの実力を見た上での冗談じゃなかったの？　返答次第じゃタダじゃおかねえぞ、オイ」

ゴツい腕ですっと手首を取られた。

くそっ、なんて力だ。外れん！

「ど、ドリアさん！」

「ご主人様！」

「いいから、黙ってな、ソフィー」

「いてて！　待て、悪かった！　今のは思わず無意識の防衛本能が働いたんだ。このスキルは今、消すから」

「あら、器用じゃない。じゃ、消してみな」

鑑定系のスキルも持っているな、コイツ。

とにかく実力では圧倒されているので、【スキル・リセット】を使う。それに無意識に人を殺したいわけでもないからな。

冒険に使えそうだからと残していたが、消しておいた方が色々と安全そうだ。

俺の【スキル・リセット】はレアスキルだと消せないのだが、これは普通スキルのカテゴリになっている。

【デスタッチ　レベル5】デリート！

スキルポイントが2万ほど増えた。

「これでいいな？」

「ええ、嘘をつかない子って好きよ。それと、ごめんなさいね、お客さん。アタシも手を出しちゃって」

「いや、こっちも悪かった。お互い何も無かったって事で、チャラにしてもらえるとありがたいが」

「ええ、いいわよ。そっちの子犬ちゃんも、アタシがご主人様に失礼しちゃってごめんなさいね」

「いえ……」

「ちなみに、聞いてみるんだが……【即死耐性】を鍛えてるのか？　アンタ」

俺ですらレベルMAXにできていないというのに、気になる。

「いいえまさか、フフッ、冗談はよして。そんなベラボーに高価なスキルなんて人間じゃレベル上げられるわけないじゃない。アタシは即死無効100％のお守りを持ってるだけよ」

なんだ、そういうからくりか。

「じゃ、お守り代を弁償する必要があるな。壊れたんだろう？」

100％防御なら、代わりに一回だけしか使えないとか、そういう制限があるはずだ。

「いいえ、大丈夫よ。これ、壊れない優れモノなの」

男が黒い指輪を見せてウインクしてきた。オエー。

しかし、100％とは良い装備を持っていやがるな。羨ましい。

「100％で持続なんて、アーティファクトですか……！」

司書の少女が目を見開くが、かなりのレアアイテムなのだろう。

「フフ、みんなには内緒にしてね」

「ええ。でも、ドリアさんって、いったい、何者なんですか？」

「あら、ソフィーちゃん、この間、それは話したじゃない。アタシはタダのしがない引退冒険者よ。ウフ」

「はあ」

「それより、ほら、向こう、新しいお客さんがおいでよ。いらっしゃ～い。あ、逃げた、失礼ね！待てやコラ！」

「あ、私が追いかけますから、ドリアさんはそちらの来館者様を」

「ええ、分かったわ。あらっ？　どこに行ったのかしら？　ちょっとー、お客さーん？」

持ってて良かった【瞬間移動】【気配遮断】のスキル。

あんなのに官能的に朗読されたらこっちが死ぬわ。真性のデスボイスじゃねえか。

気を取り直して四階の本棚で真面目に雪だるま攻略法の本を探していると、ミーナがやってきた。

俺の匂いを鋭く嗅ぎつけるから、コイツがはぐれる心配はあまりしなくて良いのだ。

「ご主人様、またお守りできずに、申し訳ありません……」

しゅんとして、背中も耳もシッポも、うなだれているが。

「気にするな、レベル29のお前で対処できない奴だっているからな。俺でも星里奈でもあいつは無理だ」

「でも……」

「俺はこうしてぴんぴんしてるだろ。無事だったなら、それでいいだろう。それにお前は俺の恋人で愛玩動物(ペット)なんだから、俺のために笑顔を見せろ。その方が俺は満足だ」

「あ、はい、ご主人様」

微笑むミーナは、やはりその方が良い。

「さて、じゃ、本を探すぞ」

「はい、ご主人様！」

✧第二話　攻略本探し

第五層のボスで死にかけた俺達は、攻略法を探している。俺とミーナは王立図書館に来て、何かないか本を調べているのだが。

「羊皮紙や巻物だと、探しにくいな……」

ハードカバーやネット検索に慣れきっていた現代人の俺にとって、本が四角でないというところからすでにカルチャーショックだ。

ここの本棚には羊皮紙がそのまま重ねられて紐でくくってあったり、巻物が積んである。

当然、タイトルさえ見つけるのに苦労したりする。

だが、代わりにこちらには魔法やスキルがあったな。

【ディテクト　レベル5】Ｎｅｗ！

これで良し。

「――我が呼びかけに応じよ、探し物はいずこや、【ディテクト！】――うん？」

呪文が発動しかけたが、急に魔力が消えた。何かに妨害された感じだ。

「あら、こんなところにいたのね」

さらに元冒険者オカマ・ドリアがぬっと顔を出してくるし。

「くそっ、見つかった！　戦闘態勢ッ！　逃げるぞ、ミーナ！」

「はいっ、ご主人様！」

「待って！　代読のキャンセルって事でいいのね？」

「そうだ、誰もお前の野太いボイスは求めてない」

「『誰も』って失礼しちゃうわね。これでもアタシ、人気あるのよ？」

「嘘だろう」

「ホントよ。泣く子も黙るって貴族のママさん達には大人気なんだから」

「そりゃあ、まあ、そうかもな」

貴族の手の付けられないような悪ガキも、このドリアの前ではそりゃ大人しく良い子になるだろうよ。

「だから、アタシも忙しいし、鬼ごっこで遊ぶつもりは無いの。でも、気が変わったら、いつでも呼んでね」

ドリアが向こうに立ち去った。

それだけで、こう……ほっと安心感が広がるのはなぜだろう。

ミーナもため息をついているが。

「お前も、アレは苦手なのか？」

「はい、高レベルの相手ですし」

「ああ、そっちな」

「あ、そうそう」

「うおっ！」

また出やがった。

「もう、化け物でも出てきたような反応って、失礼ね。ここじゃ魔法は禁止だから、使えないわよ。特殊な魔法陣とアイテムで、無効化結界も張ってあるから」

「ああ、それでか。だが、なんで禁止にしてるんだ？」

「そりゃあ、大事な書物が燃やされたりしたら大惨事だもの。私たち司書は警備も兼ねてるってワケ」

なるほどな、それで元冒険者のゴツいのが雇われてる訳か。全員というわけではなくて、さっきの少女ソフィーは非戦闘要員の事務員なのだろう。

だが、それなら、戦闘や冒険に関してはドリアに聞いたほうが知識が上か。

「ドリア、第五層のボスについて、弱点を知らないか」

「ああ、あそこの雪だるまちゃんね。見た目はキュートだけど、結構、肉体派でアタシは苦手だったわ」

嘘つけ。オマエは見るからに肉弾戦が得意そうな体つきだろう。

「言っておくけど、アタシはブロードソード使いなのよ。剣だとあの子は苦労するわ」

「なるほどな。アイツは斬ってもダメージが入らないのか？」

「ええ。戦ったなら、もう分かってるんじゃない？　アレは普通に斬ってもほとんどダメージは入らないわよ。すぐくっついちゃうし」

「じゃ、どうすりゃいい？　魔法は、うちの魔法使いが相対的にちょっと力不足でな」

「んー、じゃあ、新しい魔法使いの傭兵を雇うってのはどう？」

「却下だ。うちは魔法使いの片っぽが、変にプライドが高いからな。絶対こじれる」

ネネは従順だから何も言わないだろうが、レティがいじけたり、面倒臭い文句を言いそうだ。

「ありがちねー。アタシのパーティーの魔法使いもプライドが高くて扱うのに苦労したわ。魔法使いって変人ばっかり」

そこは同意見だな。コイツと意見が合うってのも、生理的に嫌だが。

「あ、そうそう、魔法がダメでも、魔道具や魔法剣があるわよ？」

「ほう、詳しく聞かせてもらおうか」

「あらぁ、良いわね。ついでに『答えないのなら、お前の体に直に聞いてやるぞ』って、今の台詞に渋い声で付け加えてみて」

「お断りだ」

「んもう、いけずなんだから。魔道具はホラ、こういう明かりのランタンのお仲間よ。見た事くらいはあるでしょ」

「まあな。炎を出す魔道具があるわけだな？」

「ええ。ただし、強力になればなるほど、桁違いに金額も上がっていくから、なかなか手に入れるのは厳しいでしょうね。オークションだと間違いなく競り上がっちゃうし」

「レンタルみたいなのはないのか？」

「何言ってるの、そんなのあるわけ無いでしょ。もし、あなたが百万ゴールドの魔道具を持っていたとしてよ？　それ、その辺の冒険者に百ゴールドのレンタル料で貸せる？」

「冗談じゃないな。持ち逃げされたら元を取るどころの話じゃないぞ」

「ええ、そういう事よ。何か、同等のモノを担保にして、知り合いを通じて貸し借りする事はあっても、他人と貸し借りってのはやめた方が良いわね。パーティーがうっかり全滅したり紛失したりすると、揉める揉める。アタシのパーティーじゃないけど、友達のパーティーがそれで解散にまで追い込まれちゃってたわ。


その子にはなんの落ち度も無かったのに、可哀想な話よ」

「だが、そいつもパーティーの一員として、トラブルの予感に対して反対しなかったんだろう」

「まあ、そうだけど、その頃のアタシ達はまだ若かったのよ。ふう」

遠い目をすんな。しかも微妙にその友達がボーイフレンドっぽくて嫌だ。お前の過去は絶対に知りたくないから。

「じゃ、もういいぞ。後は自分達で探してみる」

「あら、まだ話は半分しか終わってないじゃない。せっかちなのね。もう少し、懐かしの冒険トークにじっくりねっとり付き合ってよ」

「嫌だ。お前の言い方にはいちいち危険な香りがする」

「フフ、スリリングでしょう？」

「ああ、別の意味でな。鳥肌が立つぞ。スプラッター系だ」

「何を言ってるのかよく分からないけど、失礼な事を言ってるのはアタシにだって分かるわよ、もう」

「あの、ご主人様はもうお話は終わりとおっしゃってますから。ご主人様は女性だけが好みですし、その、私が恋人ですから……！」

よし、ミーナ、良い援護だ。もっと自信を持って恋人宣言していいぞ。

「あら、可愛い。私もそんな風に一途に恋してた頃があったわね……じゃ、今夜、うちのバーに来なさい。そんな顔しないの、ナンパとかじゃなくて、魔法剣よ。ちょうど炎の剣をアタシの友達が持ってるから、一途な子犬ちゃんに免じてアタシが口を利いてあげるわ」

ドリアが言う。この男の言う事だ、ホラでもあるまい。アーティファクトと呼ばれるレアアイテムの指輪を持ち、相当に腕の立つ奴だからな。

「ふむ、炎の剣か。だが、アンタはレンタルしない主義なんだろう。買えと言う事か？」

「ええ、そうよ。あなた、お金をそれなりに持ってるんでしょう？　アタシのお守りの代金を払うって簡単に申し出たくらいだもの」

察しがいいのも考え物だな。こいつに命や金を狙われたら、しゃれにならん。

「大丈夫、警戒しなくたって、アタシだってそれなりに蓄えはあるし、今のアタシは、お金より恋に生きてるもの。うちのパーティーはもう引退したから、リーダーも予備の武器は譲ってくれると思うわよ。もう使わないものね」

「そうか。ちなみに攻撃力は数値でいくらだ？」

「そこまでの業物でもないわ。550くらいだったかしらね。ちゃんと炎は出るから安心して」

充分過ぎる。今、俺が使っている剣の五倍の攻撃力だ。ウェルバード先生からの餞別(せんべつ)の剣と比べると十倍近い開きがある。国王からもらったミスリルソードと比べても倍近い。

餞別の剣は長く大事に使っていきたかったが、すでに攻撃力不足だ。俺の兄弟子にあたるフリッツが言ったとおり、剣は消耗品、使い潰すモノだからな。

だから今は宿屋の棚に仕舞い込んで使っていない。

「それでいい。値段は？」

「そうねえ、バルドならふっかけて三百万くらいは言うかもしれないけど、そこは任せて！　アタシが七十万ゴールドにしてあげるから」

スゲえ値切りだな。大丈夫なのか、それは。

「いや、無理に値切らなくて良い。半値くらいなら、パーティーの金をかき集めればなんとかなる」

「武器一本でカツカツになるのはダメよ。いつ誰が大怪我をするかもしれないし、急な出費ってよくある事なのよ。特に、名の知れた冒険者はね」

「俺は無名だぞ」

「あら、アタシの知ってるアレックは有名人よ。Aランクでも苦労した『影の不死王』を退け、『七月の災厄』を見事倒して、酒場で英雄譚になってるの、知らないの？」

「いや、俺はあまり酒場には行かないからな」

夕食は最近、エイダの宿がほとんどで、外食も『レディ・タバサ』くらいのものだ。

「そ。顔見せして奢ってあげれば良いのに。ま、とにかく、七十万が用意できたら、アタシに連絡して。ここかバーか、どちらでもいいわ。バルドに顔つなぎして、安く売ってあげるわ」

「分かった。礼を言う」

「どういたしまして。じゃあね、黒猫ちゃんと白犬ちゃん」

「アレックだ。アレックと呼べ」

青ヒゲに「黒猫ちゃん」などと、呼ばれるだけで寒気がしてくる。

「はいはい。またね、アレック」

炎の剣か。百五十万程度までの値段なら、購入するのもいいだろう。

第三話　炎の剣のために

炎の剣を百五十万ゴールド以下で購入したい。

その日、俺は宿に戻ると、夕食後に俺の部屋で一軍メンバーに話をした。

二軍の黒猫軍団には内緒だ。あいつらはそこまでの信用が無いからな。高額取引に変な気を起こされても困る。

「そう。百五十万ゴールドなら、悪くないいんじゃないかしら」

強敵と思われた星里奈は意外にも賛成のようだ。

「結構な値段だからね、アタシはこの話、聞かなかった事にするよ」

ルカがあっさりと降りてしまうが、まあ、コイツは今、装備にも困ってるほどの金欠だしな。

ご自慢のビキニアーマーも修理が追いつかず、傷が目立つようになってきた。

だが、一人くらい脱落しても、まだ届くはずだ。

ミーナ、イオーネ、ネネ、早希、この辺はほぼ無条件で俺の賛成に回ってくれるだろうし。

「ウチは賛成や！　あの雪だるまを倒すには、それくらいの業物でないと！」

「あの、申し訳ありませんが、お金を出せと言われても、私には払えないので……」

フィアナが辛そうに申し出るが、最初から彼女は計算には入れてない。幼なじみのディルなんとかを生き返らせようと、奴隷落ちしてまでグランソードにやってきた心優しき聖職者だ。彼女から金を取ろうとしたら、さすがに罰が当たりそうだ。

「心配するな、フィアナ。お前が金が無いのは知ってるし、お前に出させる事は無いから」

「そうですか、ありがとうございます」

ほっとした表情になったフィアナだが、早く金持ちにしてやりたいところだ。

「私も賛成だけどー、お金は出したくない」

「お前はワガママだぞ、リリィ」

「えー？」

「ワリィ、アニキ、オレも賛成なンだけど、出せる金がねえよ」

「いや、ジュウガも気にしなくて良いぞ。お前も今はそれどころじゃないだろう。まずは冒険を軌道に乗せるところからだな」

「ああ！　頑張るぜ！」

「私は反対だから」

ま、レティはそう言うと思ったぜ。パーティーの魔法使いで、自分の魔法で何とかしてやるという意気込みはあるだろうしな。

「それは構わんが、そっちは何か方法を見つけたのか？」

「うぐぐ。まだだけど、方法はきっとあるはずだから！」

「いや、落ち着け、レティ。別に俺は当てつけで言ったわけじゃないぞ？　魔術の方法が他にあればそっちに金を使う事もある。パーティーの一員として、お前にも、ちゃんと反対する権利があるから誤解するな」

「ああ、そう。うん」

「私は賛成です。三十万ほど出しますね。足りないようなら、父に送ってもらいますけど」

「いやいや、イオーネ、先生に頼るのは絶対に無しだ」

ウェルバード先生から面倒見を任されていながら、娘さんに手を付けちゃった俺としては、これ以上、変な事はしたくない。

「十万くらいは簡単に出せると思いますけど」

イオーネはなおも言う。

「無しだ」

「そうね。無しで良いと思う。私が五十万出すわ。イオーネの三十万と合わせて八十万、それに他の賛成の人が十万ずつ出して、アレックが五十万を出せば余裕で足りるじゃない」

星里奈がポンと五十万を出してくれたが、俺も同額を払えと来たか。

「星里奈、俺は今、それだけの手持ちが無い。今出せるのは十万だ。上乗せはするつもりだが、ひとまず、それで現金がいくらになるか計算してみよう」

出し渋ったリリィが結局反対に回り、一方でミーナが三十万を出してくれたので、合計は百四十万ゴールドとなった。

後は先方に支払い期限を少し待ってもらって、上乗せすれば何とかなりそうだ。

「全員、出してくれるのは良いが、自分の支払いが止まったり、そういうトラブルは無しにしてくれよ。無理して買うほどの事は無いし、金稼ぎで時間を掛ければ良いんだからな」

「でも私は、いい加減に寒い階層は早く終わりにしたいよ。寒いのって第四と第五だけって聞いたけど」

リリィが抜かすが、金を払わないお前は無関係だ。

「そうだね。第六は普通だよ。第七が今度は暑いんだけどね……」

ルカが言う。寒かったり暑かったり、ま、その階層に合わせた装備が必要になるから、やはり金には余裕を持たせておかないとな。

「よし、一度ドリアに連絡してみる。この話は二軍の奴らにはするな。下手に高額なアイテムの売り買いの話をすると、トラブルを招くかもしれないからな」

「「了解！」」

翌日、俺とミーナはまた同じ時間に図書館に行き、ドリアに金の目処(めど)が付いた事を話した。

「あら、早いわね。もう少し先だと思ってたんだけど、お金持ちのパーティーねぇ。いいわ、今日中にバルドに話してみるわね。昨日、確認したけど、彼、まだ炎の剣は持ってるって。取引の話なら、会ってもいいって言ってたわ」

先方も話には興味を持っているようだし、パーティーを組んだ元メンバーが話を付けてくれるのだから、成立の可能性は高いと見た。

「じゃ、頼む」

「ええ、分かったわ。それと……いえ、やめておきましょうか」

「なんだ？　気になる事があるなら言え」

「そっちのお金の管理の事よ。大金が動くんだから、そこは気を付けなさいってタダのお節介」

「分かってる。心配は要らない。管理は俺が一括でやってる。すでに現金も集めた」

すべて金貨で俺の【アイテムストレージ】に入れてある。独立した異次元ポケットだから、スられたり盗まれたりする心配は無い。

「そ。ならお金の方は大丈夫そうね。手に入れてもあんまり自慢しちゃダメよ」

「分かってる。一度それで殺された冒険者を見たからな」

「ええ。レアアイテムって高額になればなるほど、厄介なのよね……誰!?」

ドリアが他人の気配を察知したか、身構える。

ミーナも鼻をぴくぴくと動かした。

「あの、すみません、私です。立ち聞きするつもりは無かったのですが、聞こえてしまって……」

青色の髪の司書、ソフィーが本棚の後ろから顔を出した。悪気は無かったのだろうが、少し嫌なタイミングだな。

「ああ、ソフィー、気にしなくて良いわ。大丈夫よ、アレック。この子は真面目な司書さんだし、うちの司書は信用がある人しか雇われないから」

「そうだろうな。いや、こちらも気にしていない」

「すみません」

それで用事は済んだので、図書館を出た。ミーナは本を探してみると言って残ったが、俺としては炎の剣で片付くと思っている。アレで雪だるまが倒せないようなら、また撤退すればいい。

「お、アレックだ」

「アレックー」

宿に戻ろうとしていると、大通りの屋台で見知った顔の双子が手を振ってこちらに走ってきた。

「ミーシャとサーシャか、また買い食いしてたのか？」

「うん、そうだよー」

「食べ物は正義！」

「ふん、ま、休日なら好きに過ごせ」

「了解、お兄ちゃん♪」

二人がニコッと笑うと、二人とも俺に向けて片手を差し出した。

「その手はなんだ？」

「奢って欲しいかなあって……」

「アレックはお金持ちだし」

「俺も今は金欠気味でな。他を当たれ」

「あっ！　ちょっとぉ」

「このエロ親父！　ケチ！　べー、だ！」

途端に悪態をつき始めた悪ガキ共だが、下手にあいつらに金を与えない方がいいだろうな。

「おや、アレックさんじゃないですか」

黒い鎧の痩せた男が、刀を持つ剣士を伴って通りかかった。

ヤナータと護衛の勇者ミツルギだ。阿漕な奴隷商人ヤナータは、言葉遣いこそ丁寧だが、奴隷を使い捨てにする人情のかけらもない人間だ。

それよりも厄介なのは、後ろに控えたミツルギだろう。彼がこちらの世界に召喚される前にリセマラをしていたかどうかは不明だが、強力なスキルを持っていると考えておいたほうがいい。

「よう、ヤナータ。奇遇だな」

俺の本音としてはあまり会いたくない奴らだが、ヤナータとは紳士的に取引を成立させた仲でもあるので、挨拶も普通にする。

それにしても、コイツはあんまり鎧が似合わねえなあ。身を守るためにいつも武装してるという事だったが、戦闘は護衛や奴隷に任せきりで、自分はあまり鍛えていないのだろう。

「ええ、そちらは思ったより順調に冒険を進められているようで何よりです。この間の災厄の件ではうちも世話になりましたからね。良ければ昼食でもどうですか。奢りますよ」

「いや、せっかくだがさっき飯は食ったばかりでな。気持ちだけ受け取っておく。それと……別に、アンタの店に世話をしてやった覚えは無いんだが、何かあったのか？」

「いえ、特にと言う事ではないですがね、『帰らずの迷宮』が使えなくなった日にはこちらも商売あがったりですから」

『七月の災厄』、俺が豚汁を大増殖させちまった件か。ま、犯人が誰かは黙っておこう。俺は世界を救った勇者なのだ。そーゆー事にしておく。とはいえ、神殿騎士(テンプルナイト)エリサ達の助けもあったな。

「なるほどな。まあ、アレは俺一人でどうにかしたわけでもないし、そこは冒険者のお互い様ってところだと思うぜ？」

「ご謙遜を。そうやって他の冒険者からの評判を上げて、将来の出店に備えているわけですね。なかなかやり手じゃあないですか」

俺は割と本心で言ったのだが、こいつにかかると何でも商売の話になってしまうらしい。面倒くさい奴だ。

「かもな。じゃあ、また」

「ええ、失礼します。ああ、それとアレックさん」

「なんだ？」

「炎の剣をお探しでしたら、私にも武器屋の知り合いが大勢います。力になれるかもしれません」

「なに？」

どうしてヤナータがその話を知っているのやら。

なにやら、俺は嫌な予感がしてきたんだが。

第四話　情報漏れ

グランソードの王都の大通りで俺は奴隷商人のヤナータと出くわした。

コイツとは取引した事はあるが、正直、好きな相手ではない。

次に奴隷を買うとしたら、絶対に『ドレウロ』じゃなくて『マリア・ルージュ』の店だしな。

挨拶くらいは互いにするが、長話するほどでも無い。

だが、なぜ、ヤナータが『炎の剣』の話を知っているのか、俺はそれが気になった。

「おや、私の聞き間違いでしたかね。あなたが炎の剣を欲しがっていると噂で聞いたモノですから」

「いや、確かに取引を控えてるんだが……ちなみに、その噂の出所ってのは、分かるか？」

「冒険者ですよ。職業柄、そこからたくさん情報が入ってきますし、こうして有益な情報は商売のチャンスにもつながります。別に私がスパイしてあなたの宿に忍び込んで聞き耳を立てた訳じゃありませんよ、ふふふ」

どうだかな。

まあ、戦闘奴隷を冒険者のパーティーに貸し出している店のオーナーなんだから、ヤナータの話に不審な点があるわけでも無い。

「その冒険者の名は？」

「やけに気になさいますね。あいにく、名前はこちらも知らないのですよ。店長経由でそう言う話が出たと私に報告があったものですから」

「そうか」

だが、その報告が上がるからには、ヤナータか店長が俺を意識しているという事なのだろう。まあ、こちらの動きは気になるだろうけどな。

「で、どうですか、私の知り合いの武器商人の一人が、当てがあると言っているのですが」

「うーん、いや、今夜、俺の取引相手に話が通る手はずになってるんでな。もう間に合ってるぞ」

「では、まだ契約書にサインしたわけでも、支払いを済ませたわけでもないのですね？」

「まあ、そうだが」

「でしたら、こちらの武器も一度ご覧になってはどうですか。ひょっとしたらもっと安くて強い武器が手に入るかもしれませんし、アレックさんなら、両方購入するという手もあるんじゃないですかね」

「両方？　うーん、そこまでの余裕は無いと思うが、まあ、安く手に入るなら、それも有りだろうな」

あの雪だるまは強敵だ。そこに強力な炎の剣が二本もあれば、心強い。

ほとんど可能性は無いと思うが、二本とも七十万ゴールドなら、買えない事もないのだ。

「でしたら、ちょうど、その武器商人とこれから会うところなのですよ。ご一緒にどうですか」

どうもトントン拍子に話が進むな。コイツ、やけにプッシュしてくるし、どうも魂胆が気になる。

「いや、せっかくだが、まずはこっちの交渉を先に済ませて、それで決裂したり余裕ができたらと言う事にしたい」

「そうですか、分かりました。こちらも別に押し売りしようと言うつもりはありませんので、アレックさんの商売が上手く行く事を願っておりますよ」

「ああ、そっちもな」

それで別れるつもりだったが、その武器商人がもうやってきたようだ。太ったターバン頭の男が笑顔でやってきて片手を上げた。

「これはこれはヤナータさん、どうも。お待たせしましたかな？」

「いえ、今からちょうどそちらに行くところでしたから、手間が省けました。ご紹介しますよ。こちらが例の災厄を倒して下さった英雄、アレックさんです。実は私とは取引もして頂いたお得意様でしてね」

お得意様と言うほどではないと思うが、ヤナータとしては今、評判の英雄にあやかって店の評判も上げてやろうというつもりらしい。

その程度なら、別に俺も目くじらを立てる事もないし、まあ良いかと思ってしまうが。

「おお、あなたが、あのアレックさんでしたか。いや、お目にかかれて光栄です」

「いや、冒険者相手にそこまで持ち上げてもらわなくても結構だ。お互い貴族でもないからな。それで、ヤナータの話だと、アンタが炎の剣について知ってるという事だったが」

「ええ、ええ、その通りです。私の友人に一人、吟遊詩人をしている者がいましてね。彼が炎の剣を持っていて、今朝、話をしたら、売っても良いとの事でした」

「吟遊詩人？　ソイツが剣を持って戦うのか？」

「いいえ、彼はただ歌うほうでして。彼の先々代の時に、高名な冒険者から自分の英雄譚を作ってくれたお礼に贈られたと聞いております」

「ふうん、そんな凄い剣をねえ？」

お礼にしては良すぎる気がするが。

「それほど、歌の出来が良かったのでしょう。高名な冒険者ともなれば、芸術にも通じていらっしゃる方もたくさんおられます。お付き合いも色々と幅が広がりますから」

まあそうなのかもしれないが、俺には関係ない話だな。

美術品を買うつもりはさらさら無い。

「ソイルさん、ここで立ち話もなんですから」

ヤナータが小声で言う。

「おお、そうでしたな、や、私とした事が申し訳ない。では、すぐそこの店に入りませんか。美味しいクッキーと紅茶を出す店で、オススメですよ。私が奢らせて頂きますので」

「いや、せっかくだが……」

金の亡者と脂ぎった商人、それに無口なロン毛男、この野郎三人とお茶会なんて激しく萎える。

特に勇者ミツルギは賞金首のアサシンだったりするからなあ。

「ソイルさんは、例の現物をお持ちだそうですよ」

ヤナータが俺に耳打ちした。

炎の剣を今、持っているという事だろう。思わず彼を見たが、それらしき筒を背負って紐を体に縛り付けている。

「ええ、ここではちょっと、人目に付きすぎて出すのは難しいので、どうぞ、店の方へ」

ソイルがうなずいて誘った。

「分かった。じゃあ、少し見せてもらうとしよう」

炎の剣がどんなものか興味もあって、俺はこのお誘いを承諾する事にした。

第五話　現物

「ささ、まずはお茶請けから」

武器商人のソイルが勧めてくる。

この店もレディ・タバサと同じような造りで、個室だった。こうした商談にはやはり、個室の方が向いているのだろう。

脂ぎった商人がしきりに勧めるので、俺もクッキーを一つ、手に取って口に放り込んだ。

「ん？　これは……」

サクサクしていて日本の店で売っているのと同

じような食感だ。味もなかなかのレベルで、これは持って帰ったらリリィや星里奈が喜びそうだな。

「なかなかでしょう？　私も気に入っておりまして、週に三日は通っておるのですが、妻に節約しろとうるさく言われまして」

「奥さんは連れてこられないのですか？」

ヤナータが聞いた。

「いや、時々連れてきますが、アレもこれが好きでしてね。ついつい食べ過ぎて、余計な出費が増えるから、なるべく通いたくないと、そういう話でして」

「はは、なるほど、できた奥さんですね」

世間話は適当に聞き流し、話題が変わるのを待つ。あまり急かしても、俺は飛び入り参加だからなんだこいつはと思われるだろう。

「では、そろそろ、ソイルさん」

「そうですな。アレックさんが退屈されておるようですし、よく皆から言われます、お前は無駄に話が長いって」

分かったから、早く炎の剣を出せと。

「では、ヤナータさん、申し訳ないですが、ドアの鍵を確認して頂けますかな」

ソイルが言い、ヤナータがうなずく。

「ええ、もちろん。強盗に目を付けられては困りますからね」

「まあ、そちらの護衛の方がおられますし、ヤナータさんだけは助かるでしょうなあ」

ソイルがアサシン勇者ミツルギを見て羨ましそうに言うが。

「もちろん、この場の全員を守りますよ。アレックさんも腕が立つ御方ですし」

「おお、そうでしたな、これはとんだ失礼を」

「いや、いいからささっと見せてくれ」

俺も失礼を承知で言う。話が長いもの。

「ええ、これです。その友人からお借りしてきました」

筒から紐を解いて、中身の鞘を出す。真っ赤な鞘で、形態はショートソードと言ったところか。

刃渡り八十センチくらいで短めの剣だ。

装飾はシンプルで、高い剣には見えない。

「さ、どうぞ、鞘を触ってみて下さい」

ソイルがそう言うので、俺は手を伸ばして、鞘を触った。

温かい。

熱いと言うほどではないが、確かに熱を発しているようだ。

「では、私も失礼して」

ヤナータも触ってみて、感心したようにうなずく。

「ほう、確かに熱いですな。不思議だ」

「アンタはこの手のレアアイテムは割と見てるものだと思ったが」

「いえいえ、そんな事はないですよ。これほどのものとなると、なかなか。私も現物を見るのは初めてです。ソイルさん、炎が吹き出すとか」

「ええ。では、少し抜いてみましょう。ちょっと危ないですから、火事にならないようにしませんとね」

「水を用意しておきましょう」

「いざとなれば、俺が氷の呪文を使うから、大丈夫だ」

「おお、さすがですな、アレックさん、呪文もお使いになりますか」

「まあな」

「そうでなければ、災厄は倒せなかったでしょう」

ヤナータはニッコリうなずくが、俺がどういう戦い方をしたかは、すでに情報を持っているようだ。

「では、いきますぞ……」

ソイルが立って、テーブルの上で鞘を持ち、ゆっくりと抜く。

赤黒い刃が出て来たが、その周囲に一センチくらいの橙色の炎がまとわりつき、確かに燃えている。

「ほほう、これは凄い。さっきまで鞘を閉じていたのに、燃えているとは。これは持ち運ぶのが厳しいのでは？」

ヤナータが質問する。

「いえ、鞘に収めると熱が引く仕組みでしてね。鞘に収めている間は、それほど危険ではないのです。外に炎は漏れませんし、綿を置いていても燃えないのは確認済みです」

ソイルが答えた。

「なるほど」

「完全に抜いてもらっても良いか？」

俺は全貌を見てみたかったので言う。

「でしたら、アレックさん、お願いできますか。私は剣は目利きのほうだけでして、扱いはとんと上手くありませんので」

「分かった」

俺が剣に手を伸ばそうとすると、止める声が上がった。

「待った。ヤナータさんは下がって頂こう」

声の主はそれまでじっと黙って我関せずを貫いていた護衛のミツルギだ。

「ミツルギ先生、ここでアレックさんを疑うのは失礼というものですが」

ヤナータが抗議してみせるが。

「だが、こちらは金をもらって護衛の仕事に就いている。その剣、少々厄介な上に、そこの冒険者も以前と比べて相当な腕前になっている。抜かれて斬りかかられたら、あなたを無傷で守り切る自信は無い」

「なら、ミツルギ先生よ、アンタが抜けば良い」

炎の剣を差し出す。

「断る」

オイ。

「なぜですか？」

「私は刀で修行した身。その剣を持っていては、実力が発揮できない」

「仕方ありませんね。失礼しました、では、私が下がるとしましょう」

　ヤナータがミツルギの後ろに下がって、それでミツルギも納得したようだ。

　俺が炎の剣をゆっくりと抜く。

　すると、さっきまでより強い炎となり、赤々と激しい炎で剣が燃え始めた。

「こりゃ、凄いな」

　熱は感じるが、そこまでではない。おそらく敵に対してだけ熱が伝わる仕組みなのだろう。持ち主が炎に当てられて火傷するという事にならないように。

　俺はその仕組みに気づいて、これが相当な業物だと確信できた。

「それでモノを斬ると、どうなりますか？」

　ヤナータが興味を示したが、燃えるモノを斬れば燃えるだろうし、ここには試し切りするようなモノも無い。

　まさか、店のテーブルを斬ったら、そりゃ怒られるだろうし。

「ヤナータさん、今日のところは、それくらいでご勘弁を。試し切りとなると、ここではちょっと……」

　ソイルも困った様子で言う。

「ああ、失礼、それもそうでしたね。では、アレックさん、もう結構です」

「ああ」

　俺も剣を鞘に収め、ソイルに返す。彼も手元に戻ってくるまでは安心できなかったようで、ほっと息をついた。

「ところで、ソイルさん、肝心のお値段ですが……」

　剣を筒の中に戻し紐を結び終えたところで、ヤナータが切り出した。

「ええ、これほどのモノとなりますと、お安くとはなかなか」

「ズバリでなくても構いません。どれくらいの価値があるか、相場だけでも」

「ええ、最低でも五十万は確実です。オークションに出せば、三百万を超えるかもしれません。いや、三百五十は行くでしょうな」

「そこまでですか……」

　高えよ。

「良いものを見せてもらった。礼を言う。では、俺はこれで」

　値段交渉にも入らず、俺は立ち上がる。

「あ、いやいや、お待ちを、アレックさん」

　ソイルが呼び止めたが。

「何か？」

「今のはあくまで、オークションに出した場合の値段の予測でして。私の友人は、他ならぬアレックさんなら、もっと安く譲っても構わないと、こう言っていましてね」

「他ならぬも何も、俺はそいつと会った事もないが？」

「ですが、今やあなたは時の人ですよ。どこの酒場でも名前が出ない日はありません」

　そこまで有名になっているとは知らなかったが、まあ、商人のセールストークって事もあるからな。話半分に聞いておくか。

「それで、その友人はいくらなら、譲ると？」

「ええ、具体的な額はこちらもまだ聞いておりません。一度、現物をアレックさんに見てもらって、それで気に入られるかどうか、まだその段階でして」

「ちなみに、百万以下だと、そいつは売ると思うか」

「百万ですか……少し、厳しいですが、本人がアレックさんを気に入れば、安く売ってくれると思います。気前はいい人間ですよ」

これだとどうなるかは予想が付かないな。

「ふうん。こちらとしては、もう売ってくれる当てがあるから、今回は遠慮させてもらおう」

「残念です」

第六話　不動の樽

炎の剣をヤナータの知り合いが売りたがっていた――。宿に戻り、俺が夕食の後でその話を皆にすると、心配する者もいた。

「そのヤナータって奴に情報が漏れとったいうんが、ウチは気に入らんなあ。誰や、喋ったアホは」

早希がその場にいた皆を睨み回すが、全員、慌てて首を横に振る。

「私じゃないわよ」

「オレ様も喋ってねーよ！」

「はわわ、誰にも言ってません」

「チッ、金になりそうな情報だったとは、売りそびれた……」

「レティ、お前、喋ったらこのパーティーを除名だからな」

「あ、ウソウソ！　軽い冗談だから！　やだなー、もー」

笑ってごまかしているが、お前、今かなり本気でつぶやいただろう。

そこでノックがあり、やってきたのは陰気な顔の二軍班長クライドだった。

「あの、アレックさん、下になんかやたら恐い人が来てて、お前らのお頭を呼んでこいって凄んでるんですが……」

クライドが困った様子で言う。

「ほう？　相手は一人か？」

「ええ。ですが、アレは体格もいいし、相当、鍛えてる感じですよ」

「私が様子を見てこようか？」

星里奈が安全を図ろうとするが。

「いや、俺が行く。少し心当たりがあるんでな。クライド、お前、その人に何か失礼な事を言わなかったか？」

「いいえ、私は言ってませんが、近くにいた何人かが、うっわ、化け物って」

「それだな。次からそう思っても、口には出さないでくれ。俺の知り合いだ」

「分かりました。でも……いいえ、何でもないです」

「変な関係じゃないから心配はするな。冒険の関係だ」

「ああ」

クライドがほっとした表情を見せるが、余計な勘ぐりだってての。

「誰なの？」

「まあ、降りてみれば分かる」


星里奈達を引き連れ、宿の一階に降りてみると、形容しがたい格好をしたオカマ冒険者ドリアが椅子に座って足を組んでいた。

軍団の奴らは剣を抜いて戦闘態勢でドリアを取り囲んでいるが、何人かはオエーオエーと苦しんでいる。

俺も吐き気がこみ上げてきたが、くそっ！　メデューサみたいな奴だな。

ここは、取引でもあるし、スキルの耐性で何とかなるか？

【グロ耐性　レベル5】Ｎｅｗ！

ふう、なんとか見られるようになった。でも、見たくねえ奴だな。

図書館の制服なら全然平気だったんだが、際どい女物の格好でさらにケバい化粧までしてやがるし、わざと威嚇（いかく）してんのか、アレは。

「ああ、来た来た、アレック、あなた、手下のしつけがなってないわね」

「そいつらの無礼は謝るが、お前ももうちょっと格好はどうにかならないのか」

「あら、アタシがどういう格好をしようとアタシの勝手でしょ。あなたも自分を解き放ってみれば、この快感が分かるわよ」

「いっ、やっ、だっ！　次からその格好でここに来たら、いや、俺はアンタの真面目な制服姿が気に入っててな。あとナチュラルメイクと」

「あらま。そお、制服フェチなの、やだもう、それを早く言いなさいよね。分かったわ、次から制服のナチュラル路線で来るわね、フフッ」

ウインクが飛んできたが、オイ、今、素で俺のHPとMPとTPが削られたんだが？

「じゃ、アレック、酒場に行きましょう。バルドがお待ちかねよ」

上機嫌になったドリアが言う。

「ちなみに……、バルドもお前と同じ趣味なのか？」

一人ならまだ耐えられるが何人も出てきた日には俺も自信がない。

「いいえ、彼は裏表のないまっすぐな人だから」

「それを聞いて安心した」

行き先は『バー・モロダッシ』ではなく、普通の酒場だった。

バルドがそこを指定したというが、まともそうな奴だ。

俺はミーナ、早希、星里奈の三人を連れて付いて行く。

「見ろ、アレックだ」

「アレが『災厄』を倒したって？」

「災厄はAランクパーティーも手こずったって言うじゃねえか、ホントかよ？」

「見た目もフツーだしな。なんて言うかオーラがねえ」

「馬鹿野郎、『風の黒猫』は装備も良いし、チームも一つや二つじゃねえ、もう立派なクランだぜ？」

「最初はポッと出のルーキーだと思ったが、分からねえもんだ」

酒場で飲んでいた奴らが俺を見て話を始めるが、なるほど、本当に有名になっていたようだ。

「アタシは、こういう取引の話って、人に聞かれない場所の方が良いと思うんだけど、彼、そういうの全然気にしない人だから」

「そうか」

だが、ここも笑い声や怒鳴り声が飛び交い、その喧騒で離れたテーブルの声は聞き取れないから、かえって安全かもな。

「あの一番奥のドワーフよ」

引退したと聞いていたが、鉄の鎧とバイキング兜を装備したドワーフが酒の入ったジョッキを呷っている。

「あ、お客さん、すみません、今は満席なので、少し待ってもらうか、相席にしてもらえますか？」

ウェイトレスがこちらを見て言う。

「大丈夫よ、この人、アタシの連れだから」

小指を立てて言う奴。

「ああ、そうですか」

「ドリア、小指を立てて言うのはやめろ。誤解されるだろうが」

俺は注意しておく。

「あら、いいじゃない、綺麗どころもたくさん侍らせてるし、気にしない気にしない」

「俺が気にするんだ」

「もう、仕方ないわね。分かったわよ」

「えっと、どうしようか、アレック。私も同席したほうが良い？　それとも待ってたほうが良いかしら」

付いてきた星里奈が聞くが。

「大丈夫よ。テーブルは空いてるし、そんなの気にするタイプじゃないから、彼」

ドリアが言う。バルドは大雑把な性格らしい。

「じゃ、同席させてもらいます」

「じゃ、お姉さん、エール一つに、ワイン四つな。姉御はどっちにするん？」

早希がウェイトレスに注文し、ドリアに聞いた。姉御って。

「アタシはテキーラで」

「ほな、それで」

「はい」

俺とミーナ、星里奈、早希、ドリアがテーブルの向かい側に座る。

「バルド、連れてきたわよ」

「おう。お前が、不死王と災厄を倒したって言う奴か」

ドン、と飲み干したジョッキをテーブルに置き、ドワーフ・バルドが聞いてくる。ドワーフの中では大柄な気がするが、俺よりはずっと背が低い。

俺はバルドの確認に答えた。

「不死王は倒したわけじゃない。追い払っただけだ。レベル86もあったんだからな。また三百年後くらいにリベンジするってアイツは言ってたぜ」

「ハッ、そんな先の話なら、倒したって言っても同じだろうよ。どうせワシもお前も生きてはおらん」

「そうだな」

「まあ、一杯飲め。おい！　酒の追加だ！」

「バルド、もう注文してるから、ああ、来た来た」

「お待たせしました」

ウェイトレスがワインとエールを置いていく。

「飲め」

バルドが勧めるので、俺も一口飲む。商談なので、あまり酔いたくはない。

「ケッ、つまんねえ飲みっぷりだな。男ならガブ飲みしろってんだ」

「アルハラよ、バルド。人間の子はそんなに飲めないんだから」

「フン、テメーは飲めるじゃねえか」

「飲める人だって、そりゃいるわよ。それよりほら、例の剣、安く譲ってあげるって話でしょ」

「おう、ワシが持っている炎の剣、買いたいんだってな」

バルドも多少は声を落としたようだが、地声がデカいので、周りのテーブルの奴の話がピタッと止まった。

こりゃ、こいつから話が漏れたんだろうな。ま、今更気にしても仕方ないか。

「そうだ」

「いいだろう。どうせもう使う事もない。ホレ、そっちの言い値で売ってやる」

そう言うとバルドはテーブルに無造作に炎の剣を置いた。

こちらは刃渡りは七十センチほどか。赤色の鞘に収められている。鞘と柄には見事な装飾が施されており、一目で業物だと分かった。

「いいのか？」

「ああ、いいとも。ドルガの頼みでもあるし、へらへらした口やかましい商人でもないからな」

「ドリア、よ。アタシはドリアに改名したって言ってるでしょ」

「んなの、どっちでもいいだろうが」

「もう」

「じゃ、バルド、そこの友人の口利きって事で、七十万でいいか？　こちらもあまり余裕がない。悪いな」

俺は素っ気なくだが謝っておく。

「構わんぞ。今、第五層か第四層あたりか？」

「第五層のボスで、手こずってる」

「雪だるまか。フン、大した腕じゃねえな。金持ちのくせに」

「そんな事言わないの。ごめんなさいね、うちのパーティー、お金でホント、苦労したから、バルドもひがんでるのよ」

ドリアが苦笑して謝ってくれるが、珍しい事でもないだろう。

「うるせえ。誰がひがむもんか」

「いや。俺も羽振りが良くなったのはつい最近だからな。じゃ、バルド、礼を言う。ここの勘定は俺に奢らせてくれ」

「馬鹿野郎、後輩に奢らせたなんて言ってみろ、『不動の樽（インプレグナブル・タンク）』バルドの名が泣いちまうぜ」

「『不動の樽』だって!?」

「どっかで聞いた事があるな」

「当たり前だ、この国で唯一のSランク、『要塞（フォートレス）』のリーダーだろうが」

「あの伝説のパーティーか！」

「ベヒモスの突進を正面から止めたって言うぞ」

「マジかよ……」


途端に周りが騒がしくなったが、なるほど、ドリアはSランクパーティーの一員だったか。道理で良いアイテムを持ってるはずだ。

「昔の話よ、アタシ達は引退したんだから」

「そうだったな」

俺は炎の剣を【アイテムストレージ】に入れ、そっと酒場を出た。


さあ、ここからが取引の本番だ。

「星里奈、早希、お前達はバラけて適当にグルグル回って尾行を撒（ま）いてこい」

俺は二人に指示した。

「分かった」

「がってん！」

少し調べれば俺達の宿は調べが付くだろうが、ちょっとした出来心の奴らはここで撒いておいた方がいいだろう。

星里奈達はそのために連れてきたのだ。

「ミーナ、どうだ？」

「二人、追っ手がいます」

「少し、近づかせるか」

裏通りへ入り、行き止まりの路地を探す。

「戦闘ですか？　ご主人様」

「いや、厄介事は避けたい。撒くだけだ」

【オートマッピング】を駆使して、高い塀に囲まれた通路を奥に向かって歩く。よし、行き止まりだ。

ここだな。

「ミーナ、手を貸せ」

「はい」

ミーナの手を握り、【瞬間移動】で壁向こうに移動した。

これで、追いかけてきた奴らは俺達を見失うはずだ。

「どうだ？」

「付いいてきてません」

「よし、じゃ、宿に戻るぞ」

「はい、ご主人様！」

第七話　炎とアイス

無事、炎の剣を手に入れる事ができた。

「よし、これで雪だるまも倒せるだろう」

倒せなかったら、また別の方法を考えれば良い。

軍団のレベル一位に最高の武器を与えるという取り決めにしてあるので、斧使いドワーフのマテウスに一応お伺いを立てた後、二位のレベル31になっている早希に炎の剣を渡した。

さっそく、第五層のボス退治に向かう。

「よし、いけるでぇ！」

炎の剣で斬りつけると、雪だるまの傷はすぐにはくっつかずに、回復もしないようだ。

前回の戦いではあれだけ苦労したのに、わりとあっさりと倒す事に成功した。

「「やったー！」」

ドロップアイテムは五十センチ四方の金庫みたいな鉄の箱だった。開けてみると、ひんやりした空気が中から出てくる。

「ふむ、冷蔵庫の魔道具か」

「あ、いいわね。アイスクリームとか、作れるんじゃない？」

星里奈が言う。

「そうだな」

俺は売り払おうかと思っていたが、軍団のメンバーにご褒美みたいなものがあってもいいだろう。それにアイスクリームなら大勢に振る舞える。

「よし、持って帰るぞ」

「「おー！」」

【アイテムストレージ】にはそのままでは入らなかったのでレベル5のＭＡＸまでスキルを上げる。

それで入った。

「ほな、ウチの自信作や、めっちゃ美味しいで？」

翌日、さっそく早希がアイスクリームを作ってくれた。バニラとチョコの二種類のようだ。

鉄のスプーンで掬(すく)ってみる。

「ふむ、いけるな」

柔らかな舌触りのチョコアイスが口の中で溶け喉をすり抜けていく。ひんやりとした甘さが旨い。

「ん、ホント！」

「美味しい！」

「冷たーい」

「うっめ！　なんだこれ、口の中で溶けるぞ!?」

「アイスってあんまり私、好きじゃないのよね……ぬぬっ!?　何これ美味しっ!?」

「こんなの貴族くらいしかなかなか食えないぞ……」

「「あまあま、んまんま」」

早希の腕前は思った以上で、なかなかだった。

皆も幸せそうな笑顔になる。

「こういうの、手作りだとシャリシャリしちゃうけど、どうやったの？」

「ふふーん、片栗粉を入れてあるんや」

「へー」

「さらにウチの【みじん切り】スキルで削ってやったからな。美味しいやろ？」

「「「うん！」」」

「よっしゃ、これなら商売もいけるかもな。ダーリン、このアイス売ってええ？」

「それは構わんが」

「ほな、ボロ儲けしたるでー！　レティ、時給十ゴールド払うから手伝ってな」

「分かった！」

安いな。まあ、安宿一泊分なら、日本円だと千円から二千円ってところだから、妥当なのか。

俺は冷たいアイスが舌の上で溶けるのを楽しみながら、次の冒険の事を考えた。

エピローグ　西海道中股栗毛

地上に戻っての休日、俺は軽い足取りで王立図書館にやってきた。

この日のために、わざわざ酒場で聞き込みまでやっている。

「あっ、あなたは」

「ようこそ、図書館へ。どうぞ、お通り下さい」

門番の兵士二人も俺の顔を覚えていてくれたようで、話が早い。

「ありがとう」

俺はダンディーな紳士を装い、口元に上品な笑みをたたえて中に入る。

「ああ、アレックさん、今日は何をお探しですか」

司書のソフィーが笑顔で出迎えてくれた。彼女の青色の長髪は、綺麗な艶があり、揺れると流れる水のようにも見えた。

「官能小説をちょっとな。ンン、オッホン！　ひとつ代読を頼みたいのだが、係は誰かいるかね？」

「はあ、それが、今日は係員が一人、風邪でお休みなので」

計画通り！

俺が金貨を掴ませて係員を一人サボらせている。

いや、あくまで日頃、お世話になっている係員に対するお見舞いだ。彼も今日は体調がほんの少しだけ優れないから、ちょっと大事を取っただけ。決して国王が嫌がる買収などではない。

「ふむ……それは困ったね」

「はい。あ、ドリアさんがご希望でしたら、明日は出勤されますよ？」

「い、いやいや、奴に頼むつもりは無いから、誤解しないでくれ。俺は男の声に興味など無い」

「……そうですか。では、もう少ししたら別の係員が来ますので、少し待っていてもらえますか」

「んん？　あーいや、できれば今すぐ頼みたいのだが」

「申し訳ありません、係の者が今は私一人だけですので、それはちょっと……応援を呼びますので」

「そうか……や、無理を言ってすまなかったね。お仕事、頑張って」

「はい、どうも」

あー、ちっくしょ！　ソフィーの勤務時間もキッチリ調べ上げたってのに、臨時の係員を応援に呼ぶとは予想してなかった。

まあいい、また今度、図書館の係員をどうにかして全員排除し、一人だけのところを狙ってやる。

今日はまったくの無駄足になってしまった。

しかし、俺は良い事を思いつき、とある本を借りて帰った。この図書館の貸し出しには保証金を預ける必要があったが、それくらい安いものだ。

「あら、アレックさん、お帰りなさい」

「イオーネか。時間があるなら、今から俺の部屋に来てくれ」

「ええ、いいですよ」

二人で部屋に行き、俺は本をイオーネに渡す。

「この『西海道中股栗毛』の朗読を頼む」

「あっ、は、はい、分かりました」

ほほう？　今の反応、イオーネめ、内容を知っておるな？

さては年季の入った近所のエロジジイにせがまれて、一度読んだ事があるに違いない。

クソッ、初めて読ませて、読み手がショックで戸惑うその顔が見たかったのに。

真っ赤な顔で沈黙した彼女に、「どうした、読め」と低い声で迫る。それがやりたかったのに。

まあいい。

普段落ち着いているイオーネが内容を知った上で、これをどう読んでくるか、お手並み拝見と行こうじゃないか。

「では」

「ああそれと、ここは防音の魔道具も置いてあるから、周りは気にせず大きな声で頼むぞ」

俺は防音の魔道具をポンポンと叩いてみせる。

「は、はい。では、オホン。――冒険者のヤージは雨宿りのため、宿場の宿に入ります。彼は今日中に山越えをするつもりだったので、雨が上がり次第、再び出発する予定でしたが、エルフ巫女(シャーマン)の団体様がやってきたので、急遽(きゅうきょ)予定を変更して一泊したのでした」

淀みなく読むイオーネは朗読もそつなくこなしている。透き通った声がいやが上にも期待を高めてくれて良い感じだ。

それにイオーネの奴、ストーリー展開を知っているからか、ちょっと緊張しているなッ！　素晴らしい！

「ヤージは、シャーマン女の一人が死人を召喚する事ができると聞いて、半信半疑で死に別れた妻を呼び出してもらいます。するとどうでしょう、本当に出てきて、ヤージはすぐにそれが自分の妻だと分かりました。涙ながらに『もっとお前を大切にしてやればなあ』と、ヤージは後悔するのでした」

さあ、ここからだ。イッツ、ショータイム！

「しかし、ヤージは懲りない男でしたので、その美人のシャーマンの部屋に夜這いを掛けようと忍び込みます。盲目の少女は、物音にすぐ気づいて『誰かいるのですか』と問いました。ヤージは答えます。『俺だ、昼間アンタに妻を呼び出してもらった男だ』」

「ああ、そうでしたか。なぜ、このような時間に？」

「愛しい妻に久しぶりに再会できて、きちんとお礼が言いたくてな、いや、実を言うと妻にそっくりなアンタが忘れられないんだ。ヤージはそう言って、めくったシーツの下から覗いている白い足をするりと撫でます」

「あっ、い、いけません、それではあなたの奥様に対する浮気になってしまいます。少女はビクッと震えて足を引っ込めました」

「構うものか。どうせアイツはもう死んでいるのだ。それより、生きてるって事をお互い、楽しもうぜ。ヤージは服を脱ぎ、野生のケダモノのように少女にのしかかります」

「ああっ、だ、ダメです、いけません！　あれほど仲の良い夫婦でしたのに、そんな、ああっ！……少女は初め抵抗しましたが、その声には次第に期待の入り交じった快楽の響きが籠もり始めます。実は彼女も男に興味があって、恋愛したい年頃なのでした」

「女好きのヤージですから、そこはすぐに敏感に察します。『ほう、お前さん、実はこうして襲って欲しかったんだな？』」

「少女は顔を真っ赤にしてか細い声で首を振ります。『違います、違います』」

「ヤージは言います。『そんなわけあるか。お前、叫んで助けを呼ばないじゃないか。ほれ、もっと触って欲しければ、自分の口で頼んでみな』」

「『そんな……』少女は迷います。なにせ相手は今日会ったばかりの男です。しかし、ついに決心した少女は、このろくでなしの男でもいいと思って、頼みます。『私の、私の足を触って下さい』」


　ここで、俺は何食わぬ顔で、そっと机の下に手を伸ばし、イオーネの膝に触れる。

　怒られたら「ごめん、ちょっと当たっちゃった」で済ませる予定だ。

「あっ。しょ、少女は男の手に触れられ、己の中にとても禍々しい欲望が渦巻いているのを感じます。もっと触って欲しい、抱いて欲しい、しかし、年端もいかぬ初心(うぶ)な少女はそれを口に出す事はできません。ただただ、黙ってされるがままになります」

　ほう、続行するか。なら、こっちも。

　イオーネの膝から太ももの内側へと手を滑らせる。

「んんっ！　しょ、少女は男の手にその白い柔肌を蹂躙(じゅうりん)されながらも、幸せを感じます。いえ、それはタダの快楽でしょうか。少女にとってはもはやどちらでも良かったのでしょう。あっ、んっ、少女はクリト○スをいじられ、身もだえ、くっ、ああっ！」

　俺も物語に合わせてイオーネの股の間を服の上からいじってやったが、良い具合に感じているようだ。

「や、ヤージは少女の耳元で要求します。『さあ、言え。びちょびちょの私のクリ○リスにご褒美を下さいってな』」

「少女は震えながら、恥ずかしさに押しつぶされそうになりながらも、言います。びちょびちょの、私の、んっ、クリ○リスに、ああっ！」

良い具合だ。だが、もっと楽しませてもらわないとね、イオーネ君。

「オホン。イオーネ君、もっと集中してくれないと。先程、君の読み間違いがあったようだ。そこは読み直してくれるかね？　びちょびちょのところから、リピートだ」

俺は真面目ぶって言う。

「は、はい……。び、びちょびちょの、んんっ！　私の、クリ○リスに、ご褒美を、下さい……んっ！」

イオーネが息も絶え絶えに目を閉じながら読む。

しかし、俺は冷たく言い放った。

「もう一度だ」

もちろん、簡単には読ませないように、執拗にイオーネの下半身を触りまくっている俺。

何度もリピートを要求していると、イオーネがとうとう降参してきた。

「あ、あの、アレックさん、もう……もう、無理です。私、おなかが……頭もぼーっとして」

「よし、なら、やるか」

「は、はい……」

何度も抱いたというのにイオーネは初々しい。彼女が不安を抱く様子はそれだけで美味だ。

控えめな服を脱がしてやるとフリーダムに育った巨乳が姿を見せる。俺はニヤニヤしながら、それを覆う薄布の下着も脱がせていく。

「あっ……」

イオーネがそれに気づいたときには、もう彼女のダイナマイトおっぱいが目の前に晒されている。肌は抜けるような白さで、その中心には桜色のポッチがあった。鷲掴みにすると、ふわりと柔らかく指が沈み込む。

「んんっ！」

両手で下から包み込むように撫でたり、桜色の突起をつまんでコリコリしてやると、堪らずイオーネが大きな喘ぎ声を出した。

「ああんっ、そ、そんな、うあっ♥」

身をよじる彼女だが、シーツを強く握りしめるだけで、逃げようとはしていない。ほんのりと赤く火照った頬は、彼女が快楽を感じているのを如実に示していた。

「なかなかいいね、イオーネ君。では、もっと気持ち良くしてあげよう」

「ええ？　あっ、ダ、ダメです、そこはっ」

俺はイオーネの乳房に吸い付いて、舌で彼女の敏感な部分——胸の突起物を転がすように舐める。

ブルッと大きく震えた彼女は長髪を左右に振って抵抗した。

「や、やぁっ、そんな、吸っちゃ——きゃうっ」

強引にベッドに押し倒し、今度は大きく開けた彼女の口に吸い付き、最初から舌を滑り込ませる。

「んっ、んんっ、あんっ、んちゅっ」

時折小さく漏れ出る喘ぎ声に、唾液と舌が濃密に絡み合い、ピチャピチャという音が交じる。

接吻を続けていると、イオーネも少し落ち着いたのか、彼女のほうから応じてきた。柔らかな彼女の唇と舌の感触をしっかりと味わったあと、今度はくびれたお腹に舌を這わせていく。さらに下へ下へと迫る。

「ああ……アレックさん、私、私、んんっ♥」

漏れ出たイオーネの声音には打ち震えるような快楽の喜びと期待が混じっていた。彼女のさらなる期待に応えるべく、俺はぷっくりとした谷間へと舌を滑り込ませた。

「あああっ！」

ビクン、と大きく震えたイオーネは、まだ自分が知らなかった快感に驚いたのだろう。太ももを閉じようとするので、両手で掴んで、無理矢理に広げてやる。

「やぁっ、ダメェ、アレックさん、くうっ、そ、そんなところ、舐めちゃ、ああんっ♥」

「嘘は良くないね、イオーネ君。正直に言うんだ。もっと舐めて欲しいんだろう？」

「そ、それは、それは……んんっ、あああっ！」

答えを聞くまでも無かった。

目尻に涙を浮かべ、だらしなく口からはよだれを垂らした彼女は、明らかに悦んでいた。

「そろそろいいな」

俺はベルトを外し、服を脱ぐと、はち切れんばかりになっている男の肉体を見せてやった。

「あ……あ……」

目を丸くして凝視しているイオーネは、それがもたらす興奮を思い出したか。

「少し力を抜いていろ」

「は、はい。んっ！」

しっかりと濡れているのでするりと入った。イオーネの秘所を押し開け、奥まで合体する。

「んんっ！」

「よし、動くぞ」

「えっ、あっ、んんっ、ああっ、待って、ああ！」

彼女が耐えられる範囲を探りながら、動く。

「くうっ、ああっ、す、すご、んんっ♥」

ベッドがギシギシと音を立てて揺れ動き、互いの快楽がそれに合わせて高まっていく。

「あっ、あっ、アレックさん、私、もう……！」

「よし、イけ」

俺も一気にラストスパートをかけ、激しく動く。

「ああああ――――！」

金髪を振り乱しながらイオーネが叫び、俺の腕の中でイった。

ふう、今日の朗読会はなかなかだった。今度は小さい子を集めて朗読会をやってみるのもいいか。

俺はそんな悪だくみを考えながら、ニチャリとほくそ笑んだ。

第十章（裏）ルート　速き者

その俺達が向かう先——グランソードの中央広場が見えてきた。

ここに巨大迷宮への階段が待ち構えている。下にはモンスターが無数にひしめいており、死と隣り合わせのダンジョンだ。迷宮の最下層がどこにつながっているのか、誰も知らない。

街の真ん中にどうしてそんな物騒なものがあるのか？

グランソード国王はその道の賢者や専門家を集めて色々と調べているはずだが、何も掴めてはいない様子だった。あるいは、すでに答えを把握していながら、理由があって公表していないだけなのか——

「ねえ、あれって」

✧プロローグ　新種の敵

装備を調え、『帰らずの迷宮』に向かう。

昨日の夕食の時とは違い、全員口数が少ない。それもそうだろう。これから命の危険がある場所に挑むのだ。浮かれた気分で向かえるはずもない。歩く度に、無機質な鎧の音だけがカチャカチャと辺りに響く。

俺は第一層の最短ルートを頭に思い浮かべながら歩いていた。不測の事態に備え、何度もシミュレーションを繰り返す。これで本番でも慌てずに対処できるからだ。行き当たりばったりで自分の命を賭ける気には到底なれなかった。

「何でしょうか……」

星里奈やイオーネがいち早く気づいたが、今日の広場はいつもと様子が違っていた。

階段の入り口付近に冒険者が集まっている。普段よりも数が多い。しかも、階段を下りていく者は一人もいない様子で、その場で立ち止まったままだ。

これは何かあったな。

直感で俺はそう覚ったが、リーダーとして落ち着きのない行動は厳禁だ。不安はすぐにパーティーメンバーに伝染してしまうし、それをここでやろうものなら生存率ががた落ちするだろう。

なので表向き何食わぬ顔で階段に近づく。そこでは兵士が集まった冒険者達に何やら説明しているようだった。

「よって、識別はまだできていない状況だ。お前達も何か情報を持っていれば――」

「何があった?」

俺は遮って兵士に聞く。いちいち黙って最後まで話を聞いていたら、俺だけ知らない情報が生まれてしまう恐れがある。それは冒険者にとって致命的にもなりかねない。マナーとしては歓迎されないだろうが、自分達の命が懸かっているのだ。

ここは真剣に行く。

「アレックか。第一層で見慣れないモンスターが出たそうだ」

「ふうん。どんな奴だ?」

「色は白。形はチラッとだからよく見えなかったらしい。ギルドにはまだ情報が行ってないが、ガラード隊が現在調査中だ。結果が出るまでもう少し待て」

「ふん、第一層に『新種』が出たからって、いちいちAランクにおんぶにだっこじゃ先に進めないだろう。俺達は先に行くぞ」

それを聞いた周囲の冒険者達がどよめく。

「なに?」「おお」「マジかよ」

「待ってアレック。危険じゃないかしら?」

星里奈が止めた。

「危険はある。だが、かち合う可能性は低いぞ、星里奈。ここにいる冒険者がほとんど見ていないなら、数はせいぜい一匹か二匹ってところだろう。『大恐慌(スタンピード)』だと、『前兆』があるんだよな?」

念のために俺はその点を兵士に確認しておく。

「ああ、オレ達も直接見たわけじゃないが、『大恐慌(スタンピード)』はすべてのモンスターが活発化して強くなって、凶暴化してくるそうだ」

「最近のモンスターはどうだ?」

「……まあ、普通だな。おかしな報告は入っていない。その白い奴を除いて、だが」

その白い奴を見た冒険者も生還したから、こうして兵士が情報を持っている。

「ならまだ気にする程度じゃない。行くぞ」

「「了解」」

それほどの危険性は感じなかったし、うちのメンバーも同じだ。

「気をつけてな」

「ふん、アレックの野郎め、最近Bランクになったばかりだってのに、強気になりやがって」

「ああいうのは危ないぞ。ランクが上がったパーティーが浮かれて大怪我してるのをオレは何度も見たからな」

「だな。羽振りはいいが、アレックの奴、どうやって稼いでるんだか。『不死王』はAランクも一緒に戦ってたっていうし、『災厄』は聖方国の騎士が一緒だったんだろ? いつまでもそんなラッキーなまぐれが続くもんじゃねえよ」

背後の冒険者が口々に好き勝手を言うが、俺はそんな甘い連中とは違う。

状況を的確に分析し、冷静にさほどの危険が無いと判断した上でのことだ。ランクはあくまでギルドが出した基準であり、俺達のレベルや強さを表してはいない。だから、それにこだわるつもりもない。

『不死王』――スペクター・オーバーロードの時は他の力を借りたが、『災厄』――ミミズのミミックはエリサがいなくても俺だけで倒せた。運ではなく、これは実力だ。

「いつもはゴブリンとスライムくらいしか出ないから、みんな大騒ぎなのね。私達は、スケルトンに出会ってるけど」

星里奈が軽く肩をすくめて言う。第一層で苦戦したスケルトン――不死化して骸骨になっていた勇者の事だが、俺達はもうそれくらいの事では驚かなくなっていた。

「なんかの見間違いじゃねえのかな？　あ、いや、アニキ達が見たって言うスケルトンの事は疑ってねえけどよ！」

ジュウガが言うが。白いモンスターについては、目撃者も形をしっかりと確認していないというのだから、ただの見間違いかもしれない。誰かのマントをモンスターだと見間違えたのなら、後日、酒場で笑い話になることだろう。

第一話　最速を求めて

「ご主人様、人間の匂いです」

「よし、適当に喋りながら進むぞ。向こうも……ん？」

この先にいるパーティーも喋ってはいたが、口調がどうも荒々しい。普通の雑談などではなさそうだった。

「くそっ、てめぇ、どういうつもりだ！」

「す、すみません。わざとじゃないんです」

「当たり前だ！　わざとやってりゃＰＫだろうが！」

「そうだそうだ。殺されたって文句は言えねえぞ！」

四人組の戦士に囲まれた美少女が、肩を小さくして謝っている。彼女が何かしでかしたようだが……厳つい男達にロリっ娘が怒鳴られているのだ。放ってはおけない。しかも犬耳ときた。

「おい、何があった？」

「ああ？　関係ねえ奴がいちいち首を突っ込んでくるんじゃねえよ！」

キレかけた戦士に、別の戦士が教える。

「待て、あいつはアレックだ。『風の黒猫』だぞ」

「なに？　……チッ。とにかくだ、このちっこい犬耳がいきなりオレ達にぶつかってきたんだ。悪いのはどう見てもコイツだぞ？」

俺はロリっ娘の言い分も聞いてやろうとそちらを見たが、犬耳少女はヒッと小さな悲鳴を上げると男達の後ろに隠れようとした。

「おい、俺が助けに入ってやったというのにその反応はなんだ」

「ご、ごめんなさい〜」

「ちょっとアレック、ぷふっ、怖がってるんだからそんなに怒らないであげて。誰だって知らない人がいきなり出てきたら、くくっ、面白い――じゃなかった、怖いでしょ」

「星里奈、お前、あとで思いっ切りヒイヒイ言わせてやるからな」

スパンキングの刑にしてやる。

「もう……そんな話、子供の前でしないでよ」

「いえ、あの、私、もう成人の儀を終えたので、子供ではないです」

「ほう」

「ええ？」

攻略対象の美少女と出くわした。ならば速攻で攻略――オホン、まずはじっくり話を聞いてやるのが高尚な紳士の務めだろう。

「こいつらはそう言ってるが、本当のところはどうなんだ？」

もう一度問う。

「ご、ごめんなさい、事実です。本当の事なので」

「んん？」

いくら柄の悪い戦士達でも、こんな小柄な少女にちょっとぶつかられたくらいで激怒してわめき散らすものだろうか？　何か妙だ。

「あの、私、ここで走る練習をしていたのですが、前を見ていなかったので、思い切りぶつかってしまって。あの、お怪我はありませんでしたか？」

走る練習だと？　なぜそんな事を。

「ふん、それくらいで怪我をするほどヤワじゃねえよ。もういい、行くぞ。イテテ……」

腰を押さえ、ぎこちなく去っていく戦士はちょっと体を痛めたようだが、ま、本人が良いと言っているのだ。ポーションもある世界だから、軽傷をそれほど気にする話でもない。

「あなた、走る練習って、何でそんな事を？」

星里奈が不思議そうにそれを聞いた。


「それは――、実は、故郷でもうじき長(おさ)の決定戦が行われるので。一番速い犬耳娘が村長になれるんです」

「あっ、それ知ってる！　モーフ王国の犬耳族の風習でしょ！　嘘かホントか、世界最速らしいわよ」

レティが言うが、里のリーダーを決める大会のようなものが行われる地域があるらしい。足の速さでリーダーを選ぶのは少々疑問だが、ここは異世界だからな。

「あ、はい、そうです」

「へぇ。少し変わった風習のようだけど、あなたが村長に立候補したいの？」

「い、いえ、私は村長になりたいわけではありませんが、成人した者は参加するのが掟なので。それに、優勝者は霊酒をもらえるんです。それを病気の姉に飲ませてやりたいと思って」

「ほう、殊勝なことだな。姉もいるのか」

俺はその少女を頭のてっぺんから足の先まで、しっかりと見定める。カールした白髪と、くりっとした瞳がキュートな美少女だから、姉も間違いなく美人だろう。なかなか美味しそうだ。

「ちょっと、アレック、変な事を考えてないでしょうね？」

　勘の鋭い星里奈が問いただしてくるが、もちろんここはとぼけておく。

「何の事だ？　この子を助けて、病気の姉を治してやりたいと思うのが変な事なのか？」

「それは、別に変な事じゃないけど……」

「私で良ければ、一度回復魔法をかけてあげましょう」

　聖職者としてフィアナが優しく声をかけた。

「ありがとうございます。でも、普通の回復魔法では痛みが和らぐだけで、完治しないみたいなので……」

「そう……」

「それより、霊酒ってなんだ？」

　ジュウガが知らないようで聞いた。まあ、俺も詳しく知ってるわけじゃないが、霊酒と言えば特別な製法で造られた貴重な酒の事だろう。

「飲むと踊り出すほど、とても気分が良くなる薬酒なんです。足の悪い姉もそれを飲めば少しは元気になるかと思って」

「おお、それならオレも飲んでみたいな」

「あ、ごめんなさい、犬耳族だけが、そうなるみたいで。普通の人間が飲んでもダメかと……」

「なんだ、そうなのか」

「ふぅん、つまり、その大会で優勝するためにここで走る練習を……って、なんでよ？　モンスターもいるし、ここって迷路でジグザグになってるから走りにくいだけじゃん」

　レティが指摘したが、確かにここは練習には一番向いていない場所だろう。

「いえ、長の決定戦も、道は迷路のように入り組んでいて、真っ直ぐは走れないコースなんです。モンスターもいる場所なので、ここが練習には最適かと」

わりと考えてはいる様子だが、さっきも戦士にぶつかって怒られていたとなると、この子はそれほどセンスが良いわけではないだろう。

「いいだろう。俺はアレック、『風の黒猫』のリーダーだ。お前が村長決定戦で優勝し、霊酒を手に入れられるよう、手伝ってやろう」

「ホントですか！」

「ダメよ、このおじさんはね、悪い下心があってそう言ってるだけだから」

「でも、助けてもらえるなら、私、何でもします！　お願いします。このままじゃ勝てないので、どうか手伝って下さい」

「ええ？」

「いいじゃありませんか、星里奈さん。この子もとても困っているようですし、練習方法も私達で何か考えてあげられるかもしれません」

イオーネが優しい声で言った。

「そうだぜ。病気の姉貴とやらに良い薬を飲ませてやるっていい話じゃないか。アタシは手伝うぞ？」

ルカも言う。

「うーん、なんだか私が悪者みたいになってるけど、アレック、この子に手を出しちゃダメよ。お姉さんにも、よ」

「ふん、俺は手取り足取り指導してやるだけだ。こいつが優勝するまでは手を出さないと約束してやろう」

「それって、優勝したら手を出すつもりなのね」

当たり前だ。

「もう」

「話は決まったな。じゃあ、いったん、ダンジョンから出るぞ。ここじゃ話し合いは無理だ」

「まだ決まってはいないけど、そうね、いったん上に戻りましょう。兵士にも新種は見間違いだと報告しないと。せいっ！」

そう言って星里奈が剣を抜き、横から現れたゴブリンを斬り倒した。

第二話　そこに女がいるから

俺達が『竜の宿り木邸』に戻り、どうしたらリリスが村長決定戦レースで勝てるのか、それを話し合うことにした。

リリスとはもちろん、俺が手伝うと約束した白い髪の犬耳少女の事だ。

彼女はこのダンジョンで走る練習を積みたかったようだが、俺はその案を早々に変更するよう提案した。こんなダンジョンでいくら走ろうとも、本番で上手く走れるとは思えないからな。本番と同じ場所で同じ状況でやるほうが良いに決まっている。

だが、この提案に星里奈が異を唱えてきた。

「アレック、そんな理由でモーフ王国へ向かうなんて、私は反対よ」

「星里奈、お前まさか、俺が犬耳娘のためだけにモーフ王国へ行くと思っているんじゃないだろうな？」

俺は鋭い目で彼女を見据える。

「違うの？」

「違う。そこで世界最速を競うレースがあるなら、必ず速さについての発見があるはずだ。それは冒険者の戦闘に役立つに違いない」

不純な動機ではなく、あくまで冒険のため……そーゆー事にしとく。理論武装は完璧だ。

「うーん、なるほど……」

星里奈も難しい顔で唸ったが、反論はしてこない。

「他に反対する奴はいないな？」

そう聞くと、すぐにジュウガが握り拳を作って応じた。

「おうよ！　もちろんだぜ！　アニキが間違ってってもオレはどこだって付いていくぜ！」

「ご主人様に逆らう意見は、正論でも私が力でねじ伏せてみせます！」

お前ら、それって心の底では俺の考えを信じてないだろ？

「まぁ、反対意見があれば、ジュウガやミーナの事は気にせず自由に言っていいぞ」

周りを見回すが、不満顔や手を挙げる奴はいない。

「ま、いいんじゃないのか。モーフ王国ならそう遠くないし、また『帰らずの迷宮』には戻ってくるんだよな？」

ルカが確認してくる。彼女は金を稼ぐために迷宮に潜っているのだから、効率を考えればここを長く離れたくはないだろう。ビキニアーマーも新しいのを買いたがっていたし。

「ああ、まだあそこは途中だからな。行ってない場所や取り残してる宝箱も多い。事が済んだら、また『帰らずの迷宮』に戻る予定だぞ」

危険な迷宮ではあるが、今の俺達ならもっと先へ進めるはずだ。

「では決定ですね」

イオーネが微笑む。

「よし。じゃあ、可愛い犬娘を拝みに行くか」

「うーん、はっきりと反対できないけど、なんだかアレックの趣味に付き合わされてる気がするわ」

「星里奈、お前は何となくだとか、気のせいでパーティーの行動を決めるつもりか。リーダーの意見に反対するなら、それなりの根拠を出せ。俺の理論武装のどこが不満なんだ」

「ちょっと。今、理論武装って言った。それってやっぱり最初の動機は趣味ありきでしょ」

「ふん、うるさいな、それのどこが悪い」

「うわ、開き直るなんて」

「にひっ、アレックだもん。わざわざ女の子を助けるためだけにどこかに行くのもおかしいとリリィは思ったし！」

「ウチは最初からそうやって思ってたで？　男はそれくらいがええんや」

「はわわ」

「それで隣の国まで出かける？　女の良さって私には分っかんないわー」

「当然だ、レティ。お前が女だからな。だが、それを金や珍しい素材に置き換えて考えてみろ」

「ハッ、金貨やコレクションのためなら、どこでも行きたくなる……！　分かった、賛成だわ。行きましょう！」

「もう、レティは女の子に興味は無いんでしょ。なんで賛成するのよ」

「まあまあ、アレックさんの趣味はともかく、最速には私も興味がありますし、ちょっとした観光と思えばいいじゃないですか、星里奈さん」

「ああ、観光ね。それならいいわ」

あれだけ渋っておきながら、あっさりと星里奈が同意した。観光って。

「最後にあっさり同意した理由が気にくわないが……まあいい、行くぞ！」

「「了解!!!」」

こうして俺達は隣国モーフ王国へと出発する事になった。

第三話　モーフの大樹海

「お客さん、ここからは馬車じゃ進めないよ」

「なんだと？　もう少しくらいは行けるだろう」

雇っていた御者が言うので、馬車から降りてみたが、なるほど、これはもう無理そうだ。

「ううむ」

あたりには所狭しとひねくれた木が生い茂り、

その木と木の間を結ぶように蔦がやたらと絡み合い、まともに進めるスペースがない。南国のジャングルそのものだ。

「リリス、他に馬車が通れそうな道はないのか？」

俺は道を知っているであろうリリスに聞く。

「いえ、どこかにはあるみたいなのですが、ちょっと私には分からないです……ごめんなさい」

彼女が縮こまって謝る。自分の故郷の道くらいは知っていて欲しかったが、ま、知らないものは仕方ない。

「分かった。ならここからは歩きだ」

「「エー」」

何人かが嫌そうな声をあげる。リリィ、レティ、それに双子のサーシャとミーシャ。別に双子は連れて来なくても良かったのだが、俺達がモーフ王国に行くと知ったら、興味本位で連れて行けと騒ぎ出した。仕方ないので、くぱぁとフェラの約束をさせて一緒に来ている。

「レティ、何か良い魔法はないのか？」

頼れるわけではないが、方法としてはもう魔法くらいしか思いつかないので、パーティーの魔法使いに聞いてみる。

「んー、あるにはあるけどぉ、ここで高速移動したら、木とぶつかって死ぬか、モンスターに突っ込んで大ダメージを食らうかのどっちかになるから、ちょっと微妙ね」

「微妙どころか、それは全然ダメだ」

諦めて俺達は馬車を降り、歩きでリリスの住んでいる村を目指す。

「だっる。歩きにくいし、もー、誰よ、こんな所に来ようって言ったのは」

歩き始めてすぐにレティが文句を垂れ始めた。

「それは俺だが、レティ、お前もこの辺を知っていて同意したんじゃなかったのか」

「私は巻物で読んで、へぇ、珍しい風習があるんだ～くらいしか知らないもの。あー、失敗した」

「嫌なら、もう一人で帰って良いぞ、レティ。魔法使いはネネがいるしな」

「なっ！　ネネちゃんはまだ半人前で、私が付いてないと危なっかしくて全然っダメなんだから」

「あう、ごめんなさいです」「グエッ」

白いクーボ（鳥）に乗っているもう一人の魔法使いネネがしゅんとして謝った。

「気にしなくていいぞ、ネネ。レティの奴、仲間外れにされるのが怖くて言ってるだけだからな」

「そうね、戦闘ではネネちゃんも一人で魔法を使いこなせてきてるし、もう一人前だと思うわよ？」

星里奈も言う。

「そうでしょうか……」

「はんっ、まだまだ中級魔法も覚えてないのに、一人前って、ちゃんちゃらおかしくてヘソで茶が爆発しちゃうわよ。まだまだ教える事はいっぱいあるんだから」

面倒臭い奴だ。だが、今のでネネは自信をある程度取り戻せたようだな。

「はい、レティ先生。頑張ります！」

「ええ、頑張るといいわ。フフン」

苦笑し、軽く彼女の師匠に向かってうなずいたネネ。ネネのほうが精神的に大人だな。

気を取り直してジャングルを進むが……先頭を歩くミーナが急に立ち止まった。

「ミーナ？」

「ご主人様、ヘビの臭いです！　前と後ろ、二匹に囲まれました！」

彼女がモンスターの襲来を告げ、俺達はすぐに剣を抜いた。

木の陰から這いずり、ぬっと現れた大蛇は直径だけで二メートルはあるだろう。これは手強そうだ。

まずは【鑑定】っと。

〈名称〉ジャイアント・ロック・ボア
〈レベル〉52
〈HP〉3651／3651
〈MP〉22
〈状態〉通常
【解説】
表皮の一部が岩によって覆われた大蛇。
性格は獰猛で、近づく者に対してアクティブ。
獲物に巻き付いて絞め殺すのが得意。
その膂力はオーガを凌ぐ。

ちぃっ、大物だな。

「奴の巻き付き攻撃には気をつけろ。それから、後衛は背後にも注意しておけ。星里奈、後ろは任せたぞ」

「「了解！」」

俺は指示を出しながら大蛇に斬りかかった。


こいつの太い胴体は上側が黒い岩になっており、そこを避けて腹を狙う。

ドスッと剣が半分ほど食い込んだが、思った以上に奴の肉が硬い。

力任せに斬るのは諦め、すぐに剣を抜いて俺は立ち位置を変える。そこに回り込もうとしていた大蛇だが、動き自体は遅いので気をつけていれば、巻き付かれることもないだろう。

「おりゃあ！　くっ、硬えな、こいつ。こん畜生！」

「ジュウガ、攻撃したらすぐに離れて！　一撃じゃ無理だ。こんなのに巻き付かれたら抜け出すのは苦労するよ」

ルカが注意するが、最近は仲間へのアドバイスも増えてきて、うちのパーティーに馴染んできたようだ。

「イオーネ、そっちに行ったでぇ！」

立ち止まって目を閉じているイオーネに、早希が教える。

「ええ、分かっています。【水鳥剣奥義！　水滴(すいてき)石穿(せきせん)！】」

　イオーネが細身のロングソードを垂直に突き出すと、それを超高速で繰り返した。

　バンッと大蛇の胴体が反対側から破裂し、真っ二つになった。スゲえな。

「やるわね！　イオーネ。こっちも【スターライトアタック！】」

　星里奈が後ろのもう一匹を片付ける間、俺はちぎれたまま暴れている大蛇の口にアイスジャベリンの魔術を撃ち込んでやった。

「ジャ！」

　大量の氷槍によって頭ごと凍り付いた大蛇が、動きを止め、白い煙と化す。ボフン。

「クリア！」

「こっちもクリアよ！」

「ちょっとぉ、せっかく私が新しく開発した超魔術をみんなに見せつけてやろうと思ったのに、少しは粘りなさいよ」

　レティがつまらん私心からモンスターを応援しているが、戦闘はデモンストレーションなんかじゃないからな。地味でもあっさり片付けたほうがいいに決まってる。

「す……す……」

　リリスが目を丸くしてアワアワしている。

「ん？　どうかしたんか、リリス。この大蛇、見た事が無かったんか？」

　早希が聞いた。

「いえ、見かけた事は何度かあるのですが……凄い、大ヘビを倒すなんて……！」

　どうやらリリスの村の人間は、大ヘビに出くわしたら、速攻で逃げるようだ。

なるほどな、それでここでは足の速さが重要になるのか。

「よし、進むぞ」

「「了解！」」

俺はリリスをレースで大勝利させ、村中の女達に「キャー、コーチさん素敵！」とハートマークの目をさせるべく、先を急いだ。

第四話　リリスの村

「ここが私の村です」

ジャングルの奥地に、リリスの生まれ故郷があった。

ちょっと開けた場所に、畑と茅葺(かやぶ)き屋根の家がポツポツと並んでいるだけの牧歌的な村だ。ま、馬車もろくに通れないような場所だからな。

「あら、リリスじゃない」

「あっ、エ、エリザベート……さん。ど、どうも」

リリスが会いたくなかったという顔で少女にお辞儀する。腰布の半裸おっぱいを密かに期待していた俺だったが、どうもこの村の文明は思ったよりも高いらしい。娘は日傘を差し、フリル付きの上品なドレスを着ている。

「ふふ、まさかあなたもレースに参加するなんて言わないでよ？　リリス。村で一番足が遅いあなたが参加したところでドベは決まっていますものね。村長を決める大事なレースですもの、参加賞もブービー賞もありませんわよ。おほほ」

「そ、それは……」

「だが、そのレース、ここの村人なら参加資格があるんだよな？」

俺は来た意味が無くなってしまうので、その重要な点を確認しておく。

「ええ、それはそうですが、誰ですの、あなた？」

エリザベートは俺を怪訝そうな目で見た。

「俺はリリスの専属コーチだ。彼女をこのレースで勝たせるためにやってきた」

「……プッ、あははは、コーチですって？　笑わせてくれますけど、所詮は無駄ですわ。どんなに優秀な先生が付こうとも、素質の無い人間が勝てるわけないでしょう」

「それはどうかな」

「む、ご存じないでしょうけど、ワタクシはこの村の村長の一人娘、エリザベート。そして村長はもっとも速い者がなれる特別職ですの。その一流の速さを持つ両親の血統から生まれたエリートが、ワタクシですのよ？　そこのダメ犬とは生まれつき速さが違いますもの。今まで、レースでも練習でも、一度もワタクシには勝っていませんわよね？　ねぇ、リリス」

「は……はい」

「かー、なんか気に入らねえなぁ。リリスもわざわざグランソードの迷宮に潜って必死にレースの練習をしてたんだぜ。勝負はやってみるまで分っかンねえだろうがよ」

ジュウガがイラついて口を挟んだ。

「そうだよ。見た感じ、体が細いし、アンタもそんなに速く走れるようには見えないね」

ルカも言う。

「……この、ワタクシが速く見えないですって？　よく見なさい、その節穴の目で！」

日傘を投げ捨てたエリザベートは前傾姿勢になると、一瞬でルカの目の前までダッシュしてみせた。

「くっ！」

ルカも反応はできたが、剣の柄に手を置くのが精一杯だった。

ほう、速いな。しかもドレス姿でここまでの速度が出せるとは。

……そういえば俺達はリリスの走ったところを

見ていない。リリスを見ると、彼女は下唇を噛んだままうつむいていた。

それを見て満足げにエリザベートが笑みを浮かべ、傘を拾い直す。

「では、ごきげんよう。リリス、これは遊びではないのよ。分かったならさっさと村を出て行きなさい」

「……私は！　レースに参加して、霊酒をもらい受けます！」

「……はぁ？　雑種のくせに妄言も甚だしいですわね。ふん、勝手になさいな。いくら無能が頑張ろうとも、恥を掻くのはあなた方ですわよ。ワタクシの勝利は決定事項ですのに、まったく」

エリザベートがぶつくさ言いながら去っていった。

「なんや、感じの悪いお嬢様やったなぁ。言うといたるけど、ああいうのを村長にしたら、ろくな事にならんで」

早希が言うが、能力はともかく村民は苦労させられそうだな。

「『サクッと暗殺しちゃう？』」

双子が提案するが。

「ダメよ、そーゆーのは」

「そうだな。それは最後の手段にしておこう」

「ちょっと、アレック」

「まあ待て、まずはレースに正攻法で勝てばいいだけの話だ。ところでリリス、レースの開催はいつだ？」

「ええと、次の満月になる日の正午なので……あと一週間くらいです」

「なに？　短いな」

「そうねえ。それじゃ、私達がフォームをアドバイスしてあげるにしても、練習時間がそんなに取れそうにないわね」

「どうか、この者に神のご加護を。ところでリリスさん、お姉さんはどこに？」

フィアナが祈りを捧げて言うが、病気の姉に回復魔法をかけてやると話していたな。

「あ、そうですね。私の実家はこっちです。どうぞ。ううん、でも、皆さんが泊まれるかな……」

「心配しなくて良いわ。私達はちゃんとテントも持ってきているから」

「そうですか。へえ、【アイテムストレージ】持ちなんですね。いいなぁ」

リリスが羨ましそうに星里奈を見たが。

これだな。

スキルポイントをリリスに分けてやって、何か使えるスキルを取らせれば、勝機が見えるだろう。

星里奈もそれに気づいたようで、笑って俺に目配せしてきた。

「じゃ、リリスの家に行くか」

「ええ。でもアレックは家には入らないでね」

「なんだと？」

客として招かれているのに、俺だけのけ者にするとはどういう了見だ。

「いえ、ちゃんと姉にご紹介しますので」

「もう、それがダメだってのに」

「星里奈、リリスの心遣いを無下にするのはよくないぞ」

「美人じゃなきゃいいけど。病気なんだから、手を出しちゃダメよ？」

「そこは心配するな。俺にもそのくらいの分別はあるぞ」

しっかり回復したところで、感謝されながら美味しく頂くのが一番だからな。

リリスの家は茅葺き屋根で小さな家だった。

「お姉ちゃん！」

「ああ、リリス、帰ってきたのね。無事で良かった」

リリスと同じ白い髪の姉は、ほほう、なかなか美人じゃないか。ただ、ちょっとやつれていて、食指が動くというほどでもない。

「その方達は？」

「アレックさん達はね、私がレースで勝てるように、手伝ってくれるの」

「ええ？　荒事はダメよ、リリス」

　俺達が剣と鎧を装備した冒険者の装いだからか、姉が不安げな顔色を見せる。病人に心配させないよう、俺は言っておく。

「大丈夫だ。レースは正々堂々、リリスの実力で勝つ」

「それならいいですが……相手の優勝候補、エリザベートは同世代では一番の速さです。リリスがいくら頑張っても……。リリス、霊酒の事なら、気にしなくて良いのよ？　あれを飲んだからと言って私の足が良くなるとは限らないんだから」

「それは分かってるけど……でも、私、お姉ちゃんに少しでも元気になって欲しいから」

「……ありがとう。あなたのその気持ちだけでも充分よ」

　泣きそうなリリスの頭を撫でて微笑む姉だが、何とかリリスを勝たせてやりたいものだな。

「リリス、さっそくだが作戦会議を始めるぞ。家族の積もる話は一週間後、レースが終わってからでもいいだろう」

「あっ、はい。そうですね、分かりました」

　さて、知恵を絞るか。

第五話　作戦会議

　病人の近くで話し合っていては、リリスの姉も落ち着いて休んでいられないだろうから、俺達は別の場所で話し合う事にした。

「さて、じゃ、ひとまず、お前ら、何か勝てそうなアイディアを出してみろ」

　最終的には俺の【ポイント贈与】でリリスにスキルを取らせるつもりだが、もっと良いアイディアが出るかもしれないし、パーティーを強くするのは何も戦闘だけではない。こうして知的作業でも鍛えられるところは鍛えていかないとな。

「そう言われてもなぁ、ガッツだ！　ガッツしかねえよ！」

ジュウガが拳を握りしめて叫ぶが、まぁ、気合いも大切なんだがな。

「ああ、ガッツは大事だな。リリス、気合いは入れろよ。姉のためだ」

俺は表向きうなずいて良い意見という感じで肯定しておく。『ブレインストーミング』では、出た意見をすぐに否定してはいけない。意見が出そろったところで吟味しないと、次の者が意見を言いづらくなるからだ。

「は、はいっ！」

「私は走るフォームを見てあげるわね。こう、腕を横じゃなくて縦に振ると、速いわよ」

星里奈は陸上競技の知識があるようで、走りのフォームについてリリスに説明してやった。

「なるほど。だいたい私もそんな感じで走ってます」

リリスはもう経験的に知っていたようで、それなりに走る練習はしっかり積んできたようだ。

「にひっ、良い事を思いついたよ！　レースのコースに罠とか仕掛けたらどうかなー？」

リリィが言うが、コイツはこういう悪戯ばかり思いつくな。

「ダメよ、そんなのは」

「まぁ、それも最後の手段だ。よし、次」

星里奈が叱ろうとするが、俺は手で制して次の意見を促す。

「心頭滅却すれば火もまた涼し、呼吸を止めて走ってみたらいいかもしれません」

イオーネが難しいことを言い出すが、まあ試しにそれで練習してみるのもいいだろう。会得はちょっと無理そうだが。

「待ち待ち、レースのコースの長さが長距離やったら、呼吸止めて走るなんてホンマに死ぬで。リリス、距離はどのくらいなん？」

早希が大事な事を聞く。

「村の周りを一周ですが、あとで案内しますね。呼吸は……やるだけやってみます」

「ふうん、村の周りを一周か。それなら、そんなに距離は無いみたいね」

「いえ、結構あると思いますよ」

星里奈の言葉を否定したリリスだが、ま、後でコースを確認するか。

「あ、あの、松風……クーボを使うのは……ダメですよね？」

ネネが勇気を振り絞って提案してくれたが、エリザベートは自分の足で走っていたし、乗り物はたぶん認められない気がする。

「ううん、それはちょっと私も分からないです。あとで聞いてみますね」

「そうしろ。レギュレーション、ルールはしっかり調べておくように」

「はい」

俺もあとでリリスの姉に聞いておこう。フラグは色んな所で積極的に立てていかないとな。

「レース中の戦闘は認められるのかい？」

ルカがルールを確認するが、戦闘が認められるバトルロワイヤル形式なら、アイテムや装備で色々と幅が広がりそうだな。

「いえ、相手への攻撃と、悪質な妨害工作は禁止ですね……」

「ふうん、そっか」

「じゃ、アイテムもバフ系くらいしか使いづらいなぁ。あかん、ウチは買収しか思いつかんわ」

早希が頭を掻くが、よくある手だな。

「ま、それも一つの手だが、バレたら失格になるだろうからな。最後の手段だ」

そう言っておくが、あのお嬢様は買収できないだろうし、このレースでは使えない。

「せやね。ダーリンは何かある？　切り札はアレとして」

「ああ。そうだな……切り札はアレとして、それ以外だと、まずはリリスの自信が気になるな」

「あー、確かに」

「えっと、私の自信ですか？」

「そうだ。お前、本気でレースに勝とうとは思っていないだろう」

俺はその点を指摘する。

「いいえ、私は姉さんのために、本気で走るつもりです」

「だが、勝つとはイメージができていない、そうだな？」

「それは……」

リリスがうつむく。

初めから諦めていては、全力の挑戦も何もあったものではない。

何をやるにしろ、本人のやる気、それが第一前提だ。

何かスキル……いや、そんなものはスキルに頼るまでもないか。

「よし、なら俺がレースで後を追う。それでリリスが俺に捕まったら即レ○プということにしよう」

「ふぁっ?!」

名案過ぎる。リリスもこれで真剣さが増すに違いない。

「ちょっと、普通にアウトなんですけど、そのプラン」

星里奈がジト目で言うが。

「なぜだ？」

「なぜって、常識でしょ。ふざけないで」

「いや、俺は本気だぞ？　この目を見ろ」

「ああもう。とにかくダメよ。そんなのは」

「えー、面白そうじゃん。星里奈っていっつもアレはダメ、コレはダメっていうけど、なんか偉そうだよねー。わりとバカなのに」

「は？　あのね、リリィ、私は、優等生だし模試で全国百位に入った事もあるんだから。バカじゃないわ」

リリィにバカにされたせいか、星里奈もキレ気味で怒った。

「んん？　モシ？」

しかし、リリィも聞いたことの無い言葉に小首を傾げてしまう。

「星里奈、それで問題解決ができていないのに、使えない賢さをここでアピールするのは無意味だぞ」

「くっ、それは……」

「アレックが亀甲縛りでレースのライバル選手を片っ端から縛っていけばいいじゃん」

「そーそー」

双子のサーシャとミーシャが提案したが、それは普通に考えて失格対象の行動だろう。


「却下だ。真面目に考えろ」

「エー、エロい事しか頭にないエロ親父に言われたくないんですけどぉー」

「ねー。エロ親父に言われたくはないわよねー」

「ふん」

「あ、そうだ。リリスちゃんを、ざーこ、ざーこって煽ってやったら、スピードが上がるんじゃない？」

「あ、それいいかもぉ、キャハハ、ざーこ♥」

「うっ」

「やめろ。それでバキバキになるのは一部の男だけだ」

「あの、ご主人様、私が代走を務めるのはどうでしょうか」

「ふむ」

ミーナならレベルがリリスよりも高いだろうし、足の速さも上かもしれない。だが、これは村長を決定するレースなのだ。村人しか参加が認められないだろう――いや？

「そうだな、霊酒だけ賞品として受け取るという条件なら、いいかもな。参加費もこちらが出して」

「おっ、そうやな。なら、ウチがあとでここの村長はんと交渉してみるわ」

早希なら上手く交渉できるだろう。ま、駄目元だ。

フィアナは姉のところにいて、回復魔法や祈りの儀式をやっているので、残る発言者はレティだけか。

「じゃ、だいたい全員、意見は出たみたいね。まぁ、パーティーの知恵袋たる私から言わせると、どれもショボすぎてお話にならない意見だったけど」

「ああん、なんだとレティ。ガッツのどこがショボいンだ」

「「感じ悪ーい」」

「レティもそんなに頭良くないんだから、格好付けない方が良いわよ」

「せやせや」

周りから総スカンを食らって、レティが口を尖らせた。

「なんなの、これだから、凡人は……」

「まあいいから、言ってみろ、レティ」

「言うけど、けなしたりしないでよ」

「それはアイディア次第だ」

「じゃあ、言わない」

いいから言えと。

「そんなこと言って、本当は思いついてねえンじゃねえのか？　レティ」

「なっ、言うわよ。それはね、魔法を使えば良いの。もっと足を力強く、錬金術も使って、全身バキバキの体にしてやるわ」

レティがどうだと言わんばかりの腕組みで威張った。

「……ちなみにレティ、それって、体が元に戻るの？」

星里奈が大切な事を聞く。

「うーん、完全には無理だけど、普通に歩くくらいまでは治せると思う。アザやツノの見た目はちょっと我慢してもらうとして」

「ひえっ」

「却下だ！　容姿をいじるのは無しだぞ」

ツノって何だ、ツノって。

「えー、それだと一時的にちょろっとしか強化できないんだけど」

「それで充分だ。見た目でバレない魔法でレース前に強化しておくぞ」

「了解。んー、でもちょっとつまんないわー。アレック、試しに実験に付き合ってよ」

「嫌だ。自分の体でやれ。俺はモルモットじゃないぞ」

「チッ。じゃあ、やめとく」

自分の体ならやめておくというのが憎たらしいな。まったく。

「じゃ、アレックはスキルを考えてるのよね？」

「ああ。だが、一度レース場を見て回るか」

障害物コースなら、【ジャンプ】などのスキルが有効だろうが、コースによって使えそうなスキルは変わってくるはずだ。

「はい、案内しますね。こっちです」

リリスに連れられ、一同で移動したが、きちんとしたレース場ではなく、木が生い茂る獣道をぐるりと一周するという感じだ。しかも、途中で普通にモンスターが出てきたので、戦闘で仕留めた。

「うーん、ここを本当に競争で走るの？　障害物だらけなんだけど」

星里奈も少し心配して言う。

「はい。でも、上手く避けられますよ？　見てて下さい。こうやって――ぎゃん！」

リリスがダッシュして木をジグザグに避けて行

こうしたが、別の木に当たってしまった。

「あらら。はい、ポーション。体、大丈夫？」

「うう、大丈夫です。ありがとうございます……」

赤面したリリスが涙目でぶつけた額を押さえながら言う。

「よし、まあ、だいたい分かった。【動体視力】のスキルは必須だな。あとは、空間を把握できるようなスキルを取れば良いだろう」

「それが……私、取れるスキルは全部、取り切っているので……今からレベルを上げると言っても……」

リリスが困り顔で言うが。

「ふふ、大丈夫よ。アレックならね」

星里奈がニッコリと微笑む。

「はぁ……」

まだリリスは俺の能力をよく分かっていないようだが。


「任せろ。リリス。絶対にお前を勝たせてやるぞ。それで霊酒もお前のものだ」

俺はニヤリと笑って勝利を約束してやった。

第六話　村長決定戦

「さあ、やって参りました、第七十六回、村長決定戦！　栄光を掴み、新たな村長となる者は誰か。実況はこの私、村一番のお調子者ブッチが務めさせて頂きます。特別ゲストにはBランク冒険者アレックさんと、その同じパーティーの魔導師レティさんをお迎えしております。二人とも、どうぞよろしくお願いします」

「「よろしくお願いします」」

長机をひとつそのまま野外に持ってきただけの実況解説席で、俺はリリスのレースを見守ることにする。レティの水晶玉が目の前に置いてあり、そこにスタート地点の様子が映し出されていた。

残念ながら、カメラとなる魔法陣を設置した場所しか映せないし、設置にも時間がかかるので、今後の冒険にはなかなか使いづらそうな魔法だが、今回の実況解説には充分だ。

「頑張ってね！　リリス！」

「ウチらも応援してるでぇー」

「ありがとうございます！」

「ミーナとネネちゃんも頑張って」

「はい」「はわわ」「グエッ！」

　スタート地点には大勢の村人達が集まり、出走する選手八人に声援を送っている。出場資格のある若者はまだ他にも何人かいるとの事だったが、同世代最強のエリザベートには勝てそうにないと早々に諦めたようだ。

　だが、エリザベートがいつも好調だとは限らない。体調を崩していたり、もしかしたらプレッシャーで悩んでいる事だってありえるのだ。……まあ、ニッコリ笑って周りに手を振っているエリザベートは自信満々で顔色も良く絶好調のようだが。

　一方のリリスは、顔が引きつっていて明らかに緊張している。

「リリス～、リラックス、リラックス！」

「楽にいこ～、楽に」

　星里奈や早希がアドバイスを送っているのでそこは彼女達に任せておこう。ミーナとネネも報酬は霊酒だけという条件で参加が認められた。この三人の誰かが勝利すれば良いのだ。

「では、出場選手を紹介していきます。内枠一番人気、最強と謳（うた）われる村長の娘エリザベート、余裕の笑みですねえ。これは心配されていたプレッシャーも関係なさそうです」

「最強の名にふさわしい走りを期待したいですね」

「負けろー、むぐっ、何するのよ、アレック」

　レティが解説席の意味を理解していないのか、

えこひいきで相手をけなそうとするが、俺は彼女の口をふさいでおく。

「ええと、レティさんは、今なんと？」

「みんな負けるなーと声援ですね」

さらりと俺はごまかしておく。

「このレース実況は現村長の許可も得てやっていますので、中立で頼みますよ、お二方。そして今回は特別に飛び入り参加のミーナさんとネネさんです。この二選手は優勝しても霊酒のみで、村長資格は与えられないとのことです」

「同じ犬耳族として頑張ってもらいたいです」

「そうですね。さあ、準備が整ったようです。今、審判のスタートフラッグが振られました！　各選手、一斉にスタート！　これは速い！　素晴らしいスタートだ！　決定戦にふさわしいレースとなりそうです！」

八人の犬耳が猛ダッシュで地面を蹴って飛び出している。世界最速との評判通り、後ろに土煙が高々と上がるほどの猛烈な速度だ。あっという間にスタート地点が遠ざかり、映像が切り替わる。

「さあ、最初のコーナーに一番乗りしたのは、やはりこの選手だ！　村長の娘エリザベート！　速い速い、後続に六メートルの差を付けて速くも独走か！」

「ペース配分が気になるところですね。まだコースには障害物もありますから油断はできませんよ」

解説としてはそう言ったものの——おかしい。リリスにあれだけ高ポイントのスキルを複数持たせてやったのに、それでこの差か。正直、厳しいな、これは。ミーナとクーボ（鳥）に乗ったネネも負けている。

「後ろに強い選手もいるものね。……どーすんのよ、アレック」

「まだ焦るな」

実況に聞こえないよう小声でレティと言葉を交

わし、レースの行方を見守る。もちろん、ここから魔法やその他の妨害工作は行えない。実況者も村人だから、不正に関しては審判と同様に厳しく注意してくると思った方がいい。

「二番手は、バーニア出身の犬耳族ミーナ、腕を振らない独特のフォームながら、これは速い！」

「忍者走り、ですね。常に敵との攻防を考えてのフォームですが、かなり厳しい修行が必要です」

ミーナから修行内容を詳しく聞いたわけではないが、そう言っておく。

「三番手は、白いクーボに騎乗した犬耳族ネネ、やや危なっかしい感じですが快調な走りを見せているぞ！」

「コンビの息はピッタリなので、直線で一気に前を狙っていきたいところです」

見ていて俺もちょっと心配だが、松風もそれなりに賢いから、乗り手を落っことしたりはすまい。

「ネネちゃん、頑張って！」

「さて、四番手は――おお、八番人気のリリスです！　彼女はしばらく村を離れていましたが、期待を背負って故郷に戻って参りました！　これはめざましい成長ぶり！　泣き虫だったあのリリスとは思えません！」

「彼女も毎日欠かさずトレーニングしていたようですからね。病気の姉のために今日は頑張ってもらいたいところです」

さりげなく事情を吹聴しておき、これを聞いているはずの村人達の同情も集めておく。ま、それは万が一、こちらが負けても霊酒がもらえるようにとの計算だ。

「さて、ここから木が生い茂る難しいコースへとさしかかります。先頭を走るエリザベート、やや速度を落としました。後続との差が詰まります」

「行け行け～追いつけ～！」

レティは気軽に言うが、何せこの速度だ。エリザベートがやっているように速度を落としておかないと、障害物の木を避けきれないだろう。そこはリリスも分かっていると思うが……。

「続いて二番手のミーナもここでスピードを落とします。あっと、四番手リリス、そのままスピードを落とさずに距離を詰めてきた！　ちょっとこれは速すぎるか？」

「問題ありません。リリスがグランソード王国の『帰らずの迷宮』で手に入れたスキル【直角ドライブ】が使えますから」

「【直角ドライブ】ですか？　解説のアレックさん、それはどのようなスキルなのでしょう？　あーっと！　今、凄い曲がり方をしました！　リリス選手、なんだその曲がり方はぁー!!!」

「あれが【直角ドライブ】の効果です。進行方向からスピードを落とさずに方向を九十度も曲げられます」

「ま、右と左の九十度しか選べないんだけどね」

　レティが弱点まで解説してしまったが、まあいい、分かったところで先頭のエリザベートがどうにかできる事でもないからな。

「ちょっ、そんなスキルが存在していいんですの!?　何かおかしいですわ！」

「後ろを気にしているエリザベート、これはいけません、自分のレースに集中してもらいたいところ！　あっと、三番人気が気を取られすぎて木に激突してしまいました！　これは大丈夫か？　医療班が駆け寄ります。おお、どうやら大丈夫そうです、三番人気、すぐに自分で立ち上がってレースに復帰しました。しかし、順位は最下位に脱落！　これは痛い。痛すぎるタイムロス！　ゴールで待ち構える村人の一部から、うめくような落胆の悲鳴が沸き起こっています」

「これ、賭けてんの？」

　レティが聞く。

「賭けてますね。ちなみに私も百ゴールドをエリザベートに張ってます。合法です」

実況者が賭けていいのか、ちょっと公平性に疑問が湧くが、この村のルールでは有りのようだ。

「さて、レースの方は第二コーナー、ジグザグのコースを抜けて中盤にさしかかります。ここは大木が横倒しになっていて、ジャンプでしか進めないぞ！　しかも大木で視界が遮られるからタイミングが重要になります！」

実況者の言う通り、水晶玉に映し出された場所には、大木が何本も横倒しになっている。俺達が事前にコース案内をしてもらったときは眺めるだけで迂回した所だが……。

「エリザベート、綺麗にジャンプ！　タイミングも正確です。今のはいかがですか、アレックさん」

「勝負服がスカートなのはいいんですが、下に短パンを穿くのは許せないですね」

「ああ、男としては分かりますが、いえ、何も言いますまい。二番手のミーナ選手、あっと？　急にコース外へと向かいます。これは失格だぁ！」

「ミーナ？　ああ、なるほど、コース外に大ヘビがいましたね。他の選手達の安全を図ったようです。星里奈、援護を頼むぞ」

一応、声をかけておくが、星里奈達もすぐに向かったようだ。

「無事だと良いですが……Bランク冒険者の皆さんならどうにかしてくれそうです。さて、三番手のネネ選手、今ジャンプ！　綺麗に跳びました。騎手は泡を食っているようですが、なかなか安定した走りを見せるクーボです」

「落馬――落鳥だけ注意して欲しいですね」

「おや？　競り合う四番人気、懐から干し肉を出して……？　クーボの前に投げました！　あーっと、食べている、これはいけません。ネネ選手、エサに釣られて足が止まったぁ！　しかもコース外、失格です！」

「コラ～松風～！　なにやっとんじゃ～！」

なんともセコいやり方だが、あれは選手への妨害でもなければ、攻撃でもない。審判もセーフの合図を送ってきた。チッ、仕方ないな。あとはリリスだけが頼りだ。

「代わって三番手のリリス、おっと？　まだタイミングが早い！　そこでジャンプしたら——」

「いえ、大丈夫です」

「大きくジャンプしたリリス、おおおっ？　もの凄い高さまで上がっている。アレックさん、これはスキルですね？」

「ええ、【陽気な配管工】というスキルを取らせ——取ってもらいました」

「なるほど、しかし、配管工がなぜそこまで跳べるのか、着地も心配になるほどの高さです！　リリス選手、顔が引きつっているぞ！　大丈夫か？　今、着地！　成功しました！　一度に五本すべての大木をクリアー！　一気に二番手に躍り出ました！　これは前代未聞だぁ！」

「うわー、良かった。ヒヤッとしたわー」

レティが胸を押さえて言うが、俺も正直ヒヤヒヤした。リリスはスキルを取ったが、練習時間は一週間しか無かったからな。しかも怖がりで「もう私、跳べません」とか言って泣きだしていたし。だが、本番でよくやってくれた。リリスはできる子だ。

「いよいよ、レースは最終局面、最終コーナーを曲がってゴール地点へ一直線となります。心臓破りの坂を登り切った後は、障害物がありません。ここからは純粋なスピード勝負、ここでモーフ王国犬耳族の誇りと己の足が試されます！　先頭は変わらずエリザベート、しかし二番手リリスが猛追してきました！　これは速い！　じりじりと距離を詰めてきたぞ！　これは捉える事ができるのか？　いかがですか、アレックさん、あれ？　アレックさん？　どこへ？」

「オホン、彼は今ちょっと席を外しているから、私が代わりに解説するわね。リリスはもう一つ、【赤い彗星】というスキルを持っているわ。三倍の速さで走れるんだけど、エリザベート、速いわね……」

「三倍！　それは凄いスキルですね！　さあ、おっと？　レースの横に不審な影が、あーっと、アレックさんがあんな所に！　リリスを追いかけていますが、何をやっているのか！」

「オホン、ただの応援ね。彼は、ほら、コーチだから」

「いやいや、しかし、レースに勝手に参加されては……応援の旗が当たって大惨事になった事もありますから」

「コース外よ！　見て、コース内には入ってないわ。旗も持ってない！」

「おお、なるほど」

ナイスだ、レティ。

「ほれ、リリス、本気を出せ。俺に捕まったら、約束通り、即レ○プだぞ」

俺はリリスにだけ聞こえるように小声で言う。

紳士という設定だからな。そうでなくてはあっという間にこの村から追い出されてしまう。

「ひえっ、そ、そんな約束、私はしてません～！」

「リリス、泣きそうな表情で、これはスタミナが苦しいか？　しかし、スピードは増しています！　何という追い込み！　さあ、先頭エリザベートを射程圏内に捉えた！　何というレース展開！　誰がこの順位を予想できたでしょうか！　リードは三メートル、二メートル、さらに縮まる、ゴールは目前ですが、ここで両者、ついに横並びだぁー！」

「ホレホレ、捕まえちゃうぞ」

「いやぁ～！」

「ちょっと、何なの、あなたは、あっ！」

「ああっと、エリザベート、後ろを気にしてわずかに速度が落ちました！　その隙を突いてリリス、ハナ差でゴールイン！　奇跡の結末！　ゴール前の村人、全員跳び上がってこの結果を喜んでいます！　よくやったリリス！　賭け金は痛かったが、新しい村長は君で決まりだぁー！　おっと、審判に前村長が物言いを付けています！　レースは審議中、まだ確定ではありません！」

「今のはレース妨害だろう。君」

村長が審判に詰め寄って言う。

「いえ、アレックさんはあくまでゴール前の応援でした。コース内には入っていませんし、前を塞いでもいません。レースは成立です！」

「いや、しかし、何かブツブツ言ってただろう」

「ルールで声援は禁止されていませんよ。あれがダメなら村長も声援ができなくなります。エリザベートも含めて両者失格処分となりますが、よろしいですね？」

「いや、くそっ！　分かった。レースは成立だ！　失格なんて不名誉だけは避けねば」

「審判が笑顔で親指を立てました！　前村長も認めて、レースが成立したようです！　第七十六回、村長決定戦の優勝者はリリスで決定しました！」

✧エピローグ　頭隠して尻尾隠さず

俺はゴールして泣いているリリスに駆け寄り、優しく声をかける。

「素晴らしいレースだったぞ、リリス」

「ひっ、来ないで下さいぃ」

おや？

「ちょっとアレック、離れなさい。嫌がる女の子を襲うのは私が許さないから」

星里奈が前に立ち塞がった。

「言っておくが、さっきのは演技だぞ？　あくまでリリスを勝たせようと思ってやった事だ」

「どうだか。それが本当だったとしても、演技が迫真すぎて、本当に怖がらせちゃってるじゃない。もう大丈夫だからね、リリス。私がいるから」

「は、はい」

星里奈に怯えて抱きついているリリスは、こりゃセクロスまで持ち込むのはどうやっても無理そうだな。

少し失敗した。

ほとぼりが冷めるまで、リリスを怖がらせないようにしなくては。

とはいえ、まだ、リリスの姉もいるし、この村での目的がすべておじゃんになったわけではないのだ。

まだチャンスはある。

「アレック〜」

「なんだ、リリィ」

「あのね、あのね、犬耳のお姉ちゃんが、リリスの家で待ってる、だってさ」

「ほう？」

リリスの姉か。なるほど、妹を手助けしてくれたお礼にセクロスを喜んでと。

なかなか出来た姉ではないか。

星里奈に邪魔されてリリスは逃げてしまったが、ククク、こうして善い行いには善い報いが返ってくるのだ。

「ふひっ。じゃぁ、ちゃんと伝えたからね！」

「おう、ご苦労だった、リリィ。あとで、団子でも奢ってやろう」

「うん！」

ニヤニヤと楽しげなリリィはさっさとどこかへ行ってしまった。

俺も足取り軽く、リリスの家へと急ぐ。星里奈に見つかっては厄介なので、周囲を見回しつつ素早く移動だ。

「よし、ここだな」

茅葺き屋根の家にやってきた。

星里奈は近くにいない様子だ。しめしめ。

俺は背筋を伸ばすと、咳払いして、その家の中に入った。

「来たぞ。アレックだ」

中に入ってダンディーな声をかけたが返事が無い。

「んん？」

ちょっと来るのが早すぎたか？

どうしようかと俺が見回していると、寝室に人の気配がある。

「なんだ、いるんじゃないか。ふふふ」

俺はほくそ笑むと、そちらに向かった。美少女の部屋を訪れるこの高揚感。

リリスの姉は恥ずかしいのか、シーツを頭から被って姿を隠している。

初々しくて良い。

俺はその場で服を脱ぎ、すでにバキバキの臨戦態勢になっている性剣を携え、そっとシーツの端をめくる。

「……っ！」

リリスの姉は、自分の手でそのシーツを掴み、それ以上めくられるのを阻んだ。だが、彼女は全裸である。これはもう完璧に合意成立だ。疑う余地も無い。

「安心しろ、痛くはしないぞ。俺はテクも上手だからな」

そんな事を言って、俺は彼女の色白な足に手を伸ばす。

「んっ……」

小さな喘ぎ声を漏らすリリスの姉は抵抗のそぶりは見せていない。

つまり、触り放題である。おお、何だか楽しくなってきた。

俺は調子に乗って、彼女の細い足に両手を伸ばし、柔らかなふくらはぎから太ももへと手を滑らせていく。

「はっ、んっ」

声を潜めようとしているのか、苦しそうな声を漏らすリリスの姉。

いいとも、すぐに思い切り喘ぐ体にしてやろうじゃないか。

俺は舌なめずりすると、今度は彼女の胸を揉む。控えめなサイズだが、形は良く、揉み甲斐がある。

「ああっ」

彼女は震えると、シーツだけを頭に被ってこちらに背を向けた。

どうも顔を俺に見せるのが恥ずかしいようだ。顔を隠して尻尾隠さず、それでいい。

可愛いお尻をたっぷりと撫で回してやる。

「ああっ！」

ついに快楽に耐えきれずにリリスの姉が大きな声を上げたが……

「んん？　この声、お前、ミーナか」

「はぁ……申し訳ありません、ご主人様」

「なんだ……」

すっかり騙されてしまった。理由はすぐに思いつく。リリスの姉は乗り気ではなく、勝手にミーナが身代わりを申し出たのだろう。チッ、そうなるとリリィや星里奈もグルだろうな。

……まあいい。ミーナもうら若き犬耳娘なのだ。ハッスルしている俺の下半身と心を鎮めるためにも、ここは一発ヤっておかねば。

「じゃ、普通にやるぞ、ミーナ」

「は、はい。失礼します」

自分から抱きついてきたミーナと接吻を交わし、彼女の弱点、うなじや鎖骨や脇腹を撫でたりしてやる。

「ああ、はっ、んんっ♥」

すぐに甘ったるい喘ぎ声を上げるミーナ。

「よし、もう入れるぞ」

「は、はい、ご主人様」

ミーナの上にのしかかり、正常位で奥まで突っ込む。

「ああっ！」

声を上げ、ふるふると小刻みに震えるミーナは悦びを隠そうともしていない。中もしっかり濡れていてぐしょぐしょだ。俺は荒々しく彼女の中で動き、猛っているモノを本能のままに動かす。

「あっ、あっ、あんっ、ご主人様ぁ！」

ミーナもギュッと俺に抱きつき、腰のリズムを合わせてくる。幾度となく体を重ねた恋人だからこそできる芸当だ。

パンパンと音を立てて俺達の愛情たっぷりのダンスが始まった。

「あっ、あっ、あっ、あんっ、やぁっ、んんっ、あんっ、ああっ♥」

快楽に身をよじり、熱を帯びた喘ぎ声を漏らすミーナ。俺も全身に熱が籠もり、体が汗ばんできた。

汗でしっとり濡れたミーナのお腹に、ときどき微妙に角度を変えながら刺激を与えてやる。

「あんっ、ご主人様ぁ、ご主人様ぁ！　それぇ、ダメです、も、もう、私――んあっ！」

「いいぞ、いつでもイけ」

ミーナがイク瞬間、俺も急いでラストスパートをかけ、絶頂のタイミングを合わせる。

「は、はい、ああああ――っ！」

大きく体を反らしたミーナが快楽の極限の中で痙攣する。

俺も白い濁流を彼女の中に思い切り放出し、得も言われぬ快楽と幸福を味わった。

「さて、ミーナ、俺を騙したんだ。その罪はワンラウンドくらいじゃ済まないぞ」

「は、はい、覚悟しています……どうぞ、お好きなだけ」

俺はまだ滾(たぎ)ったままの下半身を再びミーナの体に押し込んだ。

――こうして俺達は三人の犬耳少女の足を速く

し、一人に栄光を掴み取らせてモーフ王国をあとにした。

後日、星里奈にリリスから姉の病状が良くなって歩けるようになったとの手紙が来た。

それは喜ばしい事なのだが、リリスの専属コーチであるはずの俺には、手紙が来ないのはどういうわけなのだろうか？

また暇な時には、モーフ王国に寄ってリリス達を心身共に鍛え上げてやらねば、と俺は誓うのだった。

手に入れたスキル
【追いかけ回し　レベル１】　Ｎｅｗ！
【駅弁　レベル１】　Ｎｅｗ！

幕間　処女を捨てないと出られない部屋

第一話　新たな階層

俺達は『帰らずの迷宮』第六層の攻略に進んだ。

「ここから下が第六層か。行くぞ」

「ええ」

第六層はそれまでの石壁と違い、むき出しの岩が左右を囲む、天然洞窟のような迷宮だった。

かなり薄暗い。

「ルカ、ここはどういう感じの敵が出るんだ？」

経験者のルカに俺は聞いてみる。彼女は第七層まで潜ったベテランだ。

「雑魚はオーガと『つちのこ』、ボスはベヒモスだよ。まあ、オーガとベヒモスは苦労するだろうね」

ビキニアーマーのアマゾネスが振り向いて答えた。

「そうか」

「ご主人様、先に何かいます」

「よし、戦闘態勢！」

ミーナが鼻を利かせ、俺達は剣を抜き身構えた。

シー、シーという何か空気の漏れるような音と、カラカラカラ……という不思議な音がそれに重なって聞こえてくる。

「リリィ、明かりを上げろ。レティ、明かりの魔法を」

「「分かった」」

明かりが増すと、地面を這ってくる『つちのこ』の群れが見えた。茶色なので地面と区別が付きにくい。

見た目は太ったヘビだが……。

「ルカ、こいつら、毒持ちなのか?」

毒を持っているなら、ルカも何か言ったはずだが、一応確認しておく。

「いいや、噛みついてくるだけだよ。太っちょのくせに、結構跳んでくるから、注意しな」

ルカがそう言った途端に、何匹かの『つちのこ』がジャンプして襲ってくる。

「うひゃっ、いった! 噛まれたぁ!」

おいおい、中衛にいるリリィまで届くのか。だが、攻撃力は大した事もなさそうだな。

「慌てるな。同士討ちしないよう、落ち着いて一匹ずつ確実に倒せ!」

「はい、ご主人様!」

「ああ!」

「任せて!」

「はいっ!」

「やったらぁ!」

前衛組は狼狽(うろた)えたりせず、やはり安定感がある。ミーナ、星里奈、イオーネ、ジュウガ、そしてルカの五人。

ここは広めの通路だが、狭い通路だと遊んでしまう前衛が出て来てしまうので、そろそろパーティー編成も考える必要がありそうだ。早希も前衛ができると言うしな。

「クリア!」

「おっ、宝玉(中)発見! 幸先ええね」

「よし、この程度の強さで(中)を落とすなら、狩るぞ」

「そうね!」

「アイアイサー!」

マップ探索は後回しにして、通路を行ったり来たりして『つちのこ』狩りにいそしむ。

だが、オーガも時々出てくるので、楽な狩りとは行かない。

「ＧＨＡＡＡＡ！」

赤黒い色の筋肉質の鬼が大きな咆哮を上げて襲いかかってくる。

「くっ！　きゃあっ！」

「おいっ、星里奈！　カバー！」

星里奈は剣でオーガのパンチを弾こうとしたようだが、明らかにパワー負けしていた。

星里奈の剣圧はかなりのものなのだが、この感じだとうちで一番筋力のあるジュウガでもこれは無理だろうな。

「全員、受けずに回避しろ」

「「了解！」」

俺の指示で回避しながらの攻撃になるが、オーガの厄介さはそこではなかった。

「ちぃっ、しぶとい！」

「取った！　ええっ!?」

「ＧＨＡＡＡ！」

イオーネがオーガを背後から突き刺したが、それでもまだ動いてくる。

「タフだからね、こいつらは。下手にトドメを刺しに行かない方が良いよ」

ルカが言うが、ＨＰを削って倒していくとなると、時間が掛かりそうだ。

「フッ、どうやら私の出番のようね。――第三の瞳よ、開け！　うずく左手は選ばれし者の証なり！　恥ずかしい過去の日記を見られた気持ちで我を恐れよ。かりそめの命脈を絶ち、闇に沈みたりて血も凍る。己の息を止めよ、【デス！】」

レティが呪文を唱えると、オーガはぴたりと動きを止め、前のめりに倒れた。そしてボフン。

「わ、凄い、今のって即死の呪文なの？」

「驚いた。そんな呪文が使えるなんて、どうやらロイドより上の魔導師みたいだね」

皆も感心した目でレティを見る。

「フフ、褒めて褒めて」

「ええと、第三の瞳よ、開け、うずく左手は選ばれし……」

ネネが呪文を覚えようとして復唱するが。

「あ、ネネちゃん、それはあなたにはまだ無理よ。魔力値もだけど、邪神との契約が必要なの」

「ああ、そうでしたか、先生」

「レティ、お前、邪神と契約してるのか？」

俺は気になって聞いてみる。

「まあね」

「それって大丈夫なのでしょうか……」

フィアナが心配するが、今のところは問題なさそうだな。無駄に高レベルな魔導師だ。

「アレックぅ、ドロップは斧が出たけど、拾っといて。私じゃ持ち上げられないよ、これ」

リリィが言うが、大きな戦斧（バトルアックス）が落ちている。これは、ドワーフのマテウスに見せてみるか。アイツで使えなきゃ他に使い手もいないし売却だ。

「分かった」

二十キロは優にありそうな斧を拾ってアイテムストレージに入れておく。

「よし、進むぞ」

「「おー！」」

第六層は今のところ、順調だ。

✧第二話　抜け道（前編）

「ちょい、待った！」

曲がりくねった迷宮の道を進んでいると早希が鋭い声を上げた。

「どうした、早希」

周囲を警戒したが、敵の姿は見えない。

「んー、なんて言うかなぁ、ここ、なんか怪しい気がしたんや」

「ふむ？」

「別に、特に変わった所はなさそうだけど……ん？　オートマッピングだと、左に埋まっていない空間があるわね。ここに入っていない部屋がありそう」

星里奈がマップを参照しながら言う。

「でも、入り口は無かったよ！」

「ほう、なら隠し部屋か」

「ふふーん、褒めて褒めて、ダーリン」

すり寄ってきたショートの黒髪を撫でてやる。

「おう、よくやった」

簡単なことでも、できて当たり前だと言うより評価するほうがお互い気分もいい。

「開け、ゴマ！　もう、ダメね。どうせどこにも通じていない閉鎖エリアでしょ。放っておけばいいわよ、そんなの」

レティが壁を調べて言うが、上の階層では閉鎖エリアに飛ばされて酷い目にあったしな。

「でも、そこに宝箱があったら、気になるやん」

「ええ？　言っておくけど、今日は私アイスゴーレムを召喚しないわよ。おみくじで召喚ゴーレムは不幸を呼ぶって出たから」

レティがくだらない理由で壁の穴開けを拒否したが、ま、機嫌を損ねても面倒臭いので、好きにさせておこう。

「おみくじか。まあ、ウチも金運は気になるし、それもええやろ。じゃ、他の入り口がないか、探してみよか」

「見た感じは、何もねえけど、ま、いいぜ！」

皆で壁を念入りに調べていく。

『聞こえますか、勇者よ……角から四番目の鍾乳石を押しなさい』

「ネネちゃん？」

「はわ、誰か女の人が今呼びかけてきたみたいで」

【共感力】のスキルだな。しかも相手は女か。

「ネネ、それは若い感じの女か？」

俺は重要なことを聞く。

「ちょっと」

星里奈がそれを聞いてムッとしたが。

「よく分かりません。でも、綺麗な声でした」

当たりっぽいな。

「よし、誰かが助けを求めているのかもしれん。調べてみよう」

こう言っておけば、星里奈も反対しにくいだろう。案の定、彼女は自分から四番目の鍾乳石を押しに行った。

「あっ、ここの鍾乳石が動くわ」

「なに？」

壁を構成している石が奥へ押されて、動いた。

「へっ、面白そうだな。オレにもやらせてくれよ」

ジュウガが別の鍾乳石を押す。俺はモンスターが向こう側にいないか心配になった。

「ミーナ、モンスターの臭いはどうだ？」

「はい、今のところ大丈夫です。この近くにはいません」

問題なしか。

「おお、軽いな！」

「あっ、ならリリィもやるー！」

遊びじゃないのだが、リリィも面白がって押す。するると、壁に人が通れる穴ができあがった。

「よし、進むぞ」

「「了解」」

パーティー全員でその穴をくぐる。すると、その先の通路はすぐに行き止まりになっていた。

「なンだよ、行き止まりじゃねえか」

「いや、待てジュウガ、その辺の壁が動かせないか、調べてみろ」

「おお！　なるほどな」

全員であちこちの壁を押して確かめてみる。

「あっ、この岩が押せますね」

イオーネが見つけた。道を塞ぐ感じで正方形の大岩があるが動くようだ。

「手伝うよ、イオーネ」

「ありがとう、ルカ」

ルカが隣に並んで両手で押す。ズズ……と大岩が音を立て奥へと移動する。

「見て、こっちの通路に出られそう。あともうちょっと。二人とも頑張って」

星里奈が脇の壁を見て言った。

なるほど、この通路はゲームではよくあるパターンのアレだな。迷路で通路を塞ぐ大岩をプレイヤーが押して脇に移動させ、先に進めるようにするパズルゲーだ。

となれば、動く壁の位置を押しすぎてもまずいか。

「よし、二人とも、その通路に入れるまででいいぞ。慎重にな」

「はい」「分かった」

「ククク ッ……アレック、生ぬるい事を言ってないで、このダイマッドゥシ！　クラッシャー・レティ様に任せなさーい！」

「ま、待て！　レティ、何をするつもりだ。もうその壁は動かさなくても――」

俺が止める間もなく、大惑う師レティが呪文を完成させる。クソッ！　こんな時に限って短縮であっという間に決めやがって。

「どすこい！　【ブーッカリゲーコッ！】」

次の瞬間、青白く全身を光らせたレティが弾丸のような速さで壁にぶつかった。

「ぐぇっ！」という声を発しながら。

「「あっ！」」

「ちょっとレティ、大丈夫？」

「いたたたた……プロテクションの呪文も使えば良かった。でも！　ほら見て、一番奥まで押してやったわ！」

満身創痍で胸を張り、晴れやかな笑顔を見せるレティの額に、俺はデコピンを食らわせる。

「バカ！」

「いったぁ、何するのよぅ」

「この通路は壁を押しすぎても詰む場合がある。それくらい考えろ。指示を無視しやがって」

「ええ？　あぁ……」

レティも俺の言った事はすぐに理解したようだ。

「フィアナ、治療してやってくれ」

「はい。じゃ、レティさん、――女神エイルよ、我が願いを聞き入れたまえ。【ヒール！】」

「ふう、わ……悪かったわよ。でも、アレックが言うのが遅かったのも悪いんだし」

「ふん。次からリーダーの俺が待てと言ったら必ず待て。今のは急ぐ必要もない場面だったぞ」

「うぐぐ」

「そうね。でも、まだ通路は続いているし、ちょっと先を確かめてみましょう」

気を取り直して、全員で迷路を進む。

「お、アニキ、ここの岩壁も押せるぞ！」

「よし、ジュウガ、その位置を覚えておくだけにして、今はまだ押すなよ」

「分かったぜ！」

「こっちも押せるところがあるなぁ。うーん、わりと複雑やねぇ。行き止まりもあちこちにあるみたいやし」

「ええと、こっちの壁が向こうに押せるから……待っててね。今、【オートマッピング】を見ながら考えてるから」

星里奈が考える間、俺もマップウインドウを参照して道をどこに作るべきかを考える。ミーナとルカは周囲を見回し、モンスターが出てこないか、警戒中だ。いちいち指示しなくとも、もうこのパーティーはそれくらいのことはやれている。

「あっ！　分かったわ！　さっきジュウガが見つけた所を押して、その後に早希が見つけた所を押せば、奥に通路ができるわ」

ふむ、星里奈の奴、正解を見つけたようだ。早いな。俺もその方法を確かめてみたが、それで間違いなさそうだ。

「よし、試してみよう」

「よっしゃ、任せろ！　アニキ！」

　ジュウガが拳を打ち合わせて気合いを入れ、壁を押す。

「ジュウガ、押すのは通路ひとつ分だけだから、押しすぎないでね」

「お、おう、難しいな。この辺か？」

「ええ、もういいわ」

「次はウチやな。でも、ここを押すと、戻るときに通路が塞がったりせんかな？」

　早希が心配したが、確かに位置を戻さないと、戻る道がなくなりそうだ。

「うーん、それも心配よね」

　この岩壁には掴めるような取っかかりなどがなく、見るからに硬そうだから壊すのは困難だ。つまり、押すことしかできない。

　奥の部屋に入れたはいいが、帰る道がなくなって出られなくなりました、では困るし。

「いや、オレがここでみんなを待ってれば、早希の押した分の壁を逆に押し返せるぞ？」

　ジュウガが言うが、なるほどコイツは今、ちょうど早希の壁とは反対側の通路にいるな。

「あ、そうね」

「じゃ、念のため、ルカ、ネネ、お前らもジュウガと一緒にここで待機しててくれ。三十分以内には戻ってくるぞ」

「分かった」「はいです」

「ほんなら、次の壁は、ウチとレティ、それにイオーネの三人で待機しとこか」

「そうだな」

「ええ？　まぁいいけど」「ええ、分かりました」

　帰りの道に戻せるよう、もう三人を壁の反対側に待機させ、押して進む。

「最後はここね」

　また岩壁が行く手を塞いでいるが、この岩壁は押しても他の通路にも影響せず、何も問題なさそうな位置だ。

「よし、このまま押すぞ。待機組は必要ない」

「はい、お手伝いします、ご主人様」

俺とミーナが左に押し、通路を開けて先に進む。

すると十メートル四方の正方形の小部屋に出た。

ここで行き止まりのようだ。

「あれぇー、宝箱があると思ったのに、ないよー？」

リリィが言うとおり、部屋に宝箱は無い。壁際に白い女神像があるだけだ。念のため俺は女神像を鑑定してみたが、普通の彫像だった。

「チッ、ネネをこっちに連れてくれば良かったな」

【共感力】がなければ、声の主の呼びかけが聞こえない。

「別にいいんじゃない？　どうやら空振りだったみたいだし。相手は人間じゃなかったのかも」

星里奈が女神像を調べながら言うが、ま、そうかもな。普通の冒険者なら、もっと違った声かけをするだろう。「助けて、出られないの！」とか。

「うっわ、つまんなーい」

リリィがここの小部屋にも押せるところがないか、確かめ始めたが。

俺は嫌な【予感】がした。

第三話　抜け道（後編）

「待て、リリィ」

「ダメよ、リリィ」

「ふえ？」

星里奈も同じく何かを感じ取ったようでリリィを止めたが、一足遅かったようだ。ズズッ！　と音がして、さっき動かした岩壁が勝手に移動し、唯一の入り口が塞がれてしまった。

「くそっ、罠だったか」

「うわ、ご、ごめん」

「いや、気にするな、リリィ。今のは仕方ない」

リリィでなくとも、普通の冒険者ならここまでの流れからして壁をつついて確かめるところだ。

ったく、『帰らずの迷宮』はこれだから怖い。

「そうね。大丈夫、ルカやレティ達が外にいるから、私達が戻らなければ心配して見に来てくれるわよ。あっちに人数を残して置いて良かったわね」

「そうだな」

手持ち無沙汰になった俺達は、その場にしゃがんだりして仲間の助けを待つことにする。

「おお、神よ、どうかこの試練を無事に乗り切れる勇気とご加護をお与え下さい……」

フィアナは静かに祈りを捧げている。

「ねえ、アレック、この入り口の上なんだけど……」

岩壁を調べていた星里奈が言う。

「んん？　どうした」

入り口の上の壁には『汝、この部屋を出たくば、処女を捨てよ』と小さく文字が刻まれている。

「ほう、処女か」

「バッカじゃないの！　まったく！」

ＪＫ星里奈が俺を睨みながらプリプリ怒り始めたが、別に俺が仕掛けたわけではないのだ。この迷宮が求めているに過ぎない。

さて、今ここにいる仲間は五人。俺と星里奈、ミーナ、リリィ、そしてフィアナがいる。その中で処女はたった一人だ。

「オホン、フィアナ――」

「待って！　外にいるみんなを待てば良いわ」

「だが、星里奈、そこの入り口の壁がまた動かせるとは限らんぞ」

「うーん……それは……」

先ほど勝手に動いた壁は、何かの魔力か、超常的な力が働いている。実力がAランクの魔導師レティでさえ、第五層の氷の壁は溶かしきれなかったのだ。この第六層もそう簡単に出られるとも思えない。そうなると、壁を押して入ってみようという判断自体が間違いだったわけだが、ま、今その反省をしても仕方が無い。

すでに入ってしまったのだから、神の与えたもうた試練として乗り切るべきだろう。外にいるルカやレティ達がどうなっているかも、心配になってきたなぁ——ということにして。

「あ、あの、構いません、星里奈さん」

白いローブの聖職者が立ち上がり、おずおずと申し出た。

「ええ？　分かってるの、フィアナ」

「はい、今ここにいる中で、しょ、処女は私だけですから……」

それは覚悟を決めた声であり、尊い自己犠牲の精神だ。神に求められた試練なら仕方あるまい。

「フィアナ、君の仲間を想う心、しかと受け取ったぞ。リーダーとして感謝する」

「あ、あの、アレックさん、このことは皆さんには内緒で……」

「いいとも。いいか、全員、これはリーダーの命令として口止めだ」

「分かりました、ご主人様。破った人は私が制裁を加えます」

「エー、まぁいいけど。とにかく早く出たいし」

「星里奈」

「むぅ。別に言いふらしたりはしないけど、私は待っていた方がいいと思う」

「その判断が間違っていたら、後悔するぞ、星里奈。外の仲間が無事とも限らないしな」

「ええ？」

「そうですね。急ぎましょう」

俺は【アイテムストレージ】から毛布を取り出し、その場に敷く。

「にひっ」

「ほら、リリィ、邪魔をしないの」

「エー」

　星里奈が気を利かせて、リリィを押さえた。

　ミーナもこちらに背を向けて立つが、それでもこの場に人間がいるというだけでフィアナには試練だろう。

「じゃ、フィアナ、俺だけを見てろ」

「は、はい」

　緊張した様子の彼女を抱き寄せ、まずは唇に軽くキスをしてやった。

　そのまま、聖職者服を脱がしにかかる。

「んっ！」

　白い服の中から乳白色の柔肌があらわになるが、透明感のある清楚な美しさだ。

　俺はそっと手を伸ばし、水色の長髪で隠れた乳房を撫でてやった。

「あっ」

　小さく喘ぎ声を漏らしたフィアナは、薄い唇をわなわなと小刻みに震わせていた。

「俺が怖いか？」

「い、いいえ、でも恥ずかしくて、緊張してしまっていて……」

「それは無理もない。大丈夫だ、俺にすべて任せておけ」

「は、はい……」

　柔らかな彼女の乳房を遠慮無く揉む。指は驚くほど軽く沈み込み、乳房がしなやかに形を変える。

「んんっ、あっ、くぅ……」

　その度に体を身震いさせるフィアナは敏感だ。

　俺は服を脱ぎ、彼女を毛布の上に寝かせて覆い被さる。

　華奢なフィアナの体を包み込むように全身をこすりつけると、彼女はそれだけで感じてしまったようで堪らず声を上げた。

「あんっ、はぁんっ！」

　全身を触られて高ぶってきたのか、それともこれから始まる男女の儀式を予想して高ぶっているのか——。

ま、それはどちらでもいい。やることは一つだ。

俺は彼女の胸の二つの丘、その頂点にある小さな桜色の突起を口に含み、舌の先で押しつぶすように転がしてやる。

「んんんっ、ああっ、やぁっ！」

ねっとりと舐め回してやると、よほど気持ち良かったのか、フィアナは俺の背中に爪を食い込ませ必死に抱きついてきた。

彼女の敏感な先端部分を念入りにちゅぱちゅぱと音を立てて吸い上げてやり、しっかり両方を勃起させてやったあと、今度は窪(くぼ)んだヘソを通って下腹部へと狙いを変える。

「あっ、ああっ」

期待していたはずのその薄桃色の小さなクレバスをあっさりと通り過ぎ、太ももを舐め上げてやると、フィアナは左右に首を振ってイヤイヤをした。

「んんっ、やっ、あんっ」

小さなクレバスは女の蜜があふれ、それが光を反射して妖しく輝いている。俺は蜜の中心に忍び寄り舌を這わせる。

「っ——————！」

体を痙攣させたフィアナは声にならない悲鳴を上げ、軽くイったようだ。

それを何度か繰り返していると、息も絶え絶えのフィアナは目を閉じたまま、とうとう懇願してきた。

「アレックさん、私、私、もう……限界です。は、早く……」

「分かった。お前を大人の女にしてやろう」

荒々しくそそり立ったソレを、彼女の中に挿入する。

「んっ！」

なかなかスムーズに入った。

「動くぞ」

「は、はい。ああっ、あっ、んっ、ああっ」

規則正しく前後に動かすと、包み込むフィアナの肉体が気持ち良く滑る。

互いの意識がその一点に集中し、原始的なエネルギーと快楽の波長がより純粋に融合していく。

「ああああ――――っ！」

最後にフィアナが大きく声を上げ、俺達は性なる絶頂へと導かれた。

『勇者よ、汝に光の加護があらんことを』

「んん？　フィアナ？　何か言ったか？」

そう問うたが、彼女はぐったりと意識を手放したままだ。

ガコン、と音がして少し焦ったが、入り口の壁が開いたようだ。

「よし、全員、ここをすぐに出るぞ」

「「了解」」

俺達はフィアナを連れて小部屋をあとにした。


数日後、宿でティーカップを傾けながら紅茶を楽しんでいた星里奈が思い出したように言う。

「そういえば、あの女神像の部屋って、仲間割れを起こさせるためのトラップだったのかしら？」

「なぜそう思う？」

「だって、パーティーにいつもいつも恋人がいるとは限らないでしょう？　あのときはフィアナが同意して自分を犠牲にしてくれたから、上手く抜け出せたけど……」

「どうだかな。お互いに気持ちを伝えられない恋人同士を上手くくっつける縁結びの神様かもしれないぞ」

条件に合わないパーティーなら、最初からあそこに呼ばれることもなかったのではないか。俺にはそんな気がした。

「ええ？　まあ、それもあるかも」

ま、何にせよ、無事に出られたのだ。俺達にとっては幸運の女神ということでいいだろう。

第十一章　カクーコイン

◆プロローグ　錬金術

　宿の一階に降りると、うちの軍団に所属している奴らがテーブルでカードゲームの賭けをやっていた。ホント好きだな、お前ら。

　まあ、この宿の中でなら、そんなおかしな事にもならないだろうから、好きにさせておく。

「よし、ツーペアだ！」

「うあっ、降りなきゃ良かった！　くそー、騙されたぁ……」

　そのトランプカードは宝箱から出てきたそうで、綺麗で丈夫な代物だ。日本で市販されている物と全く変わらない。

「ははっ、頂きだ。ジード、お前、いい加減ポーカーフェイスを覚えるんだな。顔で丸分かりだぞ？」

「そんなこと、言われてもなぁ。あっ！　アレックさん、おはようございますっ！」

　俺に気付いて笑顔になったジードが大きな声で挨拶する。

「おう」

「今日はどっか行かれるんですか？」

「いや、決めてないが、なんでだ？」

「いえ、もし、お暇なら、一緒にみんなで昼飯でもどうかと思って」

「んー、いや、止めておこう。クライド、俺の奢りだ。全員をどこかに連れて行ってやれ」

俺は銀貨を『黒猫二班』リーダーのクライドに投げて渡してやった。

「どうも。じゃ、どこがいい？」

「いつもの酒場でいいんじゃないか？」

「いや、銀貨だぜ？　どうせなら女だ。娼館に行ってみないか？」

「んん？　アレックさん、いいですかね？」

「ま、好きにしろ」

「「おお！」」

ま、たまには良いだろう。

「まともな店にしておけよ」

変な病気をもらってこられても面倒なので、もう一枚銀貨をくれてやった。

「「あざーっす！」」

ぞろぞろと出て行く軍団の野郎共を見送り、俺は奥の食堂のテーブルに着く。

「エイダ、スープを頼む。エイダ？」

返事が無い。いないようだ。

「チッ、今ひとつの宿だな」

シーツは毎日綺麗に交換してあるから、そこは良いのだが。

仕方ないので、屋台かレストランで済ませようと思い、俺は大通りへ向かった。

「ああ、アレックさん」

人なつっこい茶髪の若者が声をかけてきた。ポーカーフェイスができないジードだ。

「ん、ジードか。お前、みんなと娼館に行ったんじゃないのか」

「いや、僕はちょっと……その、好きな人がいるんで」

肩をすくめたジードは初々しい奴だ。

「そうか。ま、構わんが、金はもらったか？」

「ええ、ちゃんともらいました」

「ならいい」

「あの、アレックさん」

「なんだ？」

俺は男に話しかけられるのは趣味じゃない。懐くのは良いが、ほどほどにしてもらいたい。

「その子にプレゼントをしようと思ってるんですが、何がいいですかね？」

「知らん。自分で考えろ」

「いやいや、そー言わずに。モテモテのアレックさんにぜひ、教えてもらいたいんです」

俺の場合は眼鏡っ娘神にもらった【魅力☆レベル3】のスキルが効いてるんだろうけどな。

「じゃ、冒険で鍛えてスキルや装備を調えろ」

「はあ、いや、プレゼントのことで」

「だから、知らんと言ってるだろう。しつこいぞ」

「指輪はどうっすかね？」

聞いちゃいねえ。だが、ちょっと気になったので俺も聞く。

「安物のアクセサリーか？」

「いいえ、ちゃんと宝石が付いてるヤツです」

「待て、お前にそんな金があるはずないだろう」

一万ゴールド以上貯めてるなら、とっくに奴隷を辞めてるはずだ。俺が平民にしてやるという約束もしているからな。

俺には奴隷紋をいじれるスキルがある。消せるかどうか、試しにフィアナに使ってみたが、綺麗に消えてくれた。グランソード国王にもそれとなく聞いて確認を取ったが、おおっぴらにやらないなら、奴隷解放も好きにしていいとのことだ。

「それが、いい儲け話があるんですよ」

「ふうん？　どんな？」

眉唾で俺は聞く。

「裏通りの店で、カクー帝国のコインと交換してくれる両替商があるんです」

「カクー帝国？　ギラン帝国じゃなくてか？」

聞いたことも無い国だ。

「ええ、カクー帝国です。ほら、これ、白い犬のマークが描いてあるヤツです」

ジードが差し出したコインのまがい物を見て俺は思わずのけぞった。

「お前、それ、木じゃねえか」

見るからに安っぽい。適当に切った板に、犬のマークを乱暴に一筆書きしただけのものだ。

「ええ、でも、ちゃんとお金と交換できるし、高額な景品とも交換できちゃうんですよ！」

騙されてる。絶対、騙されてる。

「アレックさん？」

俺は自分の額を撫でて、盛大にため息をついた。

「いくら交換したんだ」

「今、全部で二千ゴールドくらいです。でも、カクーコインは値上がりして、今、二十万ゴールドくらいになってるんですよ！　凄いでしょ？」

「アホ。そんな上手い話があるわけないだろが。だいたい、お前、誰がそんな木のコイン、ありもしない帝国の子供銀行券を欲しがるって言うんだ」

「いえ、ちゃんと使えるんですって」

「だから、サクラだろ、そいつらは」

きっとジードの目の前で誰かがこの木のコインを使って、仲間内で売買してみせたのだろう。

「ええ？　でも、結構、使えますよ。あちこちで。普通の店で、です」

「どこでだ」

「例えば、そこの串肉屋です。アレックさん、昼飯、もう食べましたか？」

「いいや。今、食べに来たところだ」

「じゃあ、日頃のお礼に、僕が奢りますよ。親父さん、串肉、二本下さい」

「あいよ、四ゴールドだ」

「ちょっと高いな。まあいいや。じゃ、この金でいいですか？」

ジードが木のコインを渡した。

「おお、こいつか、いいよ、これで」

「ね？」

「うーん。まあ、安いからな」

「もう、疑り深いなあ。じゃ、アレックさん、百ゴールド分、お渡ししますから、好きに使って下さい。そうしたら、信じてくれると思いますし」

「いらん。いらんぞ」

だが、玩具(おもちゃ)コインを強引に押しつけられてしまった。

「と言うわけで、彼女へのプレゼントを教えて下さいよ、今の情報料ってことで」

「お前、それは取引では御法度だぞ、ジード。内容を明かさず、奢りみたいなフリで金を渡して、その後から相手が知らなかった対価を要求したら、トラブるだろうが」

「はあ、すみません、じゃあ、もう一枚プラスで」

「いらんっちゅーに！」

地面に犬柄コインを思い切り叩きつける。犬コインは石ころに当たってぱっくりと簡単に割れた。

「ああ、もったいない、明日には倍になってるかもしれないのに」

「無い無い。お前、お金の仕組みが分かってねえよ」

金はどこからか独りでに湧いて出てくるものではない。古来から何かの対価として取引されるモノだ。

銀行に預ければ利息が増えるが、これは、銀行に預金者が金を貸して、その金を借りた銀行がさらに企業などに『また貸し』して、借金の利子を上乗せして増やしているのだ。独りでに増えてるわけではない。

仮に、担保無しで増やそうとするなら、ソイツの『信用』が試される。

ソイツが必ず借りた金を返す男だと分かっているなら、信用して金を貸すのもいいだろう。

だが、ソイツが返せなくなったとき、担保が無ければエライことになる。

リーマンショックは金融工学を駆使して、その担保をいじっていた。無から有を生み出す錬金術であったのだ。

　そしてその対価は一斉に要求された。誰も望まない形で。

　俺の考えでは――

　世界に実在する『富（モノ）の合計』は有限であり、『信用（担保）』はその有限を超えることは不可能だ。

　電子マネーであろうと、対価が必要となる。

『そこにどれだけの価値や金額があるか？』が問題ではない。

『誰が支払ってくれるか』が問題だ。

「ええ？　このコイン、ちゃんと使えるのに」

だったら、なぜ木なのか、と。

　発行者が大金持ちなら普通に金や銀を使って、まともな硬貨にできるはずだろうが。

　それにまともな硬貨は、簡単に偽造（コピー）できないようにするもんだ。

　俺はジードに言う。

「今はな。とにかく、そのコインに金を注ぎ込むのはやめろ。クランリーダー命令だ」

「そ、そんな。でも、それじゃどうやって指輪を買えば」

「冒険で稼げ。いや、その犬っころコインで、高額アクセサリーが買えるかどうか、やってみるか。ジード、ありったけ全部持って来い。彼女を落とせる指輪を目利きしてやろう」

「はいっ！」

　まあ一応、スキルも使って鑑定はしてやるが、そんな魔法みたいな指輪は無いだろう。

　ともかく、金目の物にさっさと替えさせておかないと。

　あれは詐欺だろうな。

第一話　バスに乗り遅れている勇者？

うちの軍団の一人が、変な詐欺に引っかかっているようだ。

カクー帝国のコイン、被害額二千ゴールド。

俺にとっては大したことはない金額だが、奴隷のジードにとっては全財産に近いはずだ。

まったく。ジードを班リーダーから降格させておこうかな。

串肉を食いつつ、ジードを待っていると、リリィとジュウガがやってきた。

「あ、スケベ親父だ」

「ンあ？　おお、アニキじゃねえか」

「リリィ、人の往来の激しい場所で、誤解を招くような発言をするな」

「えー、誤解も何も本当の事じゃん」

「そうだとしてもだ。立派に名誉毀損(きそん)罪が成立するから、覚えとけ」

「ハァ？」

「何言ってるのかよく分っかンねえけど、アニキも昼飯か」

「ああ、朝飯だけどな」

「奢ってよ！」

「良いだろう。何が食いたいんだ、リリィ」

「あれがいいー」

小柄なリリィが背伸びして指差すが、串団子だった。

「じゃ、親父、それを三つ頼む」

「はいよ」

「じゃ、ほれ」

「ありがと。んー、美味しー」

「サンキュ、アニキ。んめえー」

「ちなみに、お前らに聞いてみるが、こういう木のコインを持ってないだろうな？」

俺はその場に割れて捨てられたままの玩具を拾

って見せる。

するとリリィとジュウガの二人が自慢げな笑顔でうなずいてくる。

「あ、カクーコインだね、持ってるよ！　ホラ」

「オレも昨日、一万で交換したぜ、アニキ！」

「ハァ？　アホか」

「なんでよぅ」

「ンン？」

「いくら持ってるんだ、言え」

「やだよ、アタシのだし！」

「オレは今、二万くらいかな。つーかよぉ、一週間前に千ゴールドだったのに、今、二万だぜ？　ちょっと信じられねえよ」

「お前らな……、そんなに簡単に金が増えると思うのか」

「いや、だって、マジで増えてるし」

「なぁ？　論より証拠だべ」

リリィもジュウガもまるで疑ってないようだ。

「取らぬ狸の皮算用、って知ってるか。評価額で浮かれていられるのも今のうちだけだぞ」

「それ、星里奈も同じ事を言ってたけど、使えるって分かってからコロッと態度変えたよ！」

「なにぃ？」

……おいおい、うちの軍団の連中の被害はどこまで拡大してるんだ。

ヤバイ気がしてきたぞ。

しかし、星里奈が……アイツ、それなりに頭は回る奴だと思っていたのだが。

「リリィ、今すぐ宿に戻って、うちの軍団全員に通達しろ。カクーコインの購入は禁止だ」

「えー、何でよ？　儲かるし、軽いし、使いやすいし、便利なのに」

「いいから、言われたとおりにしろ。誰が発行してるかも分からないような、しかも玩具じゃねえか」

「でも、使えるもん」

「クランリーダー命令だ」

「でもヤダ」

「チッ、ジュウガ、お前が言ってこい」

「分かったぜ、アニキ！　アニキの命令とあっちゃあ、白でも黒だ！」

「やかましい、さっさと行け。全員だぞ」

「応！」

ジュウガが走って行ったが、これでひとまず手は打った。応急処置だが。

「アレックさん！」

ジードが戻ってきた。

「ジード、全額、持って来たか？」

「ええ、全部かき集めてきました。これが僕の持ってる全財産です」

袋を掲げて晴れやかに笑ってくれるが、ちょっと見せてみろ。

袋の中身を見てみたが、見事に全部、木のコインだった。


「うーん……」

「足りないっすか？」

「いや、そうじゃない。じゃ、アクセサリーショップに行くぞ」

「はい！」

「あっ、アタシも行く！」

「ああ、お前も付いてこい」

ジードとリリィを引き連れ、まずは貴族御用達の高級店から入ってみる。

「そこで止まれ」

だが、ドアに近づいたところで、フルプレートの門番兵士に止められてしまった。

さすがに、ドレスコードとかありそうな店だしな。

いや、試してみるか。

「これで通してくれるか」

俺は懐からアレを出す。

「何を……あっ、これは！　失礼しました。お通り下さい」

国王からもらったプラチナ通行証、便利だわぁ。

だが、次からここに来るときは、まともな格好をしておこう。

「うわ、すごーい、アレック」

「さすがはアレックさん」

後ろの二人が感心しているが、まあいい。

「いらっしゃいませ。冒険者の方でございますね。どのような品をお求めでしょうか」

ウエストコート姿の年配の店員が出迎えてきたが、やはり人物の目利きは優れているな。

なら、この店員に選んでもらった方が良いかもしれない。

「コイツの彼女に見合うプレゼントが欲しいんだが」

「失礼ですが、お相手様は貴族でいらっしゃいますか？」

「あ、いや、違います。普通の娘で、パン屋の子なので……」

ジードがおっかなびっくり答えた。

「でしたら、こちらのネックレスがよろしいかと」

「いや、あの、僕は指輪がいいかなーと」

「そうですか、ただ、パンを扱う御方ですと、手を洗ったりパンをこねたりで、指輪は不便かと存じます」

「おお、なるほど！　それもそうですね。じゃあ、それで。いや、値段は……」

「三千ゴールドとなっております」

「あ、いや、二千が限度なので……」

「申し訳ございません、当店ではこれより安い品は置いていませんので……」

「ああ」

「じゃあ、俺が足りない分は立て替えてやろう。ジード、その金が使えるかどうか、確認しろ」

「はい、じゃ、これで支払いできますか？」

「ふむ、カクーコインですか。申し訳ございませんん、当店ではこのコインは扱っておりませんので」


「ダメですか……」

「じゃ、こっちの銀貨でいいな」

「はい、お買い上げ、ありがとうございます」

通用したらちょっと俺もビビるところだったが、やはり、高額アイテムとは交換できないようだ。

「じゃ、ジード、これを渡しておくぞ」

ネックレスはそのままジードに渡してやることにする。

「いいんですか？」

「ああ。だが、きっちり、耳をそろえて返してもらうからな」

「分かりました。必ず、返しますよ」

「ああ。じゃ、次の店へ行くぞ。リリィ、お前も買いたい物があれば言え」

「んー、アレックが奢ってくれるなら、何でも良いかも」

「じゃ、次の店で見てみるか」

次は平民でも普通に入れる店に行ってみた。ただし、それなりに高級な店で、安物は置いてない。

「二千ゴールドでちょうど買えるモノはどれだ？」

「でしたら、こちらですね。本物の銀の指輪です」

店員が差し出してくるので、一応【鑑定】してみたが、問題なかった。

鑑定での価値は千ゴールドで、ちょっとぼったくり感があるのはこの際、仕方がない。

「じゃ、ジード、二千ゴールド分は先に返してもらうぞ。さっきの袋を出せ」

「分かりました。でも、ここで、使えるんですかね？」

「見せて下さいますか？　ああ、カクーコインですね。うちは大丈夫ですよ」

ここは使えるか。

「ほら、使えるじゃん」

「まあな」

「包装はどうしましょうか？」

「いや、そのままでくれ」

「はい、では、どうぞ」

受け取った銀の指輪をリリィに渡す。

「ほら、お前にくれてやろう」

「わ。いいの？」

「ああ」

「ありがとー！　アレック！　大好き！」

リリィが抱きついてきた。素直に喜んでいるようだ。たまにはプレゼントもいいもんだな。

店を出る。

「ジード、さっきは小馬鹿にしたようで悪かったな。どうやらこのコイン、かなり広範囲で使えるようだ」

俺の予想に反して、まともな店でも使えたからな。

「ええ、別に気にしてないっすよ。高級店じゃ使えませんでしたし」

「私にも謝りなさいよ」

「お前には謝らん」

「ハァ？　なんでよ」

「お前の方は生まれ育ちからして、真贋(しんがん)の目利きができて当然だと思うからだ」

「むむむ」

俺もコイツもすっかり忘れている感じだが、元王女だからな。

「じゃ、ジードはもういいぞ。ただし、そのコインはもう買うなよ」

「分かりました。ネックレス、ありがとうございました、アレックさん。さっそく、彼女に渡してきます！」

「おう」

ほくほく顔で帰って行ったジードは、被害は免れた。

「リリィ、もうちょっと付き合え」

「いいよ。どこ行くの？」

「商人ギルドだ」

さっきの中級クラスのアクセサリー店で使えたということは、おそらく商人ギルドも絡んでいるはずだ。

それを調べる必要がある。

✧第二話　カクー帝国の関係者

犬の顔を適当に描いただけの薄っぺらい木の板が、硬貨として店で実際に通用している。

俺はどこぞの詐欺師集団が、仲間内で交換しているだけだと思ったのだが、実際はもっと大がかりなもののようだ。

「へえ、ここって、こうなってるんだ。私、初めて来たよ、商人ギルドって」

一緒に付いてきたリリィが、ギルドの中を見回して物珍しそうに言う。

「まあ、商人でもない限り、あまり用は無いな」

俺は宝玉の売り買いをここでしているのだが、リリィにそれを教えると、勝手に自分でくすねて売ろうとしかねないからな。

余計な事は言わないでおく。

「じゃ、何しに来たの？」

「カクーコインを調べるためだ」

「ああ、まだ疑ってるんだ」

「当然だ。ああ、ユミ」

赤毛の商人が真っ先に俺を見つけてやってきたが、こいつ、このギルドの中でもトップを争う才能の気がするな。

だからこそ、こいつが敵か味方かで、話はがらりと違ってくる。

「お待たせしました、アレック様。今日のご用件はなんでしょう？」

「込み入った話がある。個室は用意できるか？」

「はい、もちろんです。こちらにどうぞ。二階の応接室にご案内します」

洒落た螺旋階段を上がり、いくつかあるドアの一つに入る。おそらく、他の部屋でも密談や商談が行われているのだろう。

「では、少々お待ち下さい。お茶を持って参りますので」

「ああ」

「私、ケーキが食べたい！」

リリィがワガママを言うが、ま、ここなら出せるだろう。

「リリィ、犬コインを一枚よこせ」

「いいけど、百ゴールドだよ」

「ふう、じゃ、ほれ」

銅貨と交換してやった。

「お待たせしました」

それほど時間をかけず、お盆にお茶とケーキを載せてユミが戻ってきた。

「おおぅ、ホントに来た……！」

自分で頼んでおいて、ちょっと感激しているリリィを放置して、俺は話を切り出す。

「このコインの詳細を聞きたい」

コイツ相手に駆け引きは無理だと思ったので、単刀直入、犬柄コインを見せる。

ぴくり、とユミの眉がほんの少し動いたが、彼女の顔をじっと観察していなければ分からないほどだった。

こりゃあ、黒かな。

「現在、商人ギルドで扱っているコインですね」

「商人ギルド全体なのか。それとも、大商人の一部が発行しているのか、どっちだ？」

「発案は大商人の一部ですが、決議が通ったのでギルドとして扱っています。出資額に基づいて議決権があるのですが……要するに、お金持ちが有利な多数決とお考え下さい」

「ああ、それは説明しなくても大丈夫だ。それを発案した者の名前は？」

「これは部外者にはお教えできないことになっていますが、バームという名の商人で、最近、力を付けてきている商人です」

「信用できるのか？」

「さて……アレック様がどのような意味合いでおっしゃっているのかによりますが、支払いは問題ありません。今回のコインにしても、新しい商売を思いつく才覚もございます。ただ、私は一緒に組みたくはありませんね」

「充分だ。こいつのバックには誰が付いてる？」

「ボンボヤージ伯爵です」

「ううん、大物か？」

「はい。爵位こそ伯爵ですが、手広く交易も行っていてギラン帝国とのパイプもあります。大貴族とまでは行きませんが、有力貴族とお考え下さい」

「グランソード国王に近いのか？」

「いえ、改革案では反対に回ることが多く、表向きは双方とも仲良しを演出していますが、犬猿の仲かと」

「それを聞いて安心した」

国王が絡んでたらアウトだったが、いざとなればあの国王が何とかしてくれるだろう。

「あの、差し出がましいことを聞きますが、アレック様は、いったい、何を？」

「うちの軍団がそのコインを大量に買い付けようとしてるんでな。それをやめさせようと思ったまでだ」

「儲かるのに」

「黙ってろ、リリィ」

「……これはかなり大がかりなプロジェクトです。古参の商人からは詐欺まがいとして反発も大きいため、派閥争いにもなっていますから、かなりセンシティブと言いますか……」

商人ギルド内部でも微妙な問題で、一枚岩ではない、か。

「分かった。別に大事にするつもりは無い。うちのクラン、『風の黒猫』の連中がそのコインを買わないなら、それでいいんだ」

「それを聞いて安心しました。では、皆様にはお勧めしないよう、通達を出しておきますので」

「ああ、それでいい」

俺はソファーから立ち上がる。すると、リリィが凄い勢いで俺の皿の上のケーキをかっさらいやがった。はしたないからやめろと言うに。

「アレック様、他にご用件は何かございますか？」

「いや、何も無い。邪魔したな」

「いえ」

「それと、ヤナータはこの件には絡んでるのか？」

「直接は絡んでいないようですが、彼が加入しているクラン『ホワイトドッグ』にバームも在籍しています」

「じゃ、あの黒看板の店でもカクーコインが通用するのか」

「はい、通用します」

「ふうん」

ヤナータなら自分の損になることには絶対絡まないと思ったが、カクーコインがそこまでの信用力を持つと判断したのかね。それとも、サクラの一人なのか。

まあ、それはどっちでもいい。

カクーコインを一枚も買わなければ、詐欺に遭うことは絶対に無いのだ。

第三話　思わぬ波紋

俺が宿に戻ると、星里奈達が腕組みして待っていた。

「アレック、どういうことなの？」

「あの犬っころコインは気に入らない。だから買うな、そう言う話だ」

「ちょっと、それ、あなたの趣味の話なの？　美的センスは、まあ褒められたものじゃないけど」

　星里奈が肩をすくめて言うが。

「いいや、そういうデザインの話をしてるわけじゃない。アレはヤバイと言ってるんだ」

「む。でも、お店でちゃんと通用したわよ。使えない店もあるけど」

「老舗の高級店ではまず使えないだろうな。つまり、どこでも使える訳ではないし、換金性に乏しいんだ。ちびちび交換する分にはいいが、一気に売ろうとしたらどこでも交換できない可能性があるぞ」

「ええ？　それは電子マネーと一緒でしょ。古い店だとまだ対応してないってだけで」

「違うな。仕組みは似ているが、全然違う。電子マネーは銀行決済をオンライン化しているだけで、あれは『投機目的』じゃ無いんだ」

「そう。でも、投機目的でもいいんじゃないかしら？　今一番イケてる実業家エロイン＝サックさんも買うって宣伝してるそうよ」

「フン、誰だそいつは。買いたきゃいちいち宣伝せずに黙って買えば良いだろう。だがお前、このコインを誰かから勧められたとき、『絶対儲かる』って言われなかったか？」

「それは……」

「詐欺の常套(じょうとう)文句だぞ」

「うぐぐ」

「ネズミ講って知ってるか」

「それは……買う人が増えている間は上手く回っているけど、自転車操業でねずみ算式に必要な人数が増えるから、結局、最後に破綻しちゃうってことよね？」

「そうだ。これを仕組んだのは商人ギルドに所属している大商人だが、そいつの持ち金だってたかが知れてる。国が発行する通貨なら、法律もあるからそう簡単におかしな事はできないが、個人が発行してるとなると、チェック体制もずさんだろう」

「でも、上手く回れば、ううん……」

自分で気づいたか。

「そうだな。上手く回れば誰も損はしないだろう。上手く回ってる内はな。危険性（リスク）が表面化するのは、決まってヤバくなった後だ。だが、それよりも、ぽんぽん値上がりする通貨って、いったい、誰が価値を決めてるんだ？」

「それは……買う人？」

「違う、売る人だ。売れなくても値段は付けられる」

「ああ……、そうね。というか、アレック、なんでそんなに詳しいの？」

「ちょっと賢者に転職したからな」

「ええ？」

「商人ギルドの中でも半信半疑のようだ。ギルドがやっている以上、巻き上げていきなり逃げるってことは無いと思うが、うちのクランではリスクを避けて買わないこととする。いいな？」

「……分かったわ。でも、じゃあ、今まで交換しちゃった分はどうしようかしら」

「交換元に換金を要求しろ。『もう少し待てばもっと値上がりするから』なんて言って引き延ばしてくるようなら要注意だぞ」

「そうね。じゃ、交換しに行きましょうか」

「そうだね」

「はい……」

「はぁ……儲かると思ったのになぁ」

ルカやネネ、レティまで買い込んでいたようだ。早く気づいて良かったぜ。

「早希、お前は買わなかったのか？」

「当たり前やん。あんなしょぼいコイン、どー見ても怪しいやん。ウチが信用するんは現金だけ、諭吉さんに決まっとるやん。こっちの世界なら現ナマのゴールドや」

「お前を今日からうちの財布係にしてやろう」

「お！　任せとき。きっちり増やしたるでぇ」

「いや、普通に管理するだけでいいんだが」

「アハハ、心配せんでも、投資とかはせえへん。商売の方や」

「ああ、なるほどな」

　これで一安心、と思って宿でくつろいでいたら、ネネが走って戻ってきた。

「はわわ、アレック様、た、大変なのですよー！」

「何があった？」

「カクーコインの両替所にみんなで行ったんですが、換金はすぐには無理だって言われて。それで揉めてたら、他のお客さんも金を返せって怒り出して、取っ組み合いになって、兵士さんが」

「なに？　くそ、騒ぎになったか。じゃ、詰め所に行ってみるか」

「死人が出とらんとええけど。星里奈もキレたら恐そうやしなぁ」

「……急ごう」

　兵士の詰め所に行ってみると、星里奈達は城の牢屋に入れられたという。やれやれ。

　通行証を使って牢屋に行き、面会の許可を取った。

「それで、死人は出たのか？」

　鉄格子の向こうで不満そうに体育座りしている星里奈に聞く。

「いいえ、怪我人だけよ。それも、私がやったんじゃないわ」

「一緒にいた客がやったんだ。それにしても、あんな騒ぎになるなんて、思ってもみなかったよ」

　ルカも状況を説明したが、交換していた客も少し不安があったのだろう。それが金を返さないと店員が言ったものだから、爆発したと。

　俺はリアルで見たことは無いのだが、銀行の取り付け騒ぎみたいなものかな。

「あなたの言う通りだったわね。反省してるわ」

　星里奈が面白くなさそうに言う。

「いや、俺も、交換には素直に応じてくると思ったんだがな」

「いや、向こうもさ、私やネネの分はすぐ交換してくれたわよ。でも、星里奈ってさあ……」

　レティがそう言って変な顔になる。

「なんだ？」

「元手五十万ゴールドも換金してたから、評価額五千万ゴールドになってたのよ」

「なっ！　お前、そんなに注ぎ込んでたのか」

「いや、だって、どんどん値上がりしていくし、これは儲かるかもって」

「この前に炎の剣で徴収したばっかりだってのに、よくそんなに貯め込んでたな」

「それは、あなたみたいに無駄遣いしてないもの」

「うるさい。戦闘奴隷は必要だろうが」

「『レディ・タバサ』は？」

「ぐぐ、あれは交際費だ」

「ふーん？」

「だからさあ、向こうの両替商の言うことにも一理あるというか、さすがに五千万も金貨をすぐに出せるわけがないと思うのよ」

　レティが言うが、その通りだろう。

「でも、五千枚の金貨なら払えると思うでしょ？」

「どうだろうな。向こうはいつ用意すると言ったんだ？」

「すぐには分からないから、店長と相談しますって。しかも、売り圧力で値段がそれより下がるって言うし、それ何か違うと思ったわけ」

微妙なところだな。これが値段の変動が少ない通貨の両替なら、双方とも交換する予想の額は一致してたんだろうけども。

とにかく、面倒なモノに手を出した奴が悪い。

「お前が全部悪い」

「ええ、酷ぉい」

「とにかく、腕の良い弁護士を雇ってやるから、大人しくしてるんだな」

「国王にあなたが話してくれないの？」

「そりゃ、言えば向こうも何とかしてくれるだろうが、あんまりいつもいつも頼ってばかりだと、お互い、良くない気がするんでな」

「それって、私がここにいるからって理由じゃないわよね？」

「違う。お前の代わりに俺が牢屋に入っててもだ。とにかく、事情を聞く限り、お前もそう長く勾留されるとは思えないし、ここは穏便に事を運ぶぞ。それでなくても、ちょっと別のところがヤバくなるかもしれん」

「別の所って？」

「犬コインを発行してるのはクラン『ホワイトドッグ』の連中だ。ヤナータもそこの一員なんだよ」

「ああ。前に、奴隷の買い付けで彼と一悶着、あったのよね？」

「そうだ。だから今回、意図的にこっちがカクーコイン潰しに動いたと誤解されると、面倒なことになるだろうな……」

「ううん、ごめんなさい、私、そこまで考えてなくて」

「まあ、その点についてはお前が悪いわけじゃない。クランリーダーとしてクランの一員であるお前らは全員、守ってやるから心配はするな」

仲間を守るのは当たり前のことだ。

「うん、ありがとう……！」

さて、こちらの世界に弁護士制度があるかどうかは知らないが、法律に詳しい奴はいるだろう。

まずはそいつにコンタクトを取って、助言を聞いてみるとするか。

第四話　高潔な法律家

星里奈達がごたごたに巻き込まれてしまい、牢屋に入れられてしまっている。

国王に頼めばすぐなのだろうが、あまり気安く利用するのも気が引ける。

なので、俺はこの世界の弁護士を雇って、看守なり騎士なりに、交渉してもらおうと考えた。

もちろん、そんな知り合いはいないので、まずは誰かに紹介してもらわねばならない。

ま、ここは商人のユミが適任だろうな。

ここの冒険者ギルドはあまり頼りにならない気がする。

ただ……何もするつもりはないと言った手前、ユミには渋い顔をされてしまいそうだが、実際、意図してやったわけではない。

わざとではないのだ。

そう思って商人ギルドに向かったが、ギルドの建物の前には大勢の人間が集まっていて、シュプレヒコールが起きていた。

「我々はー、商人ギルドに対し、即時返金を要求する！　責任者を出しなさい」

「「「そうだー、金返せ～！」」」

見ると入り口は兵士が固めていて、これは入るのは無理そうだ。

ピリピリした空気だし、なんだか大事になってきたなあ。やっべ。

俺はそそくさとその場を静かに立ち去ろうとしたが、急に何者かが背後から俺の首を掴んだ。

「ぐぐっ!?」

「死にたくなかったら、動くな」

どうする？

だが俺を殺すつもりなら、背後からいきなりブスッとやっていたはず。ここは少し様子を見るか。

「こっちに来い」

「どうするつもりだ」

「心配するな、人に会ってもらうだけだ」

男が言うと、俺は袋を頭にかぶせられ、そのまま馬車に押し込まれた。

後ろ手に縄で縛っているようだ。

誘拐？

誰が？

「俺を『風の黒猫』のアレックだと知った上でのことか？」

「もちろんだ」

男が答える。

「何が目的だ？」

「言っただろう。人に会わせる。もう着く。声は出すなよ。怪我をさせるつもりはない」

「それを信用しろと？」

「信用してもらうほかない」

困惑しながら様子を見ていると、馬車が止まり、男が俺を連れて降りた。

相変わらず頭に袋がかぶせられているので、状況が見えない。

「階段を降りるぞ」

ドアを開け、地下へ移動しているようだが、【オートマッピング】も一部しか埋まらず、場所の見当が付かない。裏通りの民家の辺りだろう。

拷問室でご対面したらヤナータでした、じゃ笑えないな。

「連れてきたぞ」

「顔を見せて」

女が言い、袋が取られた。

「なんだ、お前か」

目の前にいたのは、ユミだった。

「すみません。縛り上げるつもりでは無かったのですが。私、怪我はさせないようにと言ったわよね？」

「フン、相手は『災厄』を倒した奴だぞ。そんなお上品で手際の良い真似ができるか。そうしたければAランクの奴を雇うんだな」

傭兵が文句を言い返した。

「ふう。もういいわ。外の見張りを」

「承知した」

「アレック様、私を騙したのですか？」

ユミが縄を解きながら俺に聞いてくるが。

「そうじゃない。あれは成り行きのとばっちりだ。多少、星里奈の持っていたコインが多すぎたようだがな」

「困りますよ。通達を回したばかりなのに、私の立場は最悪の状況です。いえ、それどころか、クランも潰されかねません」

「お前の所属しているクランは？」

「天秤の天秤（ダブル・バランサー）」

「商人ギルドの一角か？」

「いえ、もっと大きな規模です。貴族や職人もいますので」

「ふうん。それで、俺を呼んだのは、事情を聞きたかった訳だな？」

「ええ、それと、表を出歩かれると、『ホワイトドッグ』に先手を打たれかねないと判断しました」

「先手？　俺を攻撃してくるってか？」

「ええ。少なくとも『ホワイトドッグ』は今回の取り付け騒ぎをあなたの敵対行為と受け取ったことでしょう。あなたはグランソードの国王とも親しい間柄ですし、つい先日、ホワイトドッグの関係者が脱税の罪で摘発されたばかりです」

「それは、完全に無関係で、俺の知ったことじゃないんだがな。ついでに国王とは距離を置こうと思ってたんだが」

「くっ！　それは、『ホワイトドッグ』の側に付くと言うことですか？」

ユミが変な声をあげて後ずさる。

「勘違いするな。俺があいつらと組むことは絶対に無い。性に合わないんでな。ただ、国王と馴れ合おうとは思ってないだけだ」

「そうですか。だとすると、フフ、私は賭けに勝ったかもしれません」

ユミがほくそ笑む。

「話が見えないぞ」

「ああ、すみません、今、商人ギルドは大きく分けて三つの派閥ができています。『ホワイトドッグ』とそれに対抗する反対派、残りが中立派です。ここで戦争を仕掛けるかどうか、誰に付くかは先が読みにくいだけに、大きな賭けでした」

「つまり、お前は『ホワイトドッグ反対派』の陣営に入って、戦争を仕掛けたと？」

「そうなります。アレック様がブレない方で助かりました。うちのクランに所属していながら、買収されてあっさり寝返る者もいますからね」

「それは……俺の知ったことじゃないな。ともかく、星里奈達を牢屋から出したい。その手の交渉の専門家を紹介してくれ」

「専門家ですか……」

ユミが口もとに手をやって考え込むが、この世界には弁護士のような職業はないのだろうか。なければあとは金を積んでということになるが、それだと国王が嫌いそうなワイロになってしまう。

「アレック様、この国の貴族に誰かお知り合いはいませんか？」

「そんなもの、いるわけが――いや、待て、そういえばこの間知り合ったジュリアがいたな。彼女は子爵家だったはずだ」

「では、その方のお力を借りましょう」

「ああ。それとユミ、次からは手紙で相談するなり、こういう呼び出し方は止めろ」

「ええ、二度とやりません。緊急だったもので」

「緊急ね。ならユミ、お前の方はもう話はいいのか？」

「はい、私の方も方針が今、決まりました。やはり、貴族を味方に付けるのがいいかと」

コイツの手の平の上で踊らされているような気がしてきたが、ユミも俺の不利益になることはしないだろう。

なぜなら『ホワイトドッグ』の連中が敵対してくるというのなら、ユミもこちら側だ。敵の敵は味方だからな。

たとえそれが一時的であろうとも。

ユミが用意していた馬車に人目を忍んで乗り込み、俺達はジュリアの家へと向かった。

「ああ、アレックさん」

小柄な銀髪の令嬢が笑顔を見せる。この様子だと今の生活には問題がなさそうだ。俺は用件を告げる。

「ジュリア、ちょっとしたトラブルがあって、お前の力を借りたい」

「聞きましょう」

話を聞いたジュリアは交渉の専門家に心当たりがあるという。

「セーレン侯爵という方で、役職こそ持っておられませんが、名門の家柄で大貴族と言ってもいいでしょう。少し変わった方ですが、慈善活動にも力を入れ、多方面で評判の良い人物です。もちろん、その活動ゆえに、敵もいますけど」

「国王と対立しているのか？」

冤罪(えんざい)の釈放を訴えるとしたら、王城に対してだろう。俺は国王との対立を望んでいるわけではないので、少し懸念した。

「いえ、お二人の間柄は良好と聞いておりますわ。表向きはどちらも中立を保っておられるようですが」

「ふうん」

「セーレン卿なら冤罪を無くすために活動しておられるので、きっと力を貸してくれるはずですわ」

「礼を言う。では、落ち着いたら、またな」

「はい」

さっそくジュリアに教えてもらった住所にユミと一緒に向かう。広々とした塀に囲まれたその邸宅は、かなりの大物が住んでいるようだった。

セーレン侯爵邸の門番に面会希望を告げると、すぐに中に通された。

「誰にでも会うようだが、警備が気になるところだな」

「ええ、そこは気を付けてもらうよう、ご忠告しておいた方がいいかもしれませんね。これから荒れると思いますから」

ユミの言い方だと、まるで俺達が疫病神みたいだが、ま、侯爵も趣味でやってるんだろう。こちらもそこまで良心の呵責（かしゃく）は無い。

「こちらへどうぞ。剣は預からせて頂きます」

執事に剣を預け、俺とユミは落ち着いた内装の応接間に通された。ユミが雇ったさっきの護衛はそのまま馬車の中で待機し、誰かがここに来たときはすぐ脱出できるようにしておく。

応接間には優しく微笑んだ司祭らしき女性の肖像画が掲げられており、セーレン卿は神殿とも関係が深いのだろう。

正直、俺は冤罪防止の活動をやってる奴なんて好きになれない。

なぜって、どう考えたってそりゃ偽善だろう。それに博愛を旨（むね）とするようなお花畑の隠遁貴族がどこまで役に立ってくれるのか。

だが、やってきたのはベートーベンのような気むずかしい眉間をした男で、俺のイメージした人物像とは異なっていた。

「では、話を聞かせてくれたまえ」

彼は忙しそうに、開口一番、そう言った。

第五話　いきなりの開戦

「初めまして侯爵閣下。お忙しいところ、ありがとうございます。私は商人ギルドに所属している商人のユミと申します。本日は――」

　俺とユミが立ち上がり、挨拶しようとしたが、侯爵は軽く手を振って遮った。

「ああいや、長々しい挨拶は結構だ、こちらも時間が惜しいのでね」

「申し訳ありません。分かりました」

「謝る必要は無いが、ユミと言ったね。その名は聞いたことがある。ペロス君の部下で若いのにやり手だそうだね。母君のお加減はどうかね？」

「あっ、はい、おかげさまで、今は落ち着いております」

　このやりとりだと、ユミの母親は病気のようだ。母親の治療のために頑張って金を稼いでいるなら、感心なことだな。

「そうか。希少な薬が必要になったら私に言いたまえ。力になれるかもしれん」

「はい、ありがとうございます。いずれその時には、お願いするかもしれませんが、今日は別件でして」

「今日は大通りで騒ぎが起きているそうだが、その一件かな？」

「ええ、まあ」

「ふむ。で、そちらは？」

「Bランク冒険者、『風の黒猫』のアレックだ」

　少し横柄に言って反応を見てみたが、セーレン侯爵は特に怒った様子も無くうなずいた。冒険者とのビジネスも経験豊富のようだな。となると思った以上にやり手のようだ。

「災厄を引き起こした英雄と会えるとは今日はなかなかに面白い日のようだ。この組み合わせとなると、カクーコインの話でもしにきたかね？」

「凄い、どうしておわかりに？」

「なに、トラブルに対する嗅覚は自然と鍛えられていてね。関連スキルもレア物を持ってる」

「なるほど。それでこういうお仕事を？」

「いや、私は元々財務大臣でね。だが今は、私の昔話をしている場合じゃないだろう。何があった？」

　俺は星里奈が捕まっており、その釈放をしたいのだと言った。

「ふむ、特に前科の無いBランクか。死人は出していないな？　なら、話は簡単だ。今日中に片を付けてやろう」

「ありがとうございます」

「この書状を管轄の騎士に見せると良い。ただし、保釈金を王城に納めて逃亡しないことが条件だ。担保だからそれなりに高額になるが、払えそうかね？」

「いくらでしょう？」

「Bランクパーティーなら一人につき五万ゴールドと言ったところか」

　ユミがこちらを見たが、それくらいは用意できる。足りないなら炎の剣を売れば良い。

「問題ない」

「結構。では、仲間を早く助けてやると良い」

「ありがとうございます、閣下。助けて頂いた上に厚かましいのですが、私の所属するクランが『ホワイトドッグ』と戦争状態に入る予定です。その件についても、今後、便宜を図って頂けるとありがたいのですが」

　ユミが頼むが。

「断る。私は何に対しても中立の立場だ。ま、アレは心配せずとも、お上が処分することだろう」

「というと、国王陛下が動かれると？」

「余計な事を言った。だが、契約破りで集めた金を返さない上に、騒乱を巻き起こしたとなれば、陛下が黙っているはずも無かろう。癒着や横領は良しとしない御方だからな」

「はい」

「これはタダの忠告だが、俺達と会った以上、ここにも刺客がやってくるかもしれない。警備は強化しておいたほうがいいぞ」

俺は礼代わりに忠告する。

「心配は無用だ。ジェイド！」

「お側に」

俺のすぐ耳元、背後から声がした。

「くっ！」

俺が振り向く前に、首に二本のナイフを突きつけてきやがったが、有能なボディーガードはちゃんと付けているようだ。

「おっと、殺してはいかんぞ。これはタダの紹介だ」

「それは失礼を」

背中の曲がったその男はナイフを収めると、こちらに薄笑いの視線を固定したままカニ歩きで下がっていく。不気味な野郎だ。

背後を取られていることにも気づかなかったが、それ系に長けた暗殺者の類いだろう。

今回は問題なかったが、ここはスキルで強化しておくか。

【索敵範囲上昇　レベル5】Ｎｅｗ！
【後ろに目がある　レベル5】Ｎｅｗ！
【気配察知　レベル5】Ｎｅｗ！
『上位のスキルを取得したため、取得済みの【気配探知】が【気配察知】に統合されます。30ポイントの還元』
【シックスセンス　レベル5】Ｎｅｗ！
【地獄耳　レベル5】Ｎｅｗ！

これでよし。

「アレもアンタが無罪にしてやった奴か？」

アサシンをそうやって囲っているとなると、善良な弁護士とはほど遠い。

「違う。だが、職を探していると言ってやってきて、私にナイフを突きつけたのでな」

「それで雇ってやったのか。大したクソ度胸だ」

「フッ、度胸か。己の命を大切に思っていれば、そうなのだろうがね」

なにがしか事情はありそうだが、俺としては星里奈達が釈放されればそれでいい。

「侯爵様、今回の礼金はいくらだ？」

「そんな物はいらん。商売でやっているわけでは無いからな。これはタダの信念だ」

「ほう。あんたの名前は覚えておこう」

「何かご用命があれば私にお伝え下さい」

今後、何か頼み事があるなら安い料金で侯爵の依頼を聞いてやっても良いだろう。ただし、今の国王のように便利屋みたいに使われても面倒だから、そこまでは言わないでおく。

スキルリストを見たが、【不意打ち　レベル5】が増えていた。さっきのアサシンのだな。

これは戦闘で使えそうだ。

侯爵に再度お礼を言って、その足で王城に行き、管轄の騎士を呼び出して書状を渡した。

「アレック！」

星里奈とルカ、それにレティが釈放されて出て来た。

「ありがとう。頼んでくれたみたいね」

「ああ。だが、タダじゃないぞ。保釈金、一人五万ゴールドだ」

「ええ……？　まあ仕方ないか」

「すまない」

ルカが責任を感じて謝るが、悪いのは五十万も換金していた星里奈だ。

「ユミが立て替えてくれているから、後でお前ら払っておけよ」

「分かったわ」

「ユミさん、五万日、待ってね、ちゃんと返すから」

「はあ」

一日一ゴールドしか返さないつもりか。もうレティからだけ利子を取っていいぞ。

城を出て、宿に戻ろうとしたが、道ばたに木のコインがたくさん落ちている。

「おほっ！　お金だー」

「拾うな、レティ。それはもうタダの木くずだぞ」

「ええ？　まあ、捨てられてるってことはそうか」

「それと、こうなった以上、俺達は『ホワイトドッグ』とは戦争になると思っておけ。ま、『勇者☆星里奈☆キラッ！』が悪徳商人共の悪行を暴いたってところか」

「えっと、それ、名前を茶化すのやめて欲しいけど、もしかして、私が換金しなかったらこういう事態にならなかったってことなの？」

「まあ、今回はな。だが、いずれそうなってただろうから気にするな」

「うーん……う、うん！　私はアレックを信じることにするわ」

じゃないと大恐慌を引き起こした張本人ってことになるものな。

だが、大金を引き出しただけでこうなるってのは、やはり問題のある通貨だろう。

俺達が泊まっている宿、『竜の宿り木邸』までやってきたが、見慣れない冒険者達が大勢いる。

彼らが宿を取り囲むようにうろついていた。

顔に傷がある者もいて、全員、目つきが鋭い。温厚や善良という言葉とは無縁の奴らだろう。

「気を付けて下さい。きっと『ホワイトドッグ』が雇った傭兵達です」

ユミが言い、全員、身構えながら歩くスピードを緩める。

「どうするの？　数がちょっと多いけど」

星里奈が聞いてくる。

「できれば、宿の中の連中と合流したい。それまではこちらから手を出すな」

「分かった」

「おう、アレックってのはテメーだな？」

傭兵の一人が俺の前に立ちふさがった。

「だったら、なんだ？」

「へへ、お前が誰に喧嘩を売ったか、たっぷり教えてやるよ。死ね！」

一斉に傭兵達が剣を抜き、斬りかかってきた。

「ちいっ、レティ、何でも良いからデカいのを一発ぶちかませ！」

「任せて！　とっておきの――丘の七つの鍵の所有者に問う、我はいにしえの血盟に基づく請求者なり。出でよ太陽の塔、圧して爆(は)ぜよ！　【アート・イズ・アン・エクスプロージョン！】」

レティが素早く呪文を完成させると、こちらに走ってきていた冒険者達の足下が派手に爆発した。

「ぎゃっ！」

「おわっ!?」

「ぷぴっ？」

「あべし！」

よし、音も充分。これで宿の仲間も気づいただろう。

第六話　クラン戦

『ホワイトドッグ』に雇われたとおぼしき傭兵達が襲撃をかけてきた。

相手は五十人以上。

レベルが同等以上なら厳しい戦いになっただろうが、そこまで高レベルの傭兵はいない様子だ。

レティの爆裂魔術一発でノックアウトしてやったのも五人くらいいるが、その内の一人を鑑定するとレベル15だった。

レベル15だと？

俺も舐められたもんだな。

この程度の戦力で『風の黒猫』が潰せると本気で思っているのか？

「ダーリン！」

宿の中から早希がいち早く飛び出してきたが、フル装備の状態だ。すでに宿の前にうろついていた連中が敵性だと気づいていた様子。

なら、他の連中も準備万端ですぐ出てくるだろう。

「ユミを中へ！」

非戦闘員のユミを早希に任せ、斬りかかってくる傭兵を剣を抜いて防ぐ。

「ちょいと！　剣を抜いたままのお客はお断りだよ！」

そう怒鳴って宿の女将もトゲトゲの鉄棒を振り回し、入ってこようとした傭兵を一撃で吹っ飛ばした。

後で修繕費を請求されたらおっかないが、まずはここを鎮圧してからの交渉事だな。

「宿に近づけさせるな！」

一応、殊勝なことは言っておく。

「ちっ、どうなってる、こりゃあ。アレック、説明しろよ」

他の宿泊客、Cランクパーティーのマーフィーも文句を言いつつも加勢してくれた。

「後でな。だが、こっちは何も悪くないぞ」

「だと良いが」

乱戦になると、敵味方が入り乱れてその識別が重要になる。

だが、お互い見知った仲である宿泊客同士と、急ごしらえの傭兵軍団では、明らかにこちらが有利だった。

もちろん、パーティー仲間は連携もバッチリ取れる。

「星里奈、後ろや！」

「ありがとう、早希！」

「一つ貸しや」

「ええ」

「おりゃっ！　おい、マーフィー、無理すンな。オレらに任せとけって」

「うるせえ、ジュウガ！　こちとら宿代が懸かってるんだ、戦ったんだから負けてくれるよな！　エイダ！」

「さぁて、アタシ一人でも片付けられそうだから、そりゃ無いね！」

「あぁっ？　くっそ、宿屋のくせに無駄に強えな」

　マーフィーが愚痴るが、引退したとは言えレベル39の元Aランクだからな。しかも戦士系でタフと来た。

「【スターライトアタック！】」

「【水鳥剣奥義！　スワンリーブズ！】」

「【サークルウェイヴ！】【サークルウェイブ！】」

「——我は贖うなり。主従にあらざる盟約において求めん。憤怒の魔神イフリートよ、鋭き劫火で敵を滅せよ！　【フレイムスピアー!!!】」

「はわわ、ファ、【ファイアボール！】」

「おりゃ、おりゃ、おりゃ、おりゃあっ！」

「ジャジャジャジャジャジャジャジャジャジャジャベリン！」

　ものの数分と掛からずに、傭兵を一掃した。

「ば、馬鹿な、これだけの人数をあっという間に……」

　一人だけ、口を割らせる予定で残しておいたが、そいつが信じられない物を見たと言うようにあんぐりと口を開ける。

「で、俺が誰に喧嘩を売ったか、教えてくれるんだよな？」

「い、いやそれは」

　脅しが足りないか。なら、虎男から手に入れていた【鎧取り　レベル1】を使う。

　両足を踏んづけてハイ万歳！

「ぎゃあっ!?　お、オレの鎧がっ」

「これでお前はワンコロ野郎だ。意味は分かるよな？」

【脅し　レベル1】も使い、傭兵の顔の近くで拳を握りしめギリリという革手袋の音を聞かせてやった。

「ひ……よ、よせ」

「死にたくなきゃ、さっさと雇い主を言うんだね！　アタシの宿の前で客を襲ったんだ、それなりのけじめはつけてもらうよ！」

　エイダも血染めの金棒を振り回してキレ気味に凄む。うん、この人が一番おっかないわ。

「ひいっ、言う！　言うから！　『ホワイトドッグ』のバームさんだ」

「カクーコインの発行者か。まあ、そんなところだろうな」

「お、おいおい、アレック、『ホワイトドッグ』はマズいぞ」

　マーフィーが慌て始めるが。

「そうか？　この程度の傭兵しか寄越さない連中なんて、大したことないだろう」

「馬鹿、連中は冒険者ギルドや商人ギルド、貴族とだってつながってるんだ。お前、この街にいられなくなるぞ？」

「ふん、俺は何も悪いことはしてない。そういうことなら逆に詐欺師クランやギルドを全部ぶっ潰してやるよ」

　うん、詐欺師クランに決定。

　星里奈の金を返さずに襲ってきたんだから、間違い無く詐欺だ。

　この際、詐欺ろうと思っていたかどうかは問題にしない。

　こちらは被害者だ。

「よし、星里奈、お前の金は必ず取り戻してやるぞ」

「んー、なんかビミョーな罪悪感が微かにあるんだけど、分かった！　もう、覚悟を決めてあなたに付いて行くわ」

　当然だな。これで襲ってきた商人ギルドの側に付くようならタダの馬鹿だ。

「となると、ユミ、次に潰した方が良いのはどこだ？」

「ヤナータの『ドレウロ』です。あそこは戦闘奴隷がたくさんいますから、兵士が動く前に潰した方が良いかと」

「よし、仕返しだ。いや、正当防衛だな。『ドレウロ』を潰すぞ」

「「りょ、了解！」」

　皆、どうなるのか不安もあるようだが、襲われてやり返さないのは最悪の手だ。

　法的手段に訴えても良いが、商人ギルドが敵なら司法も買収される可能性がある。

　何より、先に暴力に訴えたのは向こうだ。

「二軍は宿で防衛してろ。じゃ、行くぞ」

　さっき口を割った傭兵を引きずって行く。

「う、うおっ！　オ、オレはもういいだろ、喋ったんだから勘弁してくれ」

「ダメだ。シラを切り通されても面倒なんでな。お前が口を割ったと喋ってもらうぞ」

「じょ！　冗談じゃねえ！　そんなことしたら、連中に殺されちまう」

「安心しろ、兵士には引き渡してやるし、国王にも話は通す」

「いや、無理だ、兵士にも『ホワイトドッグ』のメンバーがいるんだよ！」

「じゃあ、俺達が匿おう。エイダ！　そういう事情だ、こいつの部屋を取ってもらえるか？」

「仕方ないね。いいよ、アレック。ただし、マーフィー、情報漏れがあったら、アンタの仕業だとみなすからおかしな事は考えるんじゃないよ」

「うぉい。オレは『ホワイトドッグ』よりアンタの方が恐いから、喋るわけないだろ！」

「ならいいさ。こっちはアタシ達でなんとかするから、アレック、行ってきな」

「ああ、行ってくる」

俺達は剣を抜いたままで『ドレウロ』に向かった。

第七話　石蛇

「な、なあ、アレック、いや、アレックさんよ、考え直さねえか？　アンタは襲撃を上手く切り抜けた。ここで手打ちにすりゃ、それで丸く収まるかもしれねえぜ？　あぐっ!?」

引きずっている傭兵がアホな懐柔策を持ち出して来るから、一発殴ってやった。

「お前、やられっぱなしでへらへらして握手するとか、タダの馬鹿だろ？」

「そんなこと言ったって、向こうはアンタが考えてるよりずっと大きな組織だぞ？」

「それがどうした。筋は通す。言っておくが、勝算もあるぞ？」

虚勢ではない。

さっきの傭兵達のレベル、こちらの人数、そして国王とのパイプ、商人ギルドの派閥関係。

こういったことを総合的に考えると、必ずしも不可能ではないはずだ。

ヤナータは冒険者達からは嫌われてるしな。

「冗談だろ……だいたい、向こうはやろうと思えばAランクパーティーだって雇えるんだぞ？」

「じゃあ、なぜそうしなかった？」

「そりゃ、オレらだけでも片が付くと思ったんだろ」

そこが奴らの油断だ。

だから、それが発覚するまえに、一気に潰すべきだろう。

それに、ドリアやバルドみたいなSランクパーティーが相手でなければ、やりようはいくらでもある。

　バルド達はもう引退しているし、彼らの気骨からして『ホワイトドッグ』の側には付かないはずだ。

　セーラが出てくるようなら、説得してもいい。

　ここは戦争あるのみだ。

　大通りを進み、何事かと注目してくる通行人を無視し、俺達はおしゃれな黒色の看板を掲げる奴隷商『ドレウロ』の前まで来た。

　さすがに、ヤナータは間抜けな商人ではないようだ。

　すでに察知したか、あるいはこの状況をすでに予測していたようで、ヤナータは店の前の警備員を大幅に増やしていた。

　本人もそこにいる。黒髪の侍勇者ミツルギもいた。

「よう、ヤナータ、随分と物々しいな」

　俺は笑顔を見せて、黒い鎧を着た刈り上げ頭に挨拶する。

「いずれ、こうなるとは思ってましたよ。しかし、商人ギルドに楯突くとはね。あなた方が、そこまで間抜けだとは私も思いませんでした」

「間抜けなもんを売ったのはそっちで、しかも金を返さずに襲ってきたんだろ。どう言い訳しようとそっちが悪い」

「んん？　交換には応じているはずですし、襲ったとは？」

「ほれ、言え」

「ひっ、いや、その、あぐっ！」

　一発殴る。命を取ろうとしたんだ、二、三発殴るくらいは当然の仕返しだな。

「すんませんした！　ヤナータさん、バームさんの依頼で、襲撃をかけたんですが、ちょっと、へへ、返り討ちに遭っちゃったもんで」

「ふーむ。……どうやら、その傭兵がウソをついているようですね」

「なっ、いやいやいや、ホントですって！」

「ま、全部シラを切るって事だろうな。ここでお前が謝って五千万ゴールド、きっちり耳をそろえて払うって言うなら、俺も考えなくもなかったんだが」

「ご冗談を。やったのはバームであって、私は無関係ですよ。支払いは彼に請求して下さいよ」

「どっちでもいい。これは『ホワイトドッグ』に対する戦争だ。そっちが商人ギルドを盾にしたまま責任逃れするならこうなるわな。ＰＬ法——製造者責任って知ってるか？」

「さあ？　そんな法律はこの国にはありませんが、ま、いいでしょう。受けて立ちますよ。ビデール先生、出番です」

「おう」

店の奥から、獣の毛皮を着た猟師風の大男がぬっと出て来た。

妙に雰囲気のある奴だ。


両手にはそれぞれ大盾を持ち、腕に固定しているようだが、これだとコイツは剣を持てない。

二刀流ならぬ、二盾流だ。

他に、全身鎧の戦士が二人と神官が一人、出て来てビデール先生の脇を固めたが、全員が左腕に盾持ちで、見るからにガチガチの防御スタイルだった。

どういうことだ？

普通は、魔法使いなり、弓使いなり、せめて一人は攻撃役（アタッカー）にすべきだろう。

徹底して時間稼ぎして援軍を待つつもりなのか。

確かに、ここに兵士が来てしまうと、ヤナータを倒すことはできないのだが……。

ま、考えても仕方ない。

ここは攻撃の一手だな。

嫌な【予感】はするのだが、俺がそう考えて一歩、前に出たとき。

俺の足下にいた傭兵が笑った。

「ははっ！　終わった！　終わったぜぇ、アレック！　テメーの年貢の納め時だッ！　『石蛇（メデューサ）』のビデールさんはAランクッ！　この人が出て来たからにはお前なんて秒殺で石に――」

なるほどな。コイツが噂の『石蛇』か。前に他のAランクパーティーの連中も「あいつらは面倒」だと言っていたし、メデューサとくれば状態異常スキルの使い手か。

確かにそりゃ厄介だ。

――何も知らなければな。

ビデールの両目が光ったので、俺は素早く剣で相手の目を見ないように視線を遮った。

「喋りすぎだ、馬鹿野郎が。初見でやっちまうのが、一番確実だってのによぅ。名が売れるのも考えもんだな。ヤナータよぉ、こんな足を引っ張る奴なんか雇うんじゃねえよ」

ビデールが振り向いて言う。

「すみませんね。私が雇ったわけではないので。でもまあ、初撃で五人も石にしたなら、上出来じゃないですか」

俺は後ろを確認したが、リリィ、ネネ、ジュウガ、フィアナ、ルカの五人が灰色一色となり、石の彫刻と変わり果てていた。

「チッ」

パーティーの半数か。特に、回復役のフィアナがやられたのは痛い。

ネタばらししてくれた傭兵も一緒に石となっていたが、ま、こいつはどうだっていいな。

「あいつの目を見るな！　早希、石化解除のアイテムを買ってきてくれ」

俺はすぐに指示を出す。

「了解や！　すぐ戻るから、待っててや、ダーリン」

早希が道具屋に向かって走り出す。

俺はその間に1万4000ポイントを消費して、【石化耐性　レベル2】をレベルMAXまで上げておく。

【石化耐性　レベル5】Ｎｅｗ！

これで俺は平気だが、もう他のメンバー全員に耐性を取らせるだけのポイントは残っていない。

仕方ないな。

「さて、別にこれだけがオレ達の切り札ってわけじゃないからなぁ、勘違いすんじゃねぇぞ？」

ビデールはそう言ったが、絶対にハッタリだ。

もし、似たような初見殺しがあるなら、いちいちそんなこと、言うはずないしな。

「星里奈！　イオーネ！　レティ！　お前達は雑魚をやれ。ミーナは味方の守りだ」

「「了解！」」

石化状態で破壊されたら命の危険があると判断し、一人は守りに残す。

それでもまだ俺がフリーなので、人数的にはこちらに余裕がある。

「【スターライトアタック！】」

星里奈が全身鎧の戦士相手に必殺技を繰り出す。剣から、きらめく虹色の星の輝きが散ったかと思うと、敵の装備していた鎧が真っ二つに裂けた。

「ぐあっ！」

「なにっ!?」

ふん、何も初見殺しはそっちの専売特許ってわけじゃないいんだぜ？

「面白えじゃねえか」

まだ余裕を見せているビデールだが、ビデールの仲間達は明らかに星里奈を嫌がったようで、攻撃の手が緩んだ。位置も引き気味になる。

俺はヤナータの横に立っている勇者ミツルギを警戒したが、彼はじっと目を閉じたまま動かないようだ。

彼はヤナータの専属護衛だから、攻撃はビデールのパーティーにすべて任せて、キッチリ役割分担ってところかな。

　フリーで動ける俺は、隙を見てヤナータを一気に仕留めようと思っていたのだが、そう簡単にはいかないか。

「どこを見てやがる、お前の相手はオレ様だ。こっちを見ろ！」

　ビデールが怒鳴ったが、俺は野郎の顔なんて興味無い。

　奴はなるべく多くの敵を範囲内に収めて石化しようとするだろう。だから、そのチャンスは与えない。

　うちのパーティーメンバーが巻き添えを食らっても困るからな。

　仮に、石化攻撃が連続フラッシュみたいにできるなら、すでにやっているだろうし、その攻撃、連射はできないと見た。

「きゃっ！」

　ミーナが戦士の一撃を受けてしまった。致命傷ではないが、早めに手当てしたい傷だ。

　ビデールの視線攻撃を防御すると、どうしても戦士の太刀筋も見えにくくなるから、回避率が下がるのは仕方ない。

　さっさと決着を付けたいところだが、焦りは禁物だ。

　最初から目を閉じて【心眼】で戦っているイオーネが上手くミーナのカバーに入った。

　うちのパーティーも充分、Ａランクの連中と渡り合えるレベルまで来ているようだ。

　個々のスキルなら、相手の上を行く物もあるだろう。

　だが、パーティー最強の切り札を持つ奴が止まった。

「星里奈、何をしている」

　石化した訳ではない。

「そう言われても、コイツ、隙が無いのよ」

敵の神官を追いかけていた星里奈が、ミツルギを前に立ち止まってしまっていた。

お前の【スターライトアタック☆】ならどんな奴だろうと当ててしまえば一発で勝ちだろうに。

ま、静かに佇む侍は、何をしてくるか分からない怖さがある。

それなら俺が奴の隙を作ってやるとするか。

第八話　後の先

ヤナータに張り付いている護衛、ミツルギ。

コイツを倒さない限り俺達に勝利は無い。

このまま兵士がやってきたら、知らぬ存ぜぬでシラを切り通され、ヤナータを倒すのは難しくなるだろう。

金のある奴だから警備を強化されたら余計に、だ。だから、今しかチャンスはないし、戦闘の時間は余り残されていない。

石蛇のビデールは状態異常攻撃が厄介ではあるが、俺の敵ではないのだ。

スキル【心眼】で目を閉じて戦っているイオーネも大丈夫だ。

だから、ギリギリまでビデールは生かしておく。

コイツを倒したら、ヤナータも危機感を持って先に逃げ出す可能性があるからな。

「どうした！　かかってこい、アレック！　怖気づいたか！」

両手に盾を持っている石蛇ビデールは、自分一人では攻め手が無いため、挑発して敵を引きつけるだけだ。

仲間の戦士がアタッカー役なのだが、彼らも片手には盾を装備して攻撃力が高くない上に、その内の一人はすでに星里奈が倒している。

「フン、そう言いつつ、お前、下がってるじゃねえか。前に出てこいよ、ビデール。相手をしてやろう。俺の必殺技の範囲に入ってこい。まさか、格下のBランクが恐いなんて言わないよな？」

もちろん、俺はそんな必殺技なんて持っていない。せいぜい【亀甲縛り】だ。

だが、余裕綽々(しゃくしゃく)でこう言ってやれば、奴は必ず下がる。

星里奈の【スターライトアタック☆】を見たら、他の仲間もその手の必殺技があるのではないか、と疑って当然だ。

特にこのパーティーのリーダーを張ってる奴だ。なおさらビデールはそう思うだろう。

ま、あんなデタラメなレアスキル、そうそう無いけどな。

ビデールの目が光った。

石化攻撃だ。

「くっ！」

星里奈が自分の目を庇って、ミツルギから距離を取ったが、ミツルギは相変わらず動かない。

何やってんだ。ったく。

良いから早く攻撃しろっての。

仕掛けてなんぼだろ、お前のスキルは。

星里奈に苛立った俺はビデールに向かって歩き出す。

「——漆黒の闇の炎よ、すべてを焼き尽くし、灰燼(かいじん)と化せ、【ファイアウォール！】」

するとレティがビデールの後ろに炎の壁を作った。

が、それだとミツルギやヤナータの前なので、ここから二人の姿が見えにくくなった。

サムズアップしてウインクしてるレティが凄くウザいが、お前、俺の作戦が全然読めてねえよ。

敵の詰めるべき玉はヤナータ、一番ヤバいのはミツルギだぞ……。

「ちっ、おい、そこの魔法使い！」

だがビデールも苛立ったようで、レティを気にした。

「フッ、見ない見ない、絶対！　そっち見ないから。その手には乗らないわよ！」

「レティ！　危ない、横！」

イオーネが注意したが、戦士が迫っていた。

「え？　ぎゃんっ！」

おい……他の敵もいるんだから、それくらい注意しろよな！

念のためレティのステータスウインドウを確認したが、彼女のＨＰは30ほど残っていた。ただし、状態は気絶。

残るは、俺、星里奈、イオーネ、ミーナの四人か。

石蛇ビデール(メデューサ)を倒すのは楽勝だが、まだ勇者ミツルギが残ってるんだよな……。

以前鑑定して奴がレベル40オーバーだとは分かっているが、もう一度ミツルギを【鑑定】してみる。

〈名前〉御劔弥彦(みつるぎやひこ)
〈年齢〉28　〈レベル〉42
〈クラス〉勇者／アサシン　〈種族〉ヒューマン
〈性別〉男　〈ＨＰ〉３４１／３４１
〈状態〉健康
【解説】
ギラン帝国で召喚された異世界の勇者。
流浪の暗殺者として活躍中。
性格は律儀で、たまにアクティブ。
賞金首三十万ゴールド。

レベルは前と変わってないな。増えたのは賞金と年齢だけか。

お誕生日おめでとう。

ま、それはどうでも良いんだが。

こっちのレベルは29で、まだ一回り下なんだよな。

「ミーナ、ポーションは使っておけ」

「はい、ご主人様」

「オーナー！　兵士が来ました！」

『ドレウロ』の店員が外を見て叫ぶ。

「ふう、ようやくですか」

ヤナータが安堵のため息をつく。

チッ、ここはデータをセーブしてから攻撃したいところだが、もう時間が無いし、リアル世界にセーブ機能なんて無い。

ええい、ままよ！

俺は剣を振りかぶり、【瞬間移動　レベル5】【不意打ち　レベル5】のスキルを同時に使う。

景色が変わり、ミツルギの背中が見えた。その向こうには炎の壁。

よし、レティの妨害もなんのその、俺は店側に入るのに成功したぜ。

しかもミツルギの背後を取った！

あとはもう決まってる。

全身全霊を込めて、右手の剣を振り下ろすだけだ。

ミツルギは動かない。気づいてもいないのだろう。

コイツが装備しているのは刀だけ。鎧は着ていない。だから当ててしまえば、相当なダメージが行くはずだ。

いける。

星里奈は隙が無いと躊躇（ちゅうちょ）していたが、回避されなければどうとでも――

ザシュッ！

と耳元で小気味良い音が聞こえ、俺は手応えを感じた。

だが、血は飛び散っていても、ミツルギの服には傷一つ無い。

なに？

「アレック！」

星里奈が悲痛な叫びで俺の名を呼ぶと、慌ててこちらに向かってきたので、状況を理解した。

くそっ、俺の腕が床に落ちていやがる。

何をどうやったのか、手品なのかスキルなのか、
それさえ分からなかった。

いや、それどころか、ミツルギは相変わらず、
こちらに背中を向けたままだ。

姿勢が少し変わり、刀は抜いたようだが……。

太刀筋はおろか、抜いた瞬間さえ、見えなかった、だと？

背筋が凍るほどの凄腕じゃねえか。

表示レベル以上だ。

レベル86のスペクター・オーバーロード並みにおっかない。

気分はポルナレフの「あ、ありのままに話すぜッ……」みたいな、驚愕の事態だ。

「くそっ」

俺は後ろに下がってミツルギから距離を取りつつ、【アイスジャベリン】を無詠唱で連打した。

もちろん、隣にいるヤナータも狙う。

攻撃と言うよりは、デコイや弾幕代わりだ。

ミツルギが初めてこちらを振り返り、刀を振り回して氷の槍を切り落とし始めたが、最初からこの遠距離攻撃で行けば良かった。

何で俺、近づいちゃったんだろ？

まあ、セーレン侯爵の家で、あのアサシンに後ろを取られて、この【不意打ち】スキルは使えると思ったんだけども。

とにかく、状況を冷静に整理しないと。

今、俺は右腕をミツルギに切り落とされ、剣が使えない。

使えるのは魔法だけだ。

「アレック、今、助けに――」

「星里奈、無理に近づくな！」

「きゃっ！」

ヒヤリとしたが、星里奈は上手くミツルギの刀を弾き返した。

だが、見えていた訳では無さそうだ。

となると残る手は――

うちのパーティーで最強の剣士を当てるしかない。俺はその彼女を見る。水鳥剣士イオーネは心得たとばかりにミツルギに間合いを詰めた。

「水鳥剣奥義！　【ハヤブサ！】」

解説しよう。

ハヤブサとは最も速く飛べる鳥で、そのスピードはなんと時速390キロにも及ぶ。

某ゲームでは、その名を冠した剣を装備することにより、例外的に一ターンに二回も攻撃が可能となり、通常の倍速扱いなのだ。

目にも留まらぬイオーネの斬撃がミツルギに向かって迫る。まるで飛ぶ鳥のように。

キキン！　キキン！　キキン！　キンッ！

剣と剣が激しくぶつかり合って火花を散らし、イオーネがミツルギと斬り合った。

だが――

「きゃっ！」

「「イオーネ！」」

イオーネがバランスを崩して後ろに下がる。対するミツルギは表情すら変えずにその場に立っていた。

こりゃ、近距離戦は諦めるしか無いな。

優先順位は、ヤナータの命を取るより、俺達が生き残る事の方が上だ。

最悪、ここでヤナータを逃がしても良いとさえ俺は思っていたが、店の表はレティの炎の壁の呪文がまだ生きており、店の内側には俺が陣取っていて、ヤナータも逃げ場が無いようだ。

「くっ！　お前達、早く攻撃しないか！」

ヤナータがその場にいた店員や傭兵達に言うが、自分も防御しかしていないのに、そりゃ無理筋ってもんだ。

なにせ相手はBランク。ただのBなんかじゃない。Aランクが手こずる災厄を倒した凄腕Bラン

クなのだ。

一方、ヤナータはランクの低い奴隷しか店のラインナップにそろえていなかった。

低価格で勝負するのだから、高レベルで質の高い傭兵は初めから対象外だろう。

しかも、レア装備は自分だけだから、周りの奴隷の戦力なんてたかが知れてる。

例外は護衛のミツルギと、最近雇ったらしいビデールだけだ。

「堪忍や、待たせたな！」

対して、こちらは信頼できる仲間が何人もいる。

命の危険があろうとも、戻ってきた早希。

相手が格上のAランクだろうと関係ない。

そこにあるのは打算ではなく、信頼と信頼で築き上げた絆だ。

本当に対等の関係だからこそ、彼らは裏切らないし、俺もみんなを裏切らない。

「そいつを斬れと言っている！　早く！」

ヤナータが奴隷達に命じる。

「ひいっ、いてててて！」

「うあああ！」

その場の奴隷達が痛みで悲鳴を上げ始めたが、奴隷紋で命令を強行したか。

だが、命の危険があれば、それも上手く行かない。

どれほど痛みがあろうとも、このアイスジャベリンの連打に飛び込んで命を落とす事を考えたら、動けまい。

「クリア！　ビデールを仕留めたよ！」

石化から回復したルカがやってくれたようだ。

「クリア！　もう一人の戦士を倒しました！」

イオーネが二人目の戦士を。

「神官が逃げた！　ジュウガが追ってる」

リリィが報告する。

「なら、残りはヤナータとミツルギだけよ！　みんな、こっちを援護して！」

星里奈が指示を出し、なおもミツルギに斬りかかる。

そうじゃないぞ、星里奈。

「星里奈、ヤナータをやれ！」

俺は勝利を確信し、指示を出す。

「分かった！」

接近戦の剣攻撃ではまさに無敵とも思えたミツルギだが、護衛としての彼の能力は限界がある。

前に、ヤナータと一緒に店の中で炎の剣を見たときに、ミツルギは俺を警戒して距離を取らせた。

俺はそれを覚えていた。

「スターライト――」

「そこまでだ！」

星里奈が必殺技を使おうとしたまさにその時、知った声が制止した。

「国王陛下……！」

その場にいた何人かが驚きと畏敬の念を込めて呼ぶが、チッ、一番面倒な奴が出てきやがった。

こうなったらアイスジャベリンで――

「おっと、動くなよ、アレック」

グランソード国王はまるで瞬間移動したように俺の前に立つと、大剣を俺の喉元に突きつけてきた。

分かっちゃいたが、国王のレベルには歯が立ちそうにない。

俺は睨むことしかできなかった。

「ふう、助かりましたよ、国王陛下。いや、さすがです」

ヤナータが命拾いしたとばかりにほっとため息をついて言う。

「勘違いはするなよ、ヤナータとやら。オレが何も知らないと思っているようだが、『ホワイトドッグ』が取り付け騒ぎを起こしているのはすでに把握している」

「お言葉ですが、それは私の仕業では……」

「クランの一員だ。看板として利用していたのだろう？　それを知らぬ存ぜぬでは通らんぞ。借りた金は返すのが道理だ。あるならな」

「コイツは奴隷をこき使ってるから、しこたま貯め込んでるぜ？　この間もミスリルアーマーで三百二十万を独り占めにしやがった」

俺はしっかりチクっておく。

「ほう、それならカクーコインの評価額全額を返しても釣りがくるかもな。それで足りないなら、ヤナータ自身を奴隷として売りに出すまでだ。よし、差し押さえろ！」

「「はっ！」」

国王と一緒にやってきた兵士や騎士がぞろぞろと店内に入ってきた。

「そ、そんな、こ、こんなところで私の夢が……」

ヤナータががっくりと地面に手を突いた。

さんざん他人の命を削り、生き血を吸って良い夢を見てきたんだ、ツケはきっちりと払ってもらうぜ。

ミツルギはその間も動くことができなかった。

そう、何も、俺がヤナータを仕留める必要は無いのだ。

そして。

「降参だ」

ミツルギが刀を収めた。

コイツはまだやろうと思えば相当に粘れただろうが、孤立無援で魔法攻撃を三人から受けてはいくらミツルギでも堪ったものではないだろう。

それに、国王が出てきた。主が契約金をもはや払えない状態では、傭兵稼業の意味が無い。

「保釈金でヤナータを野放しにしないでくれよ」

俺は抜けが無いように国王に言っておく。大金持ちはあの手この手で脱出しかねないからな。

「安心しろ。王が奴隷に落とすと言えば金では覆せん。それより、アレック、早く神殿に行って手当してこい。出血が酷いぞ」

「そうよ。あとは私たちが何とかするから、あなたはミーナと神殿へ」

星里奈が俺の腕を拾って言う。

「ああ、じゃ、任せる」

俺はニッと笑うと、神殿へミーナと一緒に向かった。

エピローグ　祈りの奇跡

ヤナータの店から出ると、ミーナが左右を見て安全を確認し、それから俺に向き直った。

「ご主人様、止血を」

「ああ」

ミーナが紐を出して俺の斬られた右腕を肩の辺りで縛る。

ようやく出血が止まり、痛みもようやく出てきたが、あのミツルギの刀の切れ味が凄まじかったせいか、そこまでの痛みではない。

ただ、これ、くっつくのかね……？

日本なら手術でなんとかなりそうなのだが……。

「アレックさん！」

フィアナが追いかけてきた。石化から回復したようだが、そうだな、聖職者がいるのだから回復の魔法をかけてもらうか。

「フィアナさん、早く回復魔法を」

ミーナも言う。

「ええ、でも、これは重傷ですから、私の魔法では無理だと思います。それより早く神殿へ」

「ああ」

ミーナに残っている左手を引っ張られながら、俺達は神殿へと急いだ。

「重傷者です！　お願いします、どうか、どうか通して下さい！」

兵士がその場にもいたが、ミーナの必死に懇願する声に心を打たれたか、すぐに道を空けてくれた。

くそ、息が上がってきた。ステータスウインドウのHPを確認するが、まだ100ポイント前後で、HPは残っている。

ポーションを飲み干したが、回復が悪く回復量が20ポイントにも届かない。

すぐ死ぬようなことは無さそうだが、腕の怪我をどうにかしないと、満タンの全快とは行かないようだ。

「重傷者です！　お金ならいくらでもあります！」

神殿に入るなりミーナが言ったが、まあ、この世界の神殿関係者は、金次第だからな。

「こっちだ」

「おお、これは酷い」

司祭が何人か出てきて難しい顔をした。簡単に治る傷では無さそうだ。

まあ、予想は付いていたんだがな。

それでも、俺は魔術士としてもやっていけるから、そこまでの悲壮感は無い。

「そこの寝台に寝かせるのじゃ」

眉毛の長い大司祭が出てきて、指示をすると、ミーナが涙ながらに土下座した。

「お願いしますっ！　私の腕を切り取っても構いません。どうか、ご主人様の腕を元通りにして下さい！」

「無茶を言うでない。無論、ワシらもできるだけのことはやる。とにかく静かに見守って、今は神に祈りなさい」

「はい……」

目を閉じたミーナがブツブツと祈りを捧げだしたが、俺は神頼みするつもりはさらさら無かった。

この状態で、一番良い回復方法は何か？

それを考えなきゃな。

外科医の小島はもう星里奈あたりが呼んでくれているだろう。

ただ、ここから馬車で何日もかかるので彼を当てにはできない。

それに現代日本と違い、手術器具や装置も無いのだ。

それならばと本命のスキルリストを見るが、【ヒール】が増えていただけだ。

そこは賢者になったのだから、もう少しサービスしてくれてもいいだろうに、回復系は相変わらずしょぼいな。

もちろん、俺はすぐに取って【ヒール　レベル5】をMAXまで上げる。しかし、ヒールの呪文を使おうと左手を右の腕にかざすと、司祭が乱暴に俺の手をはねのけてきた。

「何をする」

「そっちこそ、何をするつもりじゃ。低級の回復魔法だと、傷が中途半端に塞がるだけで、腕は元に戻らんぞ」

「ああ、なるほど……」

それでフィアナは回復魔法を使わなかったのか。

大司祭は俺の腕を念入りに観察しているが、それも上位術式には必要な事なのだろう。

「アレック、大丈夫？」

リリィがやってきた。茶化してくるかと思ったが、真剣な表情だ。

「まあ、死ぬことは無いが、腕は厳しいな」

「そう……」

「向こうはどうだ？」

「うん、平気。星里奈と早希が上手く兵士に説明して、捕まえられずにすんだよ。ただ、後で事情を聞くとは言われたけど」

「ま、そうだろうな」

「私にできることは？」

「みんなに無事だと伝えてきてくれ。それと、回復のスキルを持った奴を……」

「あ、そうだね。探してくるよ。でも、それってここに大勢いるよね」

「そうじゃとも。ワシがこの国のトップクラスの使い手じゃ、レアスキル持ちじゃぞ。信頼せい」

「チッ、レアかよ」

「あー、使えないねー」

「残念です……」

「なんじゃと！　罰当たりな」

ジジイが怒ったが、ノーマルスキルならコピーしてレベルアップもできたのにって意味なんだがな。

回復系魔法はこの爺様だけで充分だろう。あとは……

「レティを呼んできてくれ」

「それが……急に走ってどっか行っちゃって。ここに来てないの？」

「レティは来てませんね」

ミーナが鼻をくんくんして言う。

アイツの魔術知識ならなんとかなるかと思ったのだが。ま、逃げたとか、そんなことではあるまい。


もう少し待ってみるか。

「アレック！　アレックは!?」

来た。レティだ。

「ここだよ！」

「おお、いたいた。はいこれ」

レティが黒いヤモリや赤いヤモリや緑のヤモリを山盛りでドサッと差し出してくる。

しかも全部生きてるじゃねえか、気持ち悪いな。

「それをどうするんだ？　近づけるな」

「もう、スキルよ、スキル」

「おお、なるほどな」

俺もようやくレティの意図が分かって、スキルリストを確認してみた。

【壁に張り付く　レベル5】Ｎｅｗ！
【天井に張り付く　レベル5】Ｎｅｗ！
【光学迷彩　レベル2】Ｎｅｗ！
【トカゲの尻尾切り　レベル4】Ｎｅｗ！

【生える再生　レベル2】New!

「レティ、1000ポイントくれてやる」

「やったー!」

俺はさっそく【トカゲの尻尾切り】を――削除し、【生える再生】のレベルを5に上げた。

使ってみる。

すると腕の先がもりもりと膨らんできて、そこにちっちゃい指が出て来た。ただし、赤い。

「おえっ!　気持ち悪っ」

「ご主人様の指、ご主人様の指、ご主人様の指、うう……」

「動くの?　それ、動かせるの?　ちょっと動かしてみ、ちょっと」

うわー、自分でも見たくねー。

「ぬっ!　それは!　さては貴様、悪魔か?!」

「違う。これは俺のスキルだ」

「なんじゃと?　うぬぬ……」

「あの、本当です。ご主人様は色々なスキルを持っていますから」

「そうですよ」

「ふむ、そこの娘が言うなら、どうやら本当の事のようじゃな」

ったく、へぼ司祭め、ミーナ達の言うことだけ素直に聞きやがって。

「では、このまま回復魔法をかけるぞ。――万物の癒やし手たる女神エイルよ、敬虔(けいけん)なる下僕の願いを聞き入れたまえ。【スプリングヒール!】」

「おお」

腕に生えているちっちゃい指が伸びて大きくなっていく。

「うぬぬ、やはり一度では全快とはいかぬか。ちょっとタンマじゃ。ふぅ」

老司祭が疲労したのか、息を整える。

「ごめんなさい、私にもっと高度な回復魔法が使えていれば……修行が足りませんでした」

フィアナが謝ってきた。

「気にするな」

別にフィアナも今までの人生で怠けてきたわけじゃないだろう。

「神様、どうか、ご主人様の腕を元通りにしてください……！」

ミーナが必死な様子で祈っている。

床に落ちる彼女の涙――

それが俺には少し辛く、だが同時にここまで想ってくれる事がありがたかった。

「そうですね、せめて祈りだけでも」

フィアナもその場で跪くと祈り始めた。

するとミーナの体がほのかに輝き始めているではないか。

「ミーナ？」

「え？　あれ？」

自分の姿を不思議がるミーナだが、問題はなさそうだ。見ると腕の回復も加速している様子。

「むっ！　娘、何をした」

老司祭が驚きを隠さずに問う。

「い、いいえ、私はただ祈りを捧げただけですけど……フィアナさんの魔法では？」

ミーナが聞くが、フィアナも戸惑い気味だ。

「いいえ、私の魔法ではありませんよ。しかし、これは……こんなことが……」

「なんと、修行した司祭でもないというのに、神に祈りが通じるとは……まさに奇跡！　さ、そのまま祈り続けるのじゃ！」

「は、はいっ、ご主人様の腕、ご主人様の腕、ご主人様の腕……！」

「癒やしの女神エイルよ、どうか我らの願いを聞き入れたまえ……！」

フィアナの体も輝き始めた。

「おお？」

俺の体も内側から淡く光り始め、なんだか温かい。このまま身を委ねたくなるような、そんな心地よさだ。

体の周りに小さな光の粒子が舞い始め、次々と増えていく。今までに見たこともない現象に、俺はただ放心したままで眺める。

それが神の御業(みわざ)なのか――

それともミーナ達の祈りの成果なのか――

俺には分からない。

だが確かに、神殿のこの場所だけが不思議な空気に包まれていた。

俺の新しい腕はみるみる太くなり、少し色は白いが、完全に元通りになった。

「もういいぞ、二人とも。見ろ、元通りだ」

俺は笑顔で生えた腕の拳を握ったり開いたりしてみせた。

「ああ、良かった……」

「ホントね」

「神よ、感謝いたします」

「良かったじゃん、アレック」

「ああ。心配をかけたな」

「はい……ううっ、ぐすっ」

ミーナが顔をくしゃくしゃにして涙を流すので、俺は彼女の頭を優しく撫でてやる。

「オホン、では完治できたようじゃの」

「大司祭様、ありがとうございました」

ミーナやフィアナ、レティ達のおかげでもあるが、ここは神殿だからな。しおらしくお礼は言っておくことにする。

「うむ、あれほどの傷を癒やしてみせるとは、さすがワシじゃな。それに神のご加護もあったのであろう」

「はい。それで、喜捨の方ですが……」

ここの神殿は地獄の沙汰も金次第、いくらぼったくられるやら。

「ああ、うむ、百ゴールドで良いぞ」

「おお？」

「その代わり、ここで起きたことを正直に皆に話すのじゃ」

「分かりました。大司祭様の偉業、吟遊詩人にも広く伝えておきます」

「うむ。コレも神のお導きよの、ほっほっほっ」

思ったより安い治療代で済んだ。めでたし、めでたしだな。

あとは、『ホワイトドッグ』の残党をどうするか、ユミや国王にも相談するか。

俺は穏やかな表情の女神像を見上げたあと、きびすを返して神殿を出た。

第十二章　泡と罪

ここは天然洞窟のようなエリアだが、すでにマッピングは進み、残るはボス部屋のみ。

「気を付けろ。ボスがベヒモスとは限らないぞ」

「「「了解」」」

だだっ広い大空洞に辿り着いたが、いる。

ピリピリと伝わってくる緊張感。圧倒的な存在感がそこにあった。

「レティ、構わん、先手必勝だ。一番凄い呪文をぶちかませ」

「何でも良いの？」

「ああ、何でも良い」

「了解！　――星よ落ちよ！」

「あ、【メテオストライク】はダメだぞ」

「今、何でも良いって言った」

◇プロローグ　ベヒモス

カクー帝国は崩壊した。

当然、コインは換金されず、大勢の被害者が出た。

国王はこのコインを違法として取り締まり、『ホワイトドッグ』に全額を返すように通達したが、そのほとんどの幹部は逃亡したという。

こうなってしまっては逃亡を最初から計画していたのか、失敗したから逃亡したのか、分からずじまいである。

ま、俺達の方はいつものように冒険するだけだ。

『帰らずの迷宮』第六層。

「アホか。ここが崩れるようなのはダメだ」

「んもー、じゃあこれで——我は炎の武器を欲したるなり。其は一時にして永劫に燃え行く炎なりや。安住の西から昇る太陽がごとく矛盾の試練を乗り越え、すべてを合わせたりや。そして終焉の時を知らざるなり。了見をもって満たせ、【永劫火炎結晶死剣!!!】」

全員の武器がライト〇ーバーになった。

「よし、行くぞ！」

「BUMOoOOOOO——！」

巨大なイノシシが咆哮を上げ、地面を足でこすっている。

「うっ、アタシが前に見たのよりデカい……！」

ルカが見上げて戸惑ったが、俺達のための特別仕様のボスなんだろう。面倒なことだ。

「直撃は食らうなよ」

「「了解！」」

奴が突進し始めたが、それだけで地震が起きる。


「【スターライトアタック！】」

星里奈の必殺技が胴体にヒットした。

「GUMOoooooOOOOO——！」

どうだ？

ベヒモスの巨体が薄く光り、そして煙と化す。

ボフン。

「やった！」

「凄いね、星里奈！」

「おいおい、一撃って、なンだべや」

皆も驚いたが、とにかく勝てば良い。

【無尽の体力　レベル5】New！

新しいスキルが増えた。
【鑑定】してみると——

『無尽の体力　レベル5』

【解説】

このスキルの所有者は、HPが10万上乗せされる。

傷の治りも早くなり、時間回復効果が得られる。

効果は永続的。


ふむ、セックスもやりたい放題だな。

ドロップ品はゴツい緑色のフルプレートアーマーが出てきた。

「これ、使いたい奴」

「うーん、防御力はスゲえ上がりそうだが、オレ、動きづらいのはマズいんだよな」

「私もスターライトアタックを考えたら、先手必勝がいいから、要らないわ」

元々、うちのパーティーにはタンク職みたいな重戦士がいないんだよな。軍団のマテウスにでも後で聞いてみよう。

「じゃ、俺が預かるぞ」

アイテムストレージに収めておく。

まだ余裕はあったので、そのまま俺達は『第七層』へ進んでみた。

天然洞窟は上の階層と同じだが、ここは下に溶岩が流れていたりする。

「熱いな……」

どうせ炎属性の敵がわんさか出てくるだろうから、先に【火炎耐性】を取っておく。

【火炎耐性　レベル5】New!

残りポイントは1万を切ったので、次のポイントがガバッと入るまでは節約で行こう。

「ご主人様、敵がいます」

「ああ」

ミーナが言ったが、もう敵は見えている。

二メートルくらいの赤いトカゲだ。

「レッドリザードだよ。炎を吐くから気をつけな」

　ルカが言い、すぐに突っ込んでいく。

　お前はビキニアーマーなんだから無茶すんなっての。

「援護しろ！」

「はい！」

「分かった」

　すぐにミーナや星里奈も斬りかかり、レッドリザードは炎を吐いたものの、すぐに倒せた。

「凄いね、このパーティー。ひょっとしたら、ううん、たぶん、ハンナ達のパーティーより強いよ」

　ルカが言う。

『白銀（しろがね）のサソリ』か。ま、Bランクパーティーだからな。

　俺達はその上を行く。

　コピースキルで【火炎ブレス　レベル３】を手に入れたが、ファイアボールが使えれば不要だな。

　リセットしてポイントに還元しておくことにする。

　還元は４００ポイントと、この程度のスキルにしては結構入ったが、冒険者でこんなスキルを取る奴はまずいないだろう。スキルとして育てるには効率も悪すぎだ。


　翌日。

　俺が宿で二ゴールドもするぼったくりの朝飯を食っていると、同じ宿泊客の戦士マーフィーがやってきて言う。

「女将（エイダ）、チェックアウトをアレックの後で良いから、やってくれるか」

「おや、マーフィー、国に帰るのかい？」

「馬鹿言え、こっちは第五層でアイスゴーレム相手に順調にやってるんだ。Bランクに昇格したってのに、なんで帰る必要があるんだよ」

「だったら、うちを出る必要があるとは思えないけどね」

「安い宿に変えようと思ってな。一泊一ゴールドだぜ？」

「ええ？　まあ、ボロ屋でいいなら、止めやしないよ」

「チッチッチッ、それが普通の家でな。後で見に来いよ、エイダ。驚くぜ？」

「どうだかね。裏がありそうな気がするよ」

「なんもねえよ。『レンハウ』、新しい制度だとよ」

「レンタルハウスのことかい？」

「そうだ」

「素人が家を貸すんだろう？　サービスは期待しない方が良いね」

「どうせここだって大したサービスじゃねえだろ。なあ、アレック」

「そうだな」

「失礼な連中だね。ま、そっちが良ければあたしゃ止めやしないよ。好きにしな」

経費を安く上げるにはもってこいだが、うちのクランは何かと敵が多くなったし、セキュリティも考えたら、ここが一番なんだよな。

元Aランクのレベル39、鬼のエイダがいれば、たいていの悪人は入る前に逃げていく。

俺はその話を気にも留めずにスープを飲んだ。

第一話　温泉

『帰らずの迷宮』第七層。

灼熱の溶岩が下を流れる洞窟を、俺達は赤トカゲやサラマンダーを倒しながら進む。

「くそー、アニキめ、涼しい顔をしやがって」

汗だくのジュウガが俺を恨めしそうに見るが、ポイントを全員に分けて【火炎耐性】を取らせる余裕はない。

「水分補給はこまめにしっかりな」

代わりにそれだけ言っておく。あくまでもクールに。

事前に調べてあるので、全員、水袋は多めに持っている。

「ご主人様、ここは通れないようです」

先頭を行くミーナが立ち止まったが、道を塞ぐようにして溶岩の池が通路を横切っている。

ただ、通路自体はそのまま奥へと続いていた。

「ちょっと待ってろ。マップだけ埋めてくる」

俺は壁に張り付き、ヤモリのようにかさかさと進んでいく。

【壁に張り付く　レベル5】のスキルだ。浮遊だって使える。

「いつも思うけど、だんだんアレックって人間離れしてきたわよね……」

「同感だね」

「ご主人様は、ご主人様なのです」

「アレは普通に気持ち悪いべ。浮かぶ方がまだマシだ」

「おお、神よ、悪しき道に入らぬよう、かの者をお見守り下さい」

「でも、なんで最近【浮遊】を使わんのやろ？」

「ヤモリ歩きの方が気に入ってるんでしょ。私だって、あれ、やってみたい！」

フフフ、レティ、頑張ってそれ系の呪文を探すんだな。

「ん？　なんだ、もう行き止まりか」

通路は角を曲がると袋小路になっている。だが、台座の上に金色の宝箱があった。

「宝箱だ」

「「おお」」

「ほな、ウチが開けるー！」

俺が罠外し系のスキルを取っても良いのだが、早希がやる気を見せているので、お姫様だっこの【浮遊】でそこまで連れて行ってやった。

念のため、１０００ポイントほど早希に渡して、罠外し系のスキルを強化させておく。テレポートの罠も怖いからな。

「フフ、ダーリンの愛を感じるわぁ。よっしゃ、成功や」

宝箱の中にはルビーの指輪が入っていた。

早希が自分で鑑定したが、炎無効の効果があるという。

「チッ、俺には役に立たないな」

【火炎耐性】をレベルMAXにしているので、炎を浴びてもへっちゃらだ。

ただし服や装備はある程度しか耐えられないので、溶岩プールに飛び込む真似はしない。

「まあええやん、パーティーの誰かが使えるし」

「そうだな。星里奈にくれてやるか」

「ほー、大本命か?」

「違う。アイツは【スターライトアタック】があるからな」

「そやね」


そういうことで指輪をくれてやったのだが、星里奈は顔を赤らめてモジモジして変に意識したようだった。

「あ、ありがとう……アレック。大切にする」

「いや、別に、そう言う意味じゃないからな」

「う、うん。分かってる」

「「ヒューヒュー」」

「うるさい、じゃ、先を行くぞ」

「「了解」」

岩場のエリアを進んでいたが、また溶岩で通れない場所があった。

「じゃ、待ってろ」

俺がその先へと進んでみると、今度はお湯が溜まっている場所に出た。

手を突っ込んでみると、良い湯加減のようだ。

「ちょっとお前ら、来てみろ」

【浮遊】で運んでやり、連れて行く。

「これ、温泉みたいね」

「そうだな」

「入っていい？」

「ミーナ、周囲に敵はいるか？」

「大丈夫みたいです」

「なら、見張りは一人、立てておこう」

「やった！」

ミーナが見張りをやると言うので、彼女に任せ、俺達は服を脱いで湯に浸かる。

「ういー、良い湯加減だべ」

「ホント」

岩場で隔てて男湯の場所と女湯の場所を分けられてしまったが、まあいい。

ここは油断できるような場所じゃないから、体を洗う所と割り切っておいた方が良いだろう。

「そろそろ行くぞ」

「えー？　もう？」

女性陣の何人かが不満の声を上げたが、宿屋に風呂を用意する事を真面目に考えても良さそうだ。


いや、これは面白い商売になるかもな。

「地上に戻るぞ」

いったん地上に上がった俺は、商人ギルドで『レンタルハウス制度』の申請を行い、説明をユミから聞いた。

「名前と場所を登録すれば、誰でも可能です。値段も自由」

「ふうん、やけに簡単な制度だな」

「ええ。近頃、『帰らずの迷宮』への冒険者が急激に増えていて、宿屋の空きが少なくなったために、商人ギルドが提案して国王にご承認頂いた制度なんです」

「お前の提案か？」

「いえ、ヤナータでして……」

「ふうん。ま、奴も最後に役に立つことをやったって事だな」

「はい」

ヤナータは奴隷となって商人ギルドから追放された。奴に本当の商才があればまた成り上がってくるだろうが、ドレウロのような店で働く奴隷に貯金(チャンス)ができるとは思えない。

ミツルギもあれから城の兵士に引き渡した。賞金首だったし、それからどうなったかは俺も知らない。

ま、普通に考えて牢屋行き、それもかなり長い期間だ。

「じゃ、書式はこれでいいな」

申請書をユミに渡す。

「はい、ええと、ダンジョンの第七層ですか?」

「そうだ。毎日営業とはいかないが、別に構わんだろう」

「王城に提出してみます。物言いが付いたら、諦めて下さいね」

「ふん、まあいいだろう。その時は勝手に俺達だけで使わせてもらう」

料金設定は未婚の女性はタダ、その他は一泊百ゴールドだ。

基本予約制で、Aランクパーティー五名以上による送迎・護衛付き。ただし、客は第七層経験者に限らせてもらう。

俺達は特に何もしていないのだが、冒険者ギルドが認定をくれ、Aランクパーティーとなっている。

『ホワイトドッグ』が壊滅したので、力のあるクランを取り込んでおこうという魂胆だろうが、ま、どうでもいい。

さっそく申し込みが二組も来たが、セーラとエリサのパーティーだった。

ま、第七層経験者となると、顔ぶれも決まってくるか。

「アレックぅ、よっろしくねー」

「本日はよろしく頼む」

「『風の黒猫』温泉へ申し込みありがとうござい

ます。責任者のアレックです」

「ぷっ、知ってるから！　アハハ」

セーラが笑うが。

「ま、そうだな。普通にやるか」

「そうそう。ところで、星里奈達は？」

「あいつらは今日はお休みだ。人数も増えたからな。他意は無い」

邪魔をしそうな奴らにはこのプロジェクト自体、内緒だ。

「ほな、準備がええなら、行こかー」

他に、早希、ミーナ、イオーネ、ネネを連れてきた。パーティーでも口の堅い連中だ。

「しっかし、温泉とは、面白いことを考えるじゃねえか、アレック」

早くも酒缶を呷っている酔っ払い親父のエドガーが言うが、お前は要らないんだけどな。

ま、男は全員帰れと言ったら怪しまれるから、適当にあしらっておこう。


「ちょうど第七層を探索していて、見つけてな。なかなか気持ちが良かったから、皆にも教えてやろうと思ったまでだ」

「んん？　それなら情報としてギルドに売ればいいだろが」

「第七層だからな。興味本位の物見遊山で無理して死人が出ても後味が悪い」

「まあ、そういうことにしておくか」

「ただ、ダンジョンの中で風呂に入るなど、本当に可能なのですか？」

生真面目な青年アベルも心配してくるが、お前も要らない。

「それは実際に自分の目で見てもらおう。ま、その辺は俺達を信用してくれ」

「もちろん、アレックなら信用できる」

エリサが大きくうなずいたが、その他のメンバー、マリンや数人の女性陣が不安そうな表情になった。

「アタシ、アレックのこと、あんまり知らないのよね。セーラは仲が良いみたいだけど」

セーラのパーティーの魔法使いが言う。赤毛に黒いローブで、なかなかのクール系美人だ。

「うん、仲いいよー」

「セーラは恐い物知らずなところがありますからね……」

セーラのパーティーの僧侶が苦笑して言う。緑髪の奥手そうな娘で、まず処女だろうな。

「第四層のクエストじゃ、ろくでもないことになったから、今回もそうじゃないのかい？」

ゴツい女戦士が言うが、そんなこともあったな。

「今回は敵がいないのを確認済みだし、迷宮に手を加える訳じゃ無いからな。大丈夫だろう」

「だといいが」

三つの混合パーティーはのんびりと先を進んだ。

第二話　覗き見するに決まってんだろ、いちいち言わせんな

第四層のログハウスで一泊し、さらに先を目指すが、最短ルートと高レベルメンバーということで楽勝だ。

「このパーティー、いいね。進みやすい」

セーラがニコニコ顔で言う。

「そうだね。素敵に犬耳を入れるのもいいかもね」

ゴツい女戦士も同意した。

「ええ？　ジェイミー、新しいメンバーを募集するの？」

「いや、具体的な話じゃないよ」

「うちの方も、犬耳メンバーがいてもいいかもしれませんねえ」

「人間だけで良いです」

ハウエルの言葉にアベルがサッと言ったが、犬耳って、そんなに気にすることかね。

耳とシッポを除けば、まんま人間だと思うんだが。

第六層のボス部屋、大空洞に辿り着いた。

「うっ」

「どうした、エリサ」

「いや、ここでの死闘を思い出してな……」

「確かに、死ぬかと思いましたね」

「ちょっと、私たちには荷が重かったですねえ」

「だから、のんびりやろうって言ってるんだぜ、命あっての物種だ。どうせ本国の連中も調査結果なんて気にしちゃいねえって」

ま、ベヒモスと普通に戦ったなら、厳しいことになっただろう。エリサ達もよく倒したもんだ。

「そうは行かない。テンプルナイトの任務として拝命した以上、きっちりやるぞ」

「へいへい」

「第七層、到着ー。で、温泉はどっち？」

「向こうだ」

溶岩で渡ることのできない場所まで行き、俺が浮遊スキルでその上を一人ずつ運んでいく。

セーラのパーティーの魔法使いも浮遊魔法が使えたので、そんなに時間はかからなかった。

「ああー、こっちかぁ。アタシ達、ボスに直行しちゃったよねえ」

「ま、もう第八層の探索に取りかかってるんだ。第七層は暑いからもういいよ」

ゴツい女戦士が言うが、セーラ達は第八層を攻略中か。

「ここが、『風の黒猫』温泉だ」

看板代わりに石に文字を彫って立ててある。

「おー、ホントに温泉だねえ」

「私は温泉って初めて見ました」

「じゃ、男湯は向こう、女湯はあっちだ。俺達は護衛に就くから、遠慮せずに堪能してくれ」

「ちょっと待った！　護衛に就いてくれるのはいいが、アンタ達が見回ってくるのかい？」

「そこはちゃんと配慮している。俺は女湯には入らないから、安心しろ」

「ならいいけどね」

そう。俺は湯には入らない。

だが、これまでに手に入れた数々のエロい事専用のスキルがあるからな。

【気配遮断　レベル5】
【覗き見　レベル5】レベルアップ！
【壁に張り付く　レベル5】
【天井に張り付く　レベル5】
【光学迷彩　レベル5】レベルアップ！

レベルもMAXに上げて、完璧だ。

「では、護衛を開始するぞ」

「ほいきた。フフ」


「はい、ご主人様」

「はい」

「は、はいなのです、あわわ」

早希、ミーナ、イオーネ、ネネには普通に護衛させ、俺は岩陰に隠れたところで、【光学迷彩】で透明化する。そして気配を断ち、壁や天井を這っていく。

しかし彼らも冒険者、思い切りが良いようですでに裸でお湯の中に入っていた。

ストリップショーを楽しむためには初めから張り込んでおく必要がありそうだ。

「んー、気持ちいいー。まさかダンジョンでお湯に入れるとはねえ」

「さすがに敵が気になって、あんまり落ち着かないね。あと、あのスケベ親父が覗きにやってきそうだ」

「アハハ、あり得る」

チッ、何人かは布で胸を隠している。

『お湯にタオルを入れないで下さい』と看板を出しておく必要もあるな。

セーラとエリサは隠さずに堂々としているが、二人ともセックスした仲なので新鮮味が無い。

もちろん、きっちり鑑賞はさせてもらうが。

もう一人、セーラのパーティーメンバー、赤毛の魔法使いが新鮮な裸を見せてくれているが、控えめな乳房に綺麗な桜色の乳首でなかなかよろしい。

もうちょっと近づいてみるか。

「む」

アウトオブ眼中のゴツい女がこちらを見た。

「どうしたの、ジェイミー」

「いや、何か物音がしたような気がしてな。あの辺だ」

やっべ、コイツ、耳が良いな。くそ……。

「んー、大丈夫じゃない？　モンスターはいないよ。ふふふっ」

セーラもとっくに気づいているようだ。やれやれ。

「どーやぁー？　皆さん、湯加減はどないです？」

早希がやってきたので、【浮遊】を使い、彼女の後ろに隠れる感じで、ジェイミーから離れる。

「うん！　最高！　アタシもっと早く知りたかったなぁ」

「良い感じだ」

「問題ない」

「上々やね。お酒の欲しい人は持って来たから言うてな」

「あ、飲む！」

「セーラ、危険だぞ？」

「大丈夫大丈夫、アレック達が護衛してくれてるし」

「しかしな……」

「敵もいないみたいだし、ジェイミーは心配しすぎ」

「やっぱりアタシはやめとくよ」

「うん、アタシは飲むよー？」

「じゃ、はい、セーラさん」

「ありがとー。んー、これ病みつきになりそう」

「そんなに美味しいですか？」

「シエラも飲んでみなよー」

「はあ、じゃ、ちょっとだけ」

セーラのパーティーの僧侶が杯を受け取って飲む。

「あ、美味しいですね」

上等な酒を持ってきたからな。ツアー代と合わせても収支は赤字なのだが、そんなことはどうでもいい。

「もう一杯、下さい」

「はいな」

「シエラ、あんまり飲み過ぎるなよ？」

「ええ、じゃあ、これだけにしますね」

顔を赤くしたシエラはそれでも酔っ払ったようで、立ち上がって自分から布を取った。

「ふう、なんだかのぼせちゃいました。気持ちい……」

見事な巨乳だ。惜しいな、覗き見るしかできないとは。

まあいい、しっかり堪能させてもらうとするか。

「全員、すぐに上がって！」

くそっ、星里奈だと!?

「あれぇ？　星里奈、どうしたの？」

「これはアレックの罠よ。奴は【光学迷彩】のスキルを持ってるわ」

くそっ、バラす奴があるか。

「だが、気配はしないね」

「待って、アイツって元々、その手のスキルも持ってなかった？　あの不死王の時」

「そう言えば……くっ、どこだ、出てこい！」

チッ、ここまでかな。

俺は浮遊で岩陰の所まで行き、【光学迷彩】と【気配遮断】を解く。

「星里奈、変な言いがかりはよしてもらおう」

「あっ、アレック」

「きゃあ！」

「こっちへ来るな」

「分かった分かった。だが、声が聞こえたからな。確認しに来ただけだ」

さも今来ましたということにしておく。

あと、覗き見は向こうが気付いている方が燃えるな。恥ずかしがって体を隠したシエラはそそるものがある。

今回の温泉ツアーは余計な邪魔が入ってしまったのでここでお開きだ。

浮遊魔法があるレティも買収して連れてきていれば星里奈はここまで来られなかったのだが、さすがにダンジョンの中だと俺もあまり落ち着けない。

これは宿屋に風呂を作る方が良い。

✧第三話　お風呂用魔道具を求めて

第七層温泉ツアーは色々と難しい面があった。

ここは宿屋にお風呂を作りたい。

女性陣にとっても、悪くない話だろう。

「と言うことで、お湯を作る魔道具の情報を集めろ」

「……狙いが透けて見えるわね」

「何を言っているのか、分からないぞ、星里奈。第七層でお湯に浸かって気持ち良かっただろう。お前は風呂に入りたくないのか」

「そりゃあ、入りたいけど、覗き見はダメよ」

「うるさいな。とにかく協力しろ。目的は同じだ」

「違うと思うけど。まあいいわ。お風呂には入りたいし、協力はしてあげる」

「でも、ダーリン、魔道具を使うとなると、結構値が張ると思うで」

「まあ、そこは、見つけてからの話だ。安上がりに越したことはない」

「お湯って魔法だと作るの結構、面倒なのよね」

レティが言う。水桶にファイアボールをぶち込んでも、水が散って炎が消えるだけで、お湯にならんからな。

それでも探していると、セーラが良いものを持って来てくれた。

「はい、アレック。お湯を作る魔道具だよ」

ライオンの顔をした十センチくらいの石だ。二つある。

「おお。いくらだ？」

「タダで良いよ。アタシもさっき、タダでもらったし」

「タダで？　それ、裏があるだろう」

「ま、アタシに気がありそうな貴族だったけどね。よくプレゼントをくれるんだ。アタシのほうは全然その気は無いけど」

「報われない恋だな。じゃあ、密かに使わせてもらうとしよう」

「別にバラしても怒らないと思うけど、うん、そうして」

さっそくエイダと大工にも相談し、一階に大浴場を作った。ついでに俺の部屋の隣を改装し、そちらは小浴場とした。

湯槽に魔道具の石をはめ込むと、そこからお湯が吐き出されてくる。実に便利な代物だ。

さて、獲物第一号は誰にしようか。


「やあ、シエラ」

大通りで買い物が終わったばかりのシエラに俺は話しかける。セーラのパーティーメンバーだ。

「ああ、アレックさん。奇遇ですね」

緑髪の優しげな瞳をした僧侶(クレリック)が笑顔を向けてくれた。

「そうだな」

実はシエラが宿を出たときから尾行していたのだが、そこは内緒だ。

「今、帰りか」

「ええ。石けんが欲しかったので」

「ほう。実を言うと、『風の黒猫』銭湯というのを宿屋に作ってな」

「えっ？　もしかして、地上でお湯に浸かれるんですか」

「その通りだ」

「わあ。えっと、オープンはいつでしょうか」

「もうすぐだが、今準備中でな。最終テストも済ませたばかりなんだ。もし、シエラさえ良ければ、知り合いと言うことで、特別に入れてやっても良いぞ」

「わ。いいんですか？」

目を輝かせたシエラは乗り気のようだ。

「もちろんだ。セーラには世話になってるしな。第四層では君達に迷惑を掛けた」

「いえそんな。確かにキツかったですけど、ジェイミーもそれほど気にしてませんよ」

「ならいいが。まあ、酒も用意しよう。寄っていってくれ」

「はい！」

俺の部屋の隣に作った浴槽にシエラをお一人様で案内する。

「一階に、もっと大きな湯槽も作ってるんだが、そちらはまだ準備中でな」

「ええ、温泉と比べればちょっと狭いですけど、ちゃんとお湯になってますし、ありがたいです」

「じゃあ、好きに使ってくれ。あとで酒を持ってこさせる」

「はい」

温まったところを見計らい、俺がお盆に酒瓶を載せて部屋に入る。

湯槽に浸かっていたシエラは慌てて自分の胸を隠した。

「きゃっ、あ、あの、アレックさん」

「ほれ、酒だ」

「は、はあ、あの、一応、その、女湯なので……」

「そうだな。だが、この小浴場は……混浴だッ！」

俺は拳を握りしめて宣言する。

「え……？　それは、ええと」

「男女が入れる場所だ」

「ええええ？　いえ、あの、私、そんなの聞いてません」

「今、言ったからな。まあ、安心しろ。俺は入ったりしない。飲め」

「は、はあ。あの、出て行ってもらえると……」

「第七層の温泉でちらっと君の裸を見せてもらったが、良い体をしている」

「！」

顔を真っ赤にしたシエラは、怒らないな。恥ずかしがっているだけか。

「さあ、どうした、酒を飲め」

「はあ……じゃ、頂きます。あ、美味しい」

「上等な酒だからな。今日はダンジョンでもない。好きなだけ飲んでも安全だぞ」

「あ、そうですね。えっと」

「どうした、セーラと仲が良い俺がお前の財布でも盗むと心配になったか」

「いえ、そんなことは。では、頂きますね」

少し慣れてきたようで、シエラも杯を傾ける。

何杯か勧めると、酔っ払って気分が良くなったようで自分から隠していた手を外した。

「うふふ、私、少し酔っちゃいました」

「のぼせると良くないな。いったん、出た方が良いぞ」

「えっ、いや、でも、それは……」

「まあ飲め」

「はあ」

強引に杯に注いでやると、シエラも仕方なくと言った感じで飲む。

顔が赤くなった。

「はふう、もう、結構です」

「そうか。大分のぼせてきたようだぞ」

「え、ええ……あの、出て行ってもらえると」

「そうはいかないな。これも客の安全を確保しないと、君の体に何かあっては、これからの商売が成り立たない」

「えっと、はあ、そうですよね……と、とにかく、本当にのぼせてきたので、上がります。ひゃっ」

「おっと」

よろけたので支えてやり、そっと湯槽から出してやる。

「あ、あの、あまり見ないでもらえると。恥ずかしいです」

「何を言う。自信を持て、シエラ。実に良い体をしているぞ」

「はうう……」

「もっと良く胸を見せてくれないか。俺も冒険者として危ない橋を渡っているからな。ひょっとすると明日にも死んでしまうかもしれない。俺は後悔だけはしたくないんだ」

「ええ？　そんなことは無いと思いますけど……」

「分からんぞ。とにかく、ちょっと見せるだけだ。君にそれほど損はないだろう。何も減りゃしない」

「ええと、それはそうなのですが、あの、恥ずかしくて」

「我慢してくれ。こっちも、こういうことを言うのは恥ずかしいんだが、君に一目惚れしてね」

「えええ?!」

「前から告白しようと機会を窺っていたんだが、気づかなかったか？」

「いえ、全然……そ、そうでしたか」

「シエラ、好きだ」

「！　そ、そんな、急に、あの」

慌ててはいるが、嫌悪の表情は無い。シエラも実はまんざらでもなさそうだ。

「見せてくれ。俺はおっぱいを見ると凄く幸せになるんだ。特に、君のような立派なおっぱいだとなおいい。いや、君じゃないとダメなんだ」

「ええ？　私のじゃないと、ダメなんですか……？」

「そうだ」

「わ、分かりました。じゃあ、す、少しだけ……」

シエラが視線を泳がせつつ、手を胸からそっとどける。

目の前には迫力のあるたわわな果実がぶらさがっていた。

乳輪は少し大きめだが、許容範囲だ。

俺はじっくりと間近でシエラの肉体を視姦した後、その肉の果実を掴む。

「あっ！　あの」

「美しい」

「ええ？　いや、あの、触るのはちょっと」

「一生のお願いだ。別に無くなったりしないんだから、少しくらいはいいだろう」

「でも、本当に恥ずかしくて、やんっ、も、揉まないで下さい」

これは行けそうだな。そこまで嫌がっていない。シエラも高レベル冒険者なのだから、少々酔っ払っていようと、本気を出せばもっと動けるはずだ。

「耐えられないほど、気持ち悪いか？」

「いえ、そんなことは――」

「だったら、あとで礼をするから、頼むよ、シエラ」

「ええ？　そんな、あっ、だ、ダメ、そんなにモミモミされたら、んくっ、ハァ……ハァ……」

良い具合に感じてきたようだ。敏感な胸だな。

乳首はどうだ？

「んんーっ！　あ、あの、つまないで、あんっ！」

さらに感度が良さそうだ。立てなくなった彼女をお姫様だっこで俺の寝室に運ぶ。

「のぼせてしまったようだな。体を拭いてやろう」

「は、はあ」

布で綺麗に体を拭いてやる。

だが、敏感になっているシエラは、それだけで感じてしまうようだった。

「んっ、あの、自分で、できますから、はうっ」

「まあまあ、これもお礼だよ？」

「いえ、こんなのは、いいですから、んっ」

隅々まで拭いてやったあと、乳首を舐める。


「ああーっ、や、やぁ、アレックさん、それは、んんっ！　ああんっ！」

シエラは堪らなくなったのか、自分から俺の頭に胸を押しつけてきた。

肉体的合意、成立。

俺は服を脱ぎ、緊張してこちらを見つめているシエラに覆い被さった。

「あっ、んんっ、やっ、あんっ、ああっ！」

なすがままのシエラをたっぷりと可愛がってやり、頃合いを見て挿入。

「あああぁっ！」

しっかりとイかせた後、ぐったりとしているシエラを見て、ちょっと試してみようと思った。

「シエラ、胸で俺のこれを挟んでくれ」

「こ、こうですか？」

「そうだ」

パイズリはあまりやらないが、恥ずかしがり屋のシエラにとってはかなりハードルの高いプレイだろう。

なにせ自分で能動的に挟んでいるのだ。

「いいぞ、シエラ、お前は男を虜にする才能がある」

「そ、そんな。そんなの、要りません……んっ、あぁっ」

「なんだ、挟んでいるだけで感じるのか？　エロい体だ」

「そ、そんな、んっ」

「じゃあ、ラストスパートだ。これで終わりだからしっかり頑張れ」

「あっ、あっ、あっ、あんっ、ダメ、アレックさん、そんなに激しく動かれたら、私、受け止めきれません、ああーっ！」

しっかり顔に掛けてやった。

放心した表情のシエラもなかなかエロい。

「シエラ、よく頑張ってくれた。お礼に、君にはこれからここのお湯をタダで使わせてやろう」

「はあ、どうも。でも、それって……」

「心配するな、毎回セックスさせろとは言わない。気が向いたときだけでいいぞ」

「そ、そうですか」

この反応だとセックスも気に入ったようだな。

時々、誘って反応を見るとしよう。

第四話　立ち入り調査

『帰らずの迷宮』第七層の攻略をのんびり進めつつ、『風の黒猫』銭湯もオープンした。

お風呂だ。

女性陣にはやはりお風呂は好評で、噂を聞きつけた別の宿泊客や冒険者もやってくる。

ただし、残念ながら、星里奈が目を光らせていて、なかなか大浴場に忍び込む隙が無い。

ま、奴も同時に二カ所は見張れないので、俺の部屋の隣の浴室には連れ込み放題なんだけども。

「アレック、ちょっといい?」

俺が一人で遅い朝食を食べていると、星里奈がやってきた。

「なんだ?」

「あなた、シエラって子にも手を出したでしょう」

チッ、情報が早いな。

「それがどうした。合意の上だぞ」

俺は内心ちょっとドキドキしながらも、堂々と言ってみる。

「もう、うちのパーティーだけでも女の子がたくさんいるって言うのに、手を出しすぎでしょ」

「お前は勘違いしているぞ、星里奈」

「何かしら。どうせろくでもないユーチュ◯バーみたいな言い訳でしょうけど、聞いてあげるわ」

「ふん、一緒にするな。いいか、男の本能はいかに多くの遺伝子を残せるかだ。一夫一婦制なんて世界の国の半分、人類の歴史にしてみれば農耕が始まってからわずかの時間にすぎない。哺乳類だって一夫一婦制を守っている生物なんてたったの五パーセントだぞ?」

「へえ、じゃ、あなたは不倫している有名人がいても、そうやって同じように擁護するのね?」

「バカ言え。子供がいる既婚者の不倫はアウトだぞ? それは子供が悲しむからな……」

さも心が痛む……というそぶりで言うが、要は気にくわない有名人をみんなでバッシングするのが楽しいのだ。叩ければなんでもいい。不倫する奴が悪い。

「そう、ま、それなりに理屈はあるようね」

「当然だ」

「でも、『風の黒猫』銭湯はメンバーの一員として立ち入り調査させてもらうわ」

「なんだと? 星里奈、お前は何の権限があってリーダーにそんな高圧的な物言いができると言うんだ」

「それはだってパーティーメンバーだもの。他のメンバーの何人かには相談して同意も得ているから、みんなを集めて全員で調査してもいいのよ？」

「分かった分かった。見たいなら好きにしろ。いちいちそんな大袈裟な話にするんじゃない」

「ええ。じゃ調べさせてもらうわね。だいたい、あっちこっちの見ず知らずの女の子を連れ込んでたら、いつかトラブルになるわよ」

「ふん」

そこはトラブルを起こさない感じの美少女に限っているから大丈夫だと言い返してやりたかったが、あれこれとまた反論が来そうだったのでやめておく。

「じゃ、ここがもう一つの『風の黒猫』銭湯だ」

俺は自分の部屋に作った隠し扉を開けて、星里奈に見せてやった。

「あきれた。いったいいつの間に作ってたの？全然気づかなかったわ」

星里奈は【オートマッピング】も持っているが、宿の中をすべて他人の部屋も覗いて全部埋めて歩こうという気にはならなかったようだ。ま、俺も男の部屋には興味が無いからな。

「じゃ、アレック、ここであなたがどういうサービスをやっているのか、教えて」

「なに？　そこまで調べるのか？」

「ええ、もちろん。それもパーティーメンバーで相談して話し合って決めてるから」

「むむ……」

ここで屁理屈を言って星里奈を追い払うのは簡単だが、それだとあとでパーティーメンバーから「アレックってメンバーを信用していないのかしら？」だとか「アレックって肝っ玉が小さいよね！」などと心証を少し悪くしてしまうかもしれない。他のメンバーも調べたいと思っているなら、ここは妥協するか。

「分かった。なら、ちょっと待ってろ。本格的に客として出迎えてやろう」

「ええ、そうして頂戴」

いったん俺は宿の一階カウンターへ向かう。そこでは女将がヒマそうに店番をやっていた。

「女将、上等な酒、レディーキラーはあるか？」

「銀貨一枚だよ」

「千ゴールド!? ぼったくりすぎだろが。なんでそんなに高い」

「アンタがろくでもないことに使いそうだからね」

けっ。分かってるじゃねえか。今後の手強い相手用にマル秘アイテムとして考えたのだが、少し甘かったようだ。

「だが、値段を付けたからには売ってもらうぞ。良い感じのグラスもセットで付けろ」

俺は銀貨を出す。

「やれやれ、酒場まで買いに行けばいいだろうに、まあいい、ほら、甘い酒だよ。強いから気をつけな」

おもてなしセットをボトルで盆ごと受け取った。

「くれぐれも宿屋を壊したり燃やすんじゃないよ」

「俺はそんなへまはしないぞ」

だが、星里奈を怒らせるのはまずいからな。そこは気を付けよう。

自分の部屋にノックして入る。

「どうぞ」

中に入ると、すでに星里奈は服を脱いで湯船に浸かっていた。ったく、ちゃっかり客としてサービスを本格的に楽しむつもりのようだ。とはいえ、こちらもそのつもりだったから文句はない。

「どうぞ、お嬢様」

ダンディーな執事風に背筋を伸ばしてお盆を差し出す。高級感を漂わせ、三十度の角度に頭を下げて右手は後ろに添えるのがポイントだ。

「もう、ふふっ、何がお嬢様よ。いつもはそんな言い方はしてないんでしょ」

「まあな」

「まぁでも、そういうのも何か良い感じだから今回はそれでお願いね」

なんだ、星里奈もこういう扱いが好きなのか。

「かしこまりました」

星里奈がグラスを持ち、俺は瓶のコルクを抜いてトクトクと注いでやる。グラスが淡いピンクの液体で満たされた。

「じゃ、あなたの悪だくみ崩壊に乾杯」

「ふん」

星里奈が格好を付けてグラスを掲げてから、そっと傾けて口を付ける。

「ん、これ凄く甘い！　美味しいわ」

「だろうな」

レディー好みのスウィートな酒だ。味は飲まなくてもだいたい予想が付く。

「これで気分良く酔わせて、狼みたいに美味しく女の子を食べちゃうわけね」

「まあ、お客に満足してもらうのはその通りだが、俺は合意の上でしかやらないぞ。それは知ってるだろう」

「どうだか。ちょっと強引なときもあるわよね」

「事後承諾も有りだ」

「うわ、あきれた。女の子を泣かせて金でごまかすなんてのはダメよ」

「そこまではしてないから安心しろ」

「そういえば、マリア・ルージュの店長が、良い商品が入ったから一度遊びにいらっしゃい、だって」

「ほう」

マリア・ルージュは質の良い奴隷を扱っている店だ。

このところ、銭湯や温泉の準備で足が遠ざかっていたが、また行ってみるとするか。

「借金を返すまでは行かせないつもりだったけど、あの『大地の鎧』やたら高値で売れちゃうし……」

ベヒモスを倒したときに出たドロップ品だが、オークションで七百万ゴールドの値が付いた。

本当はうちの誰かに装備させたかったのだが、重戦士がいないからな。ドワーフのマテウスも「要らん」と断った。「ドワーフは鉄の胸当てと相場が決まっている」と言っていたが、別にドワーフが他の鎧を着けても良いと思うのだが……。

とにかく誰も装備しないので高値で売った。

「お前も分配金を受け取ったんだから、高値で良かっただろう」

ただし、メンバーが増えているので、一人当たりではそれほどの額になっていない。

「まあ、そうなんだけど、複雑な気分ね。お金で女の子を買うなんて」

「言っておくが、パーティーメンバーの強化、戦闘奴隷だからな」

「でも、顔も大事なんでしょ」

「それは当然だな」

「もう」

星里奈は気分良くグラスを傾けて酒を飲んでいるが、俺は手持ち無沙汰なのでそのおっぱいでも眺める。すると、星里奈が視線を感じたか、胸を左腕で隠した。

「良い体をしてるんだ。見られて恥ずかしがるような代物でもないだろう」

「バカ。恥ずかしいわよ」

「イヤらしく育った胸だからか？」

「違う！」

拳を振り上げて怒るそぶりだけした星里奈だが、本気で怒ったわけでもないようですぐに肩をすくめてみせた。

「誰かさんが触りまくって、イヤらしく育ててるからでしょ」

「確かにそれはあるな。どれ、星里奈、あまり長湯だとのぼせるぞ。いったん、上がったほうが良くないか？」

俺がそれとなく誘うと、星里奈もうなずいた。

「ええ、そうね」

彼女は布で体を隠しながら上がる。今度からこの風呂は湯船に布の持ち込み禁止ですという看板を表示しておくかな。俺は星里奈が座る椅子を用意してやりながら、そんな事を考えていた。

✧第五話　泡風呂

「あっと」

湯船から上がった星里奈だが、酒に酔っているのか少しふらついた。

「ほら、気をつけろ」

俺に支えられて、椅子に座る彼女。

「うう、思ったより酔っちゃった。それより、アレック。なんでこの椅子、真ん中がへこんでるの？」

自分が座った椅子を星里奈が気にする。

「知りたいか？」

「いやっ、やっぱりいい。なんか凄く嫌な予感がした」

「まあそう言うな、せっかく俺が特注で作った品だ。もっとも、職人の方は言われるままに作っただけで、用途は知らないがな」

「凄く恐いんだけど……くっ」

星里奈が身構えた。

「別に拷問器具じゃないから、安心しろ。それは『スケベ椅子』と呼ばれる物だ。真ん中がへこんでいるのは、そこに手を入れて座ったまま洗いやすくするためだ」

「うわ……っ、つまり、他人が、あなたが椅子のここに手を入れて私を下から洗う訳ね？」

顔を赤らめつつ、しかし、星里奈は興味ありげに聞いてきた。

「そうだ」

「それって、本当にエッチね。……そういうサービスもやってるの？」

「普段はやってないが、常連客のご要望とあれば、柔軟に応じるぞ？」

「ちなみに、私は常連じゃないわよね？」

「そうだが、パーティーメンバーだからな。常連扱いしてやろう」

「そう、ありがと……でも、ダメよ、星里奈、こんな変態男の言いなりになっちゃ。ゴクッ」

自分に言い聞かせながら、唾を飲み込む星里奈。

ま、この調子だとこちらが誘わなくとも自分でしてくれと頼んでくるだろう。こいつはエロには目がないからな。他人を変態呼ばわりしているが、自分こそとんだ変態ＪＫなのだ。

「で、どうしたいんだ、星里奈。俺は客の要望に応じるだけだからな。サービスして欲しいならしてやるが」

「別に、私はして欲しいって頼んでるわけじゃ……」

「そうだな。まあ、特注の椅子だからな。ＪＫのお前だと日本に帰ってからこんなのに座る機会もないか。ま、そのほうがいい」

「ええ……で、でも、ちょっとお試し、してみようかな」

「んん？　聞こえなかったぞ、星里奈。間違いがあっても良くないから、自分の口でハッキリと言え」

「もう……意地悪。……サ、サービス、してください。これでいい？」

「ああ、いいとも」

俺は服を脱ぎ石けんを取ると、両手でしっかりとこすりあげて泡を立てる。

手にたっぷりと泡を付けた俺はスケベ椅子のくぼみに手を入れ、緊張して頬を赤くしている星里奈の股ぐらに手を伸ばす。

「きゃっ」

「じっとしていろ」

「で、でも、くすぐったい」

「じきによくなるぞ」

俺は左手で星里奈の肩を押さえつけ、体を固定させてから、下を右手で撫で上げる。

「んんっ、あんっ！」

ぶるんっと釣り鐘型の乳を揺らした星里奈は、JKのくせに実にイヤらしい体だ。けしからん。

「ほれ、大人しくしていろ」

「む、無理よ、ああんっ、やぁ、くぅっ♥」

ぬるり、と泡で太ももからお尻を撫で回してやると、その度に星里奈が体をくねらせ、俺の手から逃れようとする。まるで活きの良い魚かウナギのようだ。するすると今ひとつ上手く触れないので、ここで俺はスキルに頼ることにする。

【超高速舌使い　レベル5】

俺の口から舌がしゅるんっと長く伸びると、星里奈の秘所を直撃する。

「きゃっ！」

驚いてビクッと震える星里奈だが、何度もベッドの上では経験済みなので、すぐに彼女も落ち着きを取り戻した。

「あああっ！　ちょ、ちょっとぉ、やぁんっ！」

それでも舐め上げられるのが気持ち良すぎて耐えきれないのか、くねくねと身をよじるJK。彼女が首を振ってイヤイヤをする度に、赤いポニーテールが流れるように揺れる。ムチムチの太ももとくびれたお腹も俺の舌で念入りに舐めて洗ってやった。

「や、やぁ、そ、そんなの、ダメェ！」

泡のぬめりが感度をさらに増しているのか、色っぽい声を上げた星里奈は、身を縮め自分の小指を噛みながら舐め上げられる感覚を楽しんでいた。

白い泡で所々くるまれた少女の肉体は熱気を帯び、健康的な肌色が艶やかに濡れている。

「はぁ、はぁ、はぁ……♥」

一段落してぐったりしている星里奈を床に寝かせ、俺が今度は上からのしかかる。

「んっ、やぁ、動かないで、アレック」

泡でいつもよりさらに滑りが良くなっており、これはなかなか気持ちが良い。

「だが、動いたほうが気持ちいいぞ、星里奈」

「そ、そうだけどぉ！　やんっ」

柔らかな彼女の体に自分をこすりつける。

「ほれ、今度はお前が上だ。自分で動いてみろ」

「わ、分かった」

星里奈が俺の上になり、こすり始める。気づいてはいないだろうが、これで泡の国デビューだな。あとでからかってやろう。


俺の胸に二つの大きな乳房がこすりつけられ、ふにゃふにゃぬるぬるとして気持ちが良い。

「星里奈、下も頼むぞ」

「え、ええ」

彼女が俺の硬直した筋肉を胸で挟み込み、リズム良くこすり上げる。

「んっ、はっ、んんっ」

それだけで感じているようで、星里奈は小さく嬌声を上げた。

「おお、そろそろ出るぞ」

「うん、いつでもいいよ」

心得ている星里奈がこするスピードを上げ、ついに達した俺はビュルビュルと反応する。

「きゃっ。ふふ、今日はたくさん出たわね……。じゃ、このまま騎乗位で」

「ああ」

蠱惑的に微笑んだ星里奈がゆっくりと俺の先端に腰を下ろし、挿入を完了する。

俺と彼女は両手をつなぎ合わせ、外れないようにしてから上下運動を開始する。

「あっ、んんっ、あんっ、んっ、ああっ、あっ、あっ、あんっ！」

下唇を噛んだ星里奈は、余すところなく俺との接触の感覚を味わおうとしているようだ。エロい女。

俺も精神を集中させ、彼女の体の感触を先端で味わう。

ときどきキュッと締めてきて、実に具合が良い。

「んっ、アレック、私、もうイキそう、ダメ、もうイっちゃう！」

「いいぞ、ほれ、イかせてやる」

俺は一気にラストスパートに入り、深々と星里奈を下から突き上げてやった。

「あああああ――――――っ！」

待ちわびた感覚の絶頂に到達したようで、星里奈はビクビクと大きく痙攣し、だらしなく舌を出したままアヘ顔で意識を失った。

ふぅ。

これは他のメンバーとも平等に楽しまないとな。

俺は次に誰を誘うかを考えながら、第二ラウンドへと突入した。

第六話　売られた奴隷

スッキリしたあと、宿にいた皆を集め、マリア・ルージュの店に向かうことにする。

「アレック、買うのは良いけど、ちゃんと大事にしてよ」

星里奈が釘を刺してくるが。

「星里奈、俺がいつ使い捨てみたいなことをした？」

「それはしてないけど……」

「なら、おかしな心配はするな。新入りが誤解するだろう」

「そうね。気を付けるわ」

「それで、アレックはどんな奴隷が欲しいん？　もういろんなタイプがおるみたいやけど」

「可愛ければなんでもいい」

「うわ……」

「さすがご主人様です！」

「え？　ミーナ、そこ褒めるところ？」

「アレックの玩具を買いに行くなら、別にアタシ達が付いてこなくて良い気がするけど」

「いや、レティ、別にそれ目的だけって訳じゃないぞ？　基本はパーティーに入れる戦闘奴隷だ。それに、新しい仲間なら、お前らも好き嫌いがあるだろう。どうしても気に入らない奴ならそう言え」

「それで、ホントに拒否権あるの？」

「ああ、俺がそこまで気に入ってなかったらな」

「気に入ってたら？」

「そりゃ、お前と比べて良い方を取るかな」

「うわ、それ使えない拒否権じゃん！　罠じゃん！」

レティが憤慨して地団駄を踏むが、お前はうちのパーティーで最強の魔術士なんだから、結構な発言力があるんだけどな？

これはもう少し可愛がって、自己評価を高めてやった方が良さそうだ。

「レティ、アレックの冗談よ。増えるばっかりで、捨てた奴隷はいないいんだから」

「ああ……、そうなんだ？」

「そうだ。それにお前は奴隷じゃないだろう」

「まあ、そうだけど」

前金一万ゴールドで雇ってそのままになってるが、まあ、来年に契約更改を言い出したら交渉には付き合ってやることにしよう。

ポイント欲しさに俺のベッドに来るようになっているので、今の待遇のままでも不満は無さそうだが。

裏通りに入り、しゃれた白い洋館がその先に見えた。

奴隷を扱う店、『マリア・ルージュ』だ。

ここでネネを買ったが、俺の希望通りに魔法使いに育っているし、素直で忠誠心も高いから良い店だろう。

ドアを開けて中に入る。

「いらっしゃいませ。アレック様」

バーテンダーの格好をした白い猫耳娘が綺麗に足をそろえて一礼してくるが、こいつ、欲しいなあ。

「お前はいくらだ」

「申し訳ございません、前にも申し上げたかと思いますが、私は非売品ですので」

「そうか。じゃあ、猫耳を見せてもらおう。色はどれでも良い」

「かしこまりました。店長が参りますので、そちらに掛けてお待ち下さい」

ソファーに座って待つ。

「猫耳が良いのね」

「そう言えば、うちは犬耳しかいないなあ」

リリィが見回すが、確かにうちのパーティーにはまだ猫耳がいない。

ミーナとネネが犬耳だ。

「いらっしゃい」

色気たっぷりの黒いドレスを身に纏ったマリアが奥から出てきた。

下着なのか飾りなのかよく分からない装飾品を太ももにつけていたりと、そそる女だ。

でも、値段、高いんだよな。一晩で百万ゴールドなんて出す気になれん。

「品物を見に来たぞ」

「ええ。用意してあるわ。それと、Aランクパーティーに認定されたそうね。おめでとう」

「別にそれはどうでもいい。値段が変わったりするのか？」

「いいえ、うちは私がお客様を見て値段を決めているから。ランクで変わったりはしないわ。もちろん、高いランクの方が死亡率も低いし、信用は置けるから判断材料の一つにはさせてもらうけど」

「なら、なおさらだな」

「新しい子を連れてくる前に、ネネは上手くやってるかしら？」

その言葉にネネが緊張して背筋を伸ばしたが、コイツにもきちんと俺からの評価を言ってやった方が良いだろうな。

「ああ、全く問題が無い。良くやっているぞ。良い買い物だった」

「フフ。ふっくらして耳の毛並みも前より綺麗になったみたいで良かったわ。ボロボロで連れてこられたら、私も買い戻しの交渉をしたくなっちゃうし」

「俺はそういう扱い方はしない」


「ええ。じゃ、新しい子を連れてくるわね。猫耳じゃないんだけど……メメちゃん」

「は、はい」

青色のとんがり帽子がズレるのを直しつつ、小柄な魔法使いが返事をしてやってきた。

ふむ、眼鏡ロリか。

悪くない。

「ん？」

「あれっ？」

「この子は……」

星里奈とリリィとイオーネがその眼鏡ロリっ子魔法使いを見て反応する。

「なんだ、お前ら、知り合いか？」

「いやいや、アレック、忘れたの？　この子、シンのパーティーだった子じゃない」

星里奈が言う。

「んん？」

「ハッ！　あ、あなたたちは……」

向こうも思い出したようだ。そう言えばＰＫ勇者シンを倒した後、メメは俺のパーティーには加わりたくないと言うので、猫耳奴隷と一緒に別の奴隷商人に売り払ってやったか。

すっかり忘れていたな。まあ、生きてはいたようでそれはいいのだが……。

「い、いじめないで下さいぃ」

ロリっ子魔法使いが身を縮めて店長の後ろに隠れた。

「待て、その反応はおかしいだろう」

「あら、知り合いだったの？　それは困ったわねぇ」

「ダーリン、一応、事情は聞かせてもらえる？」

「アタシも気になるぞ」

早希とルカが気にしたが、まあ、誤解は解いておくか。

「ご主人様は何も悪くありません」

ミーナが自信満々に言うが、それだけじゃ知らない奴は分かんないだろうしな。

「前に、俺にＰＫを仕掛けてきたパーティーがいてな。そのリーダーはバーニア王国で重罪人として裁かれたが、奴隷のコイツは命令されてやってただけだから、俺が城に引き渡す前に奴隷商人に売って逃がしてやったんだ。コイツも俺の所は嫌だって言ったからな。そうだな？　メメ」

「は、はいぃ、あの時は申し訳ありませんでしたぁ！」

とりあえず、皆、納得したようだ。シンは元々俺や星里奈と一緒にこの世界に召喚された勇者だったのだが、その辺は言う必要も無いだろう。

そう言えば、俺が戦闘中にメメを言葉責めして怖がらせたが、ま、必要だからやったことだ。そこも黙っておこう。どうせ星里奈が詳しく皆に話すだろうし。

「いいだろう。いくらだ？」

「十五万でどうかしら。魔法使いで従順、レベルはそこまで高くないけど、後衛として使えると思うわよ？」

マリアもうちの軍団のパーティー編成は頭に入れているようだ。

「メメ、お前はどうしたい？　無理には買わんぞ」

「いいえ、凄く変な人に売られるよりはマシなので、俺のところが嫌だというなら、もうアレックさんのところでいいですぅ」

なんだかヤケ気味の理由だな。まあいい、知り合いの方がこちらもやりやすい。

「よし、買った」

「じゃ、メメちゃん、頑張ってね」

「はい、マリアさん、お世話になりました」

マリアには良くしてもらったようでメメが頭を下げた。

「じゃ、俺達の宿へ行くぞ」

「はうっ、い、いきなりご奉仕ですかっ!?」

「いや、荷物やお前の部屋を割り当てるだけだ。お前はいったいどこに住むつもりなんだ」

「ああ、そうでした」

ちょっと抜けてる感じのロリっ子だが、魔法が使えるメンバーは少ないので二軍の後衛として役立ってくれるだろう。

もちろん、ベッドの上でご奉仕もしてもらう。

俺は良い買い物をしたとばかりに口笛を吹きつつ、上機嫌で宿に戻った。

第七話　確執

「じゃ、皆に紹介しておくぞ。うちの新しい加入者のメメだ」

宿の一階で夕食の時間にメメを軍団の連中に顔合わせしておく。

メメは自分のローブを掴んでモジモジしている。

「おお……」

「魔法使いか」

「可愛い子だな」

「よろしくな、ちっこいの」

笑顔で歓迎ムードのようで何よりだ。

「レベルはいくつだ？」

「は、はい、レベル26です」

緊張した様子のメメが青いとんがり帽子を両手でぎゅっと握りしめ、顔を隠しながら答える。

「ふうん、結構高いな。心配しなくても俺の奴隷だからな。いじめたり手を出してくる奴はいないぞ？」

「アレック以外は、ね！」

リリィが茶化し気味に言ってくるが、まあ、事実だな。

「はう」

俺から一歩後ろに逃げる奴。

「大丈夫よ、メメちゃん。私が守ってあげるからね」

星里奈が笑顔で言う。

「おお、神よ、この者にどうかご加護を。悪しき者の手からお守り下さい」

フィアナも真面目に祈りを捧げるが、悪しき者っていったい誰のことだろうな？　まあいい。

「じゃ、話はそれだけだ。どのパーティーに入れるかは、一軍で様子を見た後で割り振る予定だ」

「おっ、じゃあ、五班においでよ、メメちゃん」

さっそく五班のリーダー、ジードが笑顔で誘ってくるが。

「うう」

ま、初対面で相手は男ばかりの荒くれパーティーだからメメも気後れした様子。

「勧誘は禁止な。俺が決める。後衛をしっかり守れるパーティーに入れるつもりだから、普段から意識しておけよ」

俺はメメが困らないようにメンバーに釘を刺してやり、テーブルについて飯を食う。

「ささ、メメも座った座った。こっちおいでや」

早希が星里奈の隣にメメを連れて行き、席に座らせた。女子の隣ならメメも大丈夫だろう。

「それで、自分、前のご主人様はどやったん？　うちはゼノンっちゅうけったいな奴にこき使われてさんざんやったわ」

「はあ、えっと、私は……」

メメが聞かれて身の上話をし始めたが、早希が面倒を見てくれるなら、馴染むのも早いだろう。

「じゃ、ミーナ、部屋に戻るぞ」

「はい、ご主人様」

食事を終え、ミーナを連れて部屋に戻った。ミーナをベッドの脇に座らせて抱きつかせ、くつろぐ。

「あの、ご主人様」

「ん？　なんだ？」

「最近、城下町で――」

ミーナが何か話しかけたとき、ノックがあった。

「開いてるぞ」

「失礼しますね」

入ってきたのはイオーネだった。そう言えば今夜はイオーネの日だったな。

「あっ、じゃあ、私は別室で休みます」

ミーナが立ち上がってベッドから退く。

「少し早かったかしら？　ごめんなさいね、ミーナ」

「いえ、今日はイオーネさんの日ですから」

誰が俺の相手をするか、女子の間でローテーションの取り決めがなされ、交代で俺の部屋にやってくるのが今の習慣になっている。

もちろん、その日の気分もあるから、絶対という訳では無い。順番を飛ばしたり入れ替えたりすることもある。

レティや星里奈を飛ばしてやると、反応が面白いので時々やっている。

「今日は何をしましょうか」

「そうだな。じゃあ、フェラで」

「分かりました」

イオーネが俺の前に屈んでベルトを解いていく。いつもは上品に微笑む彼女が上目遣いに行為を始めるとなんだかエロい。

「よし、もういいぞ。脱げ」

「あ……はい」

軽くやるつもりだったが、イオーネの嬌声を聞いていると、盛り上がってきて五ラウンドもやってしまった。


「む、朝か」

少し張り切りすぎて、けだるい朝だった。

イオーネはまだベッドで寝ていて、早起きの彼女もさすがに起きられなかった様子。

その彼女の長い金髪をそっと撫でてやろうと手を伸ばすと、イオーネが急にガバッと起きて剣を手に取った。

「お、おい、落ち着け、俺だ」

「いえ、外です」

ドアに向かって剣を抜いたイオーネが構えを取った瞬間、バンッとドアが勢いよく開いた。

「この外道！　あれ？」

星里奈が自分でドアを開けたくせにぽかんとしているが。

「お前、何の嫌がらせだ？」

「ああ、うん、メメはここにはいないのよね？」

「見れば分かるだろう。昨日はイオーネとやったぞ」

「そっか。でも、おかしいわね。あの子、宿にいないみたいよ？」

「なに？」

昨日の今日でもう逃げ出したか？

いや、それはおかしい。

いくら俺が嫌いでも、メメには奴隷紋があるから、逃げられないはずだ。

「となると、誰かが連れ出した？」

俺と星里奈でそういう結論に至る。

「あっ、まさか」

イオーネが何か思いついたようで俺達を見る。

「なんだ？　イオーネ」

「フィアナです」

「フィアナ？」

俺は事情が分からずオウム返しに聞き返す。

「はい。彼女はシンのパーティーに自分の幼なじみのディルムッドを殺されています。そのシンのパーティーにはメメもいたので……」

「んん？　それはそうだが、あの二人は直接対決したわけでもないだろう。その辺の事情は早希が話したんじゃないのか？」

「早希はその話はしてないわよ。だって、あの子、最近の加入でしょ」

星里奈が言うが、そこはお前が言っておけよと。

「そうか。少し失敗したな。フィアナがメメに料理を勧めてたから、特に問題ないと思ってたんだが」

「その時は気づいていなかったのかもね。もう、アレックったら」

「なんだよ」

「いいえ。とにかく、おかしな事になる前に二人を捜しましょう」

「そうだな。俺も服を着たらすぐ行く」

「ええ、先に行ってるわね」

着替えて宿の周りを探してみたが、やはりメメとフィアナがいない。

「ダメだ、どこにもいねえぜ、アニキ」

ジュウガや軍団の連中にも捜すように言いつけたが、宿にはいない様子だ。

「じゃ、街を見に行くぞ」

「分かった！」

「しかし、フィアナが……」

彼女の場合、たとえ幼なじみの仇が目の前にいたとしても、即仇討ち、……なんてことにはならないはずだ。

話を聞いた上で、無益な殺生はやらないようにと諭す程度だと思うのだが。

「おい、喧嘩だ！　聖職者の女と魔法使いが取っ組み合いだとよ！　家まで燃えてるらしいぜ」

通行人の一人が通りの向こうを指差したが、確かに火が出ている。

「くそっ」

きちんとフィアナに話を通しておくべきだったか。

俺はとにかく二人を止めるべく、その燃えている家に向かった。

周囲には野次馬が集まっているが、そいつらを押しのけて割って入る。

「どけ」

「ちょっと！」

「きー！　ふざけんじゃないわよ」

「うるせー、こっちは予約済みだ。悪いのはお前だろ」

「おい、お前達、うん？」

確かに白いローブの女と、魔法使いが派手に喧嘩しているが、フィアナとメメの二人では無かった。

しかも魔法使いは大柄な男だ。

「そこまでだ！　消火を急げ！」

兵士達も駆けつけてきて、消火活動が始まった。バケツリレー形式で桶の水を火元にぶっかけていく。訓練された良い動きだ。

「そこの目撃者、お前だ。話を聞こう」

兵士が俺の腕を掴む。

「ああいや、俺はついさっき来たばかりで、事情は知らないぞ」

「嘘をつくな。そんな真ん前の特等席を取っておいて、何も見てなかっただと？　そんな話が通ると思うな」

「いや、これは知り合いかと思って止めに入りかけたんだが、全くの別人だったというわけだ」

「あくまでシラを切るか。いいだろう。詰め所まで来てもらおうか。嘘をつき通すなら牢屋に入れてもいいんだぞ？」

おいおい。またかよ。俺は牢屋の常連にはなりたくないぞ。

ここはスキルの【話術】か【瞬間移動】を使ってどうにかしてやろう、と思ったら、脇から声が上がった。

「待ちなよ、旦那。その人は『風の黒猫』のアレック、王様とも仲良しのお人だぜ？」

「なにっ？　お前が?!」

その兵士は俺の顔は初見だったらしい。ただ、名前は知っているようだな。俺も有名になったもんだ。

色々あったしなぁ。

「そうだ」

俺はうなずく。

「そ、それは、失礼しました！　アレックさんとはつゆ知らず」

「ああ、いいから、目撃者を捜すんだろ。事情を知ってる奴はいるか？」

俺が代わりに野次馬達に向かって聞いてやった。

「知ってるよ。なんでも、その魔法使いの男が、そのクレリックの女の家にお泊まりの予約をしたんだとさ」

痴情のもつれか？

「でも、その女が日にちを間違えてたみたいで、今日は泊められないって言い出してさ」

「だって、私がダンジョンに潜ってる間だけレンタルしてるのに、これじゃ私が家で寝られないじゃない」

どう見てもこの女が悪いな。

「レンタルハウス制度か。約束した以上、お前が宿に泊まるなりしてこの客を泊めるのが筋だろう」

俺も一言言ってやった。

「はあ？　だからこっちもパーティーの都合で日にちが変わったから、私のせいじゃないわよ」

面倒くさいな。

「金を取って予約を受け付けたんなら、その言い訳は通用しないぞ。少なくとも相手に事情を話すなりして納得してもらうべきだろう。そいつの宿代をもってやるとかな」

「そうだそうだ！」

魔法使いの男もうなずいて大声で言うが、こいつも血の気が多そうだな。

「なにそれ、なんかムカつく」

お前がムカつくって話だろ。

「そういう事情らしいぞ」

俺は相手にするのをやめ、兵士に向かって言う。

「はっ！　ご協力、感謝します！　それで、お前達、火を付けたのはどっちだ？」

「こいつよ！　私が平手打ちしてやったら、急に魔法まで使うんだもの」

「先に手を出したのはお前だろう！」

ま、後は詰め所でしっかり話し合ってくれ。

「さて、フィアナとメメはどこ行った……？」

俺は頭を掻き掻き、その場を離れた。

✧第八話　血塗られたローブと、フィアナの祈り

「アレック！　白いローブの女の子が向こうの通りで」

星里奈が血相を変えて通りの向こうから走ってきた。俺はため息をつく。

「火事のことなら、別人だったぞ」

「いいえ、殺しだそうよ。裏通りの家で一人刺し殺されてるって」

「なに？」

フィアナの行方が分からなくなっている以上、確かめておいた方が良いだろう。だが、メメはロ

リっ子魔法使いだ。アイツが逆上ってのも有り得ない気がするが、そうだとして、魔法攻撃か杖で殴る程度だろう。

メメはナイフやダガーを持ってたかな？　よく覚えていない。

「とにかく、行ってみましょう」

「そうだな」

星里奈が場所を知っていたので、そちらへ向かう。

「この家の奥よ」

こぢんまりした普通の家だ。といってもこの国の家は石造りなのだが。

ドアが開きっぱなしになっている。

「じゃ、入るぞ」

「了解」

俺も星里奈も剣を抜き、警戒しつつ中に入る。

「一人、奥にいるわ」

星里奈が小声で告げる。

板張りの床を、鳴らさないように注意しつつ、忍び足で……ああ、【浮遊】を使うか。

スキルで浮き上がって奥の部屋に入った。

そこには鎧装備の戦士が一人立っていた。そいつはこちらに背を向けたままだ。

彼の足下には少女の死体が転がっている。

「おい」

俺は声を掛けた。

「うひぃっ！」

跳び上がって驚いたその戦士は、この下手人とは違うだろう。

というか、知った顔の奴だった。

「マーフィー、お前ここで何してる」

俺と同じ宿の宿泊客だ。いや、こいつはこの間、別の宿にすると言って出て行ったばかりだな。

ま、それはどっちでも良いんだが。

「い、いやいや、何もしてねえよ、アレック。オレがここに来たときには、もう死んでたんだって！」

「そうか」

改めて目の前にうつぶせで倒れている死体を見る。背中から刃物で突き刺されたような傷だ。

幸い、フィアナでは無かった。

「おお、信じてくれるのか」

「まあな。お前がおかしな気を起こして女をレイプするにしても、殴って気絶させるくらいはできるだろう」

Bランクパーティーの厳つい戦士だ。相手はかなり細い女僧侶、一対一ならマーフィーが不意を突かれて先手を取られるか、魔法戦にならない限りは余裕で勝てるはずだ。

「いや、できるけど、そんな例えは止めてくれよ。オレは素人童貞だから、そんなレイプとかしないっての」

「素人童貞って、プロ相手では卒業してるってこと？　やあねえ」

星里奈がそこに食いついたが、ほっといてやれ。

「それより、どうなってくれ。オレはここの鍵を持ってるんだよ。というか、アレック、何とかしてくれ。コレやべえって。絶対、オレが疑われるだろ」

「まあ、そうだろうが、なんで鍵を持ってたんだ？」

「レンハウだよ、レンハウ。この家をオレが借りてたんだ。エイダの宿を出るときに言っただろ？」

「ああ、言ってたな。フッ、よしときゃあ良かったのに、素人の宿貸しなんて利用するからだ」

「ああ？　お前もレンハウで温泉を作ったとか、聞いたぞ？」

「まあな。だが、俺はAランクパーティー、しかもクランリーダーだぞ？　そうでなくても信用があるだろう。お前とも顔見知りだしな」

「ああ、そうだ。くそっ、何がどうなってるんだ。

こんなことなら、エイダのやかましい愚痴を聞いてる方がまだマシだったぜ、畜生！」

「二人とも、そんなことより、犯人捜しをしないと」

　星里奈が言うが。

「馬鹿、俺達は素人だぞ。役職があるわけでもない。兵士を呼んでこい、星里奈」

　俺は適切な指示を出す。

「ううん……そうね」

　少し納得がいかない様子の『勇者☆星里奈様』だったがそれでも兵士には報せるべきだと思ったようで走って家を出ていった。

　というか、最初に目撃した奴はなんで兵士に報告してないんだと。

「さて、じゃあ、マーフィー」

「お、おう」

「兵士が来たら、ありのままを話せ。それで分かってもらえるはずだ」

「分かってもらえなかったら？」

「牢獄入りだろうな。心配するな。お前のパーティーの奴が何とかしてくれるだろ」

「そこはアレック、お前が何とかしてくれるんじゃないのかよ」

「まあ、俺も何とかしてやりたいが、そんな権力は無いぞ」

「いやいや、王様と知り合いだって聞いたぞ？」

「そうだが、こういうことでいちいち口利きしてもらうのも、俺のポリシーじゃないんでな」

「プッシーだかポリオだか知らねえが、頼むよ！同じ釜の飯を食った仲だろ？」

「いや、宿の事でそんなことを言われてもな。まあいい、どうしてもって時は俺の名前を出して、アイツに聞いてくれって言え。それで少しはお前の信用度も上がる、かもな」

「おお、何だよ、ビビらせやがって。助けるつもりがあるんなら初めからそう言ってくれよな、兄弟」

　国王に直訴するのと俺の名前を出すのではかなり違うと思うのだが、ま、本人が納得したならそれでいいだろう。この国の兵士は割とまともだからきちんと調べればマーフィーの疑いもじきに晴れるはずだ。

「ああ、もう一人、うってつけの奴がいたな。仲間が面会に来たら、セーレン侯爵を頼れと言っておけ。ソレで出してもらえるはずだ」

「セーレン侯爵だな？　分かった。しかし、王様や貴族とお知り合いとは、へへ、アレックさんもなかなかだな」

「気持ちワリぃな、媚びてんじゃねえよ。それでも戦士か、マーフィー」

「いや、ソレとコレとは関係ねえって。モンスターならいくらでも体を張ってやるが、兵士は無理だって」

　ま、それもそうか。相手は政府、何百何千の兵士がいる。そんな奴らが敵となれば、マーフィーも無双なんて無理だろうしな。

「じゃ、そう言うことだ。逃げたりしたら容疑が深まるだけだから、そこで堂々としてろ」

「お、おう」

「じゃあな」

「ま、待ってくれ」

「待たない」

　俺まで事情を聞かれて面倒だろうが。

　涙目のマーフィーを尻目にその家を出た。

「しかし、見ず知らずの奴を家に入れるとか、金に目がくらんで命まで差し出す羽目になるとはね」

　俺には理解できない世界だ。

　さて。

「フィアナが行くところと言えば……おお、あそこしかないな」

　俺はすぐに気づいて、そこへと向かった。

◇　◆　◇　◆　◇

神殿の大広間。像の前で跪いて祈りを捧げる少女がいた。メメだ。

「あなたの罪は赦(ゆる)されました」

その正面で告げたのは僧侶フィアナ。

何を告白したかは知らないが、きっと、ディルムッドやその他のＰＫについての話だろう。

「うう、ありがとうございます、ありがとうございます！」

ぺこぺこしてとんがり帽子が落ちてしまったが、メメは何か『重し』から解放されたような顔をしていた。

「ここにいたか」

「アレックさん」

フィアナは俺の顔を見ると、少しだけ悲しい表情を見せた。きっとディルムッドの事を思い出したのだろう。

俺が来たから悲しいって訳じゃないよな？

「じゃ、気が済んだか、メメ」

「は、はい」

「よし、良かったな」

「はい、はい」

コクコクとうなずくメメはこれで心置きなくうちの軍団で戦えるはずだ。

「じゃ、アレックさん、あなたも罪を告白して下さいね」

「ん？」

「聞きましたよ。星里奈さんから。その……馴れ初(そ)めを」

「その話か……よし、いいだろう」

誤解も解いておかないといけないし、双方の言い分を聞くのがフェアだろうしな。

俺はその場に跪いてありのままに——話さずに、ちょっとだけイイ話にしておいた。

✧エピローグ　星里奈に託す

星里奈の弱みにつけ込んで無理矢理にしちゃった話だが、フィアナには星里奈がこの世界に適応できずに苦しんでいたという感じにしておいた。

「そうですか……苦しみを癒やすために、あえて、ですか」

「そうだ。俺も本人が望んでいないことを無理矢理ってのは気が引けるからな。もちろん、俺も普通の男だ。そこに欲情や悪気が無かったとは言わない。だが、俺はアイツを助けたかったんだ。これは気恥ずかしくてアイツには黙ってて欲しいが」

うん、この方向で。

「分かりました。少し方法を間違えてる気がしますが、あなたの気持ちはきっと彼女に通じると思いますよ」

「おお、僧侶フィアナ様。ちなみに、俺の想いも君に通じているのかな？」

「そ、それは……届いてはいると思いますよ」

「そうですか。その割にはあまりアクションが無いですが」

「それは、相手は奥手の子ですし、焦らずに待ってあげて下さい。私からなんて、そんなこと……」

「そうか、では、今夜、『レディ・タバサ』の店で食事と行こう。嫌なら断っても良いぞ」

「わ、分かりました」

星里奈からたっぷり『レディ・タバサ』のヤバさは聞いてるだろうから、これで充分、何をするかフィアナに伝わったことだろう。

もちろん、食事の後はナニをするのだ。

宿に戻り、まだ皆がフィアナとメメを捜していたので、無事を宣言して捜索の中止を言い渡しておいた。

「それにしても、神殿とは灯台もと暗しね」

俺の部屋にやってきた星里奈が言う。

「そうだな。それと、星里奈」

「なに？」

「俺も、お前には感謝しているぞ」

「は？」

「いや、冒険やセックスや、色々役に立ってくれてるだろ。灯台もと暗しだ」

「冒険はともかく、セックスって、あからさまねえ……」

「ま、それだけ言っておきたかった」

「そう。何か今日、やるつもりなの？」

「いやー、何にも。何でだ？」

「あからさまに態度が怪しいからよ。見ず知らずの仲じゃないんだし、ぴーんと来るのよ、ぴーんと」

「ふん、まあ、そうだろうが、正妻気取りはやめろよ」

「してないじゃない。いつ正妻だって私が言ったのよ」

「いや、態度的なものだけどな」

「冗談じゃないわ。じゃ、今後はセックス無しで」

「ほう。いいのか？」

「くっ、いいわよ？」

「いつまで我慢できることやら」

「できるわよ、そんなの」

「例えば、俺が……」

服を着ていてもそれと分かるはち切れんばかりのバストを、つんと指でつつく。

「ひゃっ！　ちょっ、ちょっとぉ」

ビクッとしたときに、たゆんっと揺れる胸を両手で抱えて隠す星里奈。

イヤらしい女だ。

「調教済みだな」

「あーそう、そう言うことを言うんだ。もうさせてあげないから」

「いいだろう。我慢比べだ。泣きを見るのはお前だぞ」

「どうだかね」

「じゃ、ここは俺の部屋だ。ミーナとヤるから出て行ってくれ」

「言われなくたって。あら」

星里奈が部屋から出て行こうとしたとき、兵士がちょうどやってきた。

「アレックさん、城に来てもらえますか」

俺はうなずく。

「思ったより早かったな。分かった」

「今度は何をやらかしたのかしらねー」

「人聞きの悪いことを言うな。マーフィーの件に決まってるだろう。いや、万一の時はセーレン侯爵を呼んでくれ。あと、お前にリーダーを託す」

「えっ！　ちょ、ちょっと本気で言ってるの？」

「ああ、あの王様、気さくなようには見えるが、王は王だからな。国の一大事となれば冒険者の命なんて簡単に消し飛ぶぞ？」

「うーん、そう言うタイプには見えなかったけど……とにかく、分かったわ。セーレン侯爵に頼んでみるわね。万一の時は」

「ああ、任せたぞ」

星里奈と握手してから向かう。

もちろん、リーダーをそう簡単に譲るつもりなどない。

俺はまた面倒な依頼が来なきゃいいがと思いつつ、王城に向かった。

◇◆◇◆◇

例の殺風景な部屋で、やはり国王が待っていた。

「来たか、アレック」

「今日は何のご用でしょうか」

「まあ、そう警戒するな。お前の友人と名乗るマーフィーという男が牢に入れられていてな」

「友人と言うほどでは無いですが、同じ宿の客で顔見知りです。アイツは犯人じゃありませんよ」

「そうだろうな。奴は剣を持っていたが、被害者の傷はナイフによるものだった。ま、コレもお前をおびき出すためだ。悪く思うな」

「ええ？」

俺は慌ててさっと左右を見たが、兵士がわらわらと出てくる様子は無い。

「はっはっはっ、このオレ様が、お前を騙し討ちすると思ったか。もう少し、人を見る目を磨いた方が良いぞ、アレック」

「ご忠告、痛み入ります」

「でだ、真面目な話、お前に用があってな」

「ううん」

「別に依頼というわけではないぞ？　そうたびたび依頼を押しつけていては、お前がこの国から逃げ出すかもしれんしな。それはオレにとっても国にとっても面白くないのだ」

「そう簡単には逃げませんが、用件は？」

さっさと本題に入らせようと、単刀直入に聞く。

「うむ。実は、例のレンハウの件だが、隣国のアサシンが紛れ込んだようだ」

「アサシン？　誰を暗殺するんです」

「オレだ」

「ああ……いや、意味がちょっと分からないというか。民家に押し入った程度で王様を襲えるんですか？」

「可能性はあるぞ。オレはよくお忍びで城下町に出かけるからな」

「ああ……」

「だが、こうなってしまうと、おちおち出かける訳にもいかなくなった。ダンジョンにもだ」

やっぱりこの王様、ダンジョンに潜っていたか。やたら強いし、そんなことだろうとは思ってたが。

「それで？」

「最近、ダンジョンの最下層近くで、不審な冒険者が出没するという話がある」

「最下層なら、他のAランク、セーラ達に頼んで下さいよ。俺はまだ第七層だ」

「一つ階段を降りれば最下層じゃないか」

「んん？　九階が最下層では？」

「そうだが、それはうちのご先祖様が一度踏み入れたきりだ。目撃者は初代国王のパーティーのみ。となれば、本当に『第九層』が存在するかどうかも怪しいところだぞ？」

「なるほど、伝説ですか」

　最下層が八階のダンジョンで、『かつての王様は地下九階まで行った』という話をでっちあげれば、それだけで王家の威信は高まるだろう。

　選ばれし勇者の末裔（まつえい）とか、そんな感じだ。誰も到達できない階層なんだから。

「セーラをはじめとするAランクパーティーや、かつてのSランク、バルドも第九層への入り口は見つけていないのだ。もし、それを見つけるとするなら——オレか勇者のお前だろうな」

「買いかぶりすぎでしょう。勇者なんてこの世界じゃ掃いて捨てるほどいるじゃないですか」

　俺は肩をすくめて言った。

「いや、確かにそうだが、お前は短期間で見違えるほど強くなっている。半年足らずでAランクに名乗りを上げたルーキーはお前だけだぞ？」

「セーラは？」

「あいつはまだ年端もいかない頃から親に連れられてダンジョンに潜っていたからな。五年以上はかかってるはずだ」

　セーラは若いが、あれだな、子役時代からやってる声優が若いのに大ベテランとか、そーゆーのだろう。

「それに、お前は女好きだろう」

　国王がニヤついて言うが、そう言われると、なんか違うと言いたくなるな。

「俺が好きなのは美少女とロリ限定です」

真顔でそう訂正しておく。

「まあ、同じ事だ。そいつも美少女という話だ」

「んん？」

「第八層にソロでPKをやってる女がいる。そいつの情報を何とか集めて欲しい」

「冗談、それはお断りだ」

いくら国王相手でも、俺はハッキリと拒否した。

何しろ、相手が悪すぎる。

あの凶悪なダンジョンの最下層をソロで行き来できるだと？

そんな奴、バルドとかドリアとか、そのくらいのSランククラスの冒険者でもキツい相手だろう。

「実を言うと、セーラ達にも断られていてな」

あの何でも首を突っ込みたがるセーラが拒否するとは思わなかった。ま、能天気に見えて、その辺の嗅覚は鋭いのだろう。

つまり、このクエストには死が待ち受けているってことだ。

「もちろん、厳しい相手だとは承知しているぞ。だから、情報を集めるだけで良い。天井をかさかさ這ったり、ふわふわ浮いて移動できるお前なら、そこまで難しいことでもないはずだ」

「断ったら？」

「オレのフラストレーションが溜まる。相手は気まぐれな国王だ。ひょっとするとマーフィーが牢屋に入ったままになるかもしれんな」

汚えな。

「マーフィーは無関係だ。好きなだけ投獄してくれ」

こう言っておけば、効果が無いんだなと思って釈放してくれるだろう。

「そうしよう。ま、どのみちお前は最下層を目指すだろう？　そのついでだ」

「陛下、一つだけ聞かせて下さい」

「なんだ？」

「どうしてそこまでダンジョンにこだわるんですか？」

　自国のダンジョンなら管理もしなきゃまずいだろうが、だからといって最下層に変な奴が出てきたくらいでいちいち国王が気にするのはおかしい。

　最悪、命知らずの冒険者が命を落とすだけだ。もしも、そいつが地上に出てきたなら心配しなきゃいけないだろう。

　だが、今は最下層の話だ。

「決まってるだろ。冒険者仲間が命を落とすのは忍びない。それだけだ」

　国王は俺の目を見て微笑んで言った。冒険者としてか。なら、冒険者の流儀で話すか。

　敬語は無しだ。

「ちなみにアンタは俺を仲間だとは思ってないんだな？」

「いいや、アレック、お前も仲間だ」

「じゃあ、なんで危険なところへ行かせる」

「そりゃ、お前なら死なないだろうと思ってな」

「タダの勘じゃねえか」

「そうだが、オレの勘は当たるぞ。それに、本当ならオレが行きたいところだが、ゼノンに外出禁止令を出されていてな。いつもはお忍びを見逃してくれる貴重な大臣がそう言うのだ。しばらくは動けん」

「話は分かった。第八層を目指すが、すぐというわけにはいかないぞ？」

「構わん。他に当てても無いし、第八層に行くような奴はPKを食らった程度ではそう簡単にはくたばらん」

　じゃあ放っておけよと言いたくなるが、そこは国王の性分なんだろうな。

「当てにはするな。それとマーフィーは即時釈放、それが条件だ」

　俺はそれだけ言って王城を後にした。

第十三章　レッドゾーン

✧プロローグ　炎の王

「明日、第七層のボスに挑む」

　俺は夕食の席で、皆に告げた。

「そう。少し早いわね。まだ、攻略が残ってるマップもあるけど」

　星里奈が言う。

「ああ。だが、レベルも上がってきたからな。難易度としてはそこまでではないはずだ」

　第七層の敵は雑魚でもボス級の強さがあり、経験値もベラボーに高い。俺達のレベルも平均で34まで上がった。これでボスを倒せばさらに一つ二つはレベルが上がり、レベル40の大台が見えてくる。

　レベル40以上の奴はこの辺ではあまり見かけないので、トップクラスに追いつく、ということだ。

　あとはスキルのやりくりでアドバンテージを稼げば、たいていの奴には勝てるはずだ。

「ひょっとして国王に何か言われたの？」

　星里奈はこういうときは鋭いな。だが、国王は冒険者仲間として俺に頼み事をしたわけだから、ここでは黙っていた方が良いだろう。国王の依頼だという意識が広まっても皆が注意散漫になりそうだし。星里奈が無駄に張り切りだしても事だ。

　なので俺は否定する。

「いいや。兵士にマーフィーの人となりを聞かれただけだ。ブラフ好きのセコい奴だから殺しはやらないだろうと答えたがな」

「それならいいけど……」

「ま、ええんちゃう？　リーダーがやるって言うんやし、今のウチらなら行ける気がするで？　ルカのパーティーもレベル30台でチャレンジしたんやろ？」

早希がルカに聞く。ルカはこの中では唯一の第七層ボス経験者だ。勝てなかったようだが。

「そうだけど、うーん、まあ、ハッキリ言って、アタシの前のパーティーよりはみんな強いよ。特に星里奈の必殺技は当たりさえすれば一撃で倒せるんだから、Aランクでもトップクラスじゃないかな」

「トップか。セーラ達より、上だと思うか？」

俺はAランクパーティーの具体的な名前を挙げてパーティーの実力を聞いてみた。

ルカが考え込む。

「どうだろう？　アタシはセーラの戦い、まともに見たこと無いからね。あのスペクター・オーバーロードの時は必死でそれどころじゃ無かったし」

第四層のログハウス計画ではセーラも雇い人として活躍してくれた。人間とは思えない俊敏さで雪の上を走って斬りかかってたが、正直、アレを相手に戦いたくはない。

が、何も速度だけが強さではない。

セーラが十回斬る間に、星里奈が一撃を浴びせられれば、それで勝負は付く。

まあ、戦うのは第七層のボス『レッドドラゴン』であって、セーラを相手にするわけでもないんだが。

もちろん、『俺達の方が強そうだから～』なんて曖昧な理由で攻略を進めるつもりはない。

対策もいくつか考えてある。

「そうか。じゃ、第八層について反対意見も無いようだな。出発は昼過ぎにするから、全員、装備は調えておけよ」

　オーダーメイドで鎧を買い換えたりするなら、とても時間が足りないだろうが、店で注文できる鎧はたいていみんな持っているし、大がかりな更新など「大事」の前にはむしろやらない方が良い。

　歩き慣れていない靴で遠足に行くようなもんだ。

　だから俺達は普段通りのスタンスで行く。


　二日後、俺達は溶岩が流れる洞窟のエリアにいた。

　第七層の最深部だ。

　ここは一本道が続く。道の左右は崖になっており、下には灼熱の溶岩が一面に広がっている。オレンジ色に光る溶岩は、時折コポコポと泡や熱気を噴き上げているが、ここに落ちたらタダではすまないだろう。

「敵が出なくなったわね」

「そろそろだよ」

　ルカが低い声で言い、俺達は剣を抜いた。

　そこは一本道が奥に向かうほど太くなっていく地形で、かなり広い場所に出た。天井も高い。ドーム型の空洞になっているが……。

　中央には、赤く巨大な竜がこちらを睨んで待ち構えていた。

　大きい。

　分厚い岩のような鱗や、黒光りする鋭い爪など、いかにも強そうな奴だ。

　まるで一つの山のように見えてしまう。

「なンだありゃ。やたらデカいな……アレがドラゴンかよ」

「ほんまやな……とにかく取らぬ狸の皮算用、まずはアレを倒してからや」

「おお、神よ、我らをお守り下さい」

『ぐふふ、待っておったぞ小童(こわっぱ)ども』

「いや、ネネちゃん、そういう前フリ、今はホントいらないから。ああどうしよう！　私、ちょっと緊張してきたぁ！　本番は苦手なのよね……アレック、私がミスってもいいようにしておいて。呪文は冷気系で、ブレスが来たら風魔法で防御して、あとえええと……」

　さすがに皆も緊張し始めたか。

　ここはドラゴン相手にまともに戦って経験を積んでも良いのだが、俺達が目指すのはこの先の第八層なのだ。

　ここで誰かが大怪我をして、また上に戻るのも面倒くさい。

　レベルはどのみちここで倒せば上がるだろう。だから最初から奥の手を使い、本気を出すぜ？

「星里奈、来い」

「ええ」

　俺は星里奈を抱きかかえると【瞬間移動】で崖の少し下に行き、ドラゴンの視界から消える。

　さらに【浮遊】でそのまま空中を移動し、ドラゴンの背後に回った。

　目の前に奴の大きなケツと尻尾が見えてきた。再び、【瞬間移動】で奴に近づく。

「今だ、星里奈、やれ！」

「任せて！　【スターライトアタック！】」

　星里奈の剣から星がこぼれ落ちるエフェクトが出ると、そのままレッドドラゴンの背中に食い込んでいく。

「GoOOOOOO――――！」

　おそらく、ドラゴンは自分の身に何が起きたかさえ、分からなかったことだろう。

　星里奈の剣が命中して数秒と経たないうちに赤い煙と化し、ドラゴンは消えていた。

「のわっ!?」

「ふえっ!?」

「な、なんや？」

「お見事」

「ド、ドラゴンがいない!?」

「よし、ミーナとイオーネで周辺警戒。リリィ、レアドロップを拾っとけ」

「りょ、了解」

「いや、おかしいでしょ！」

「何か文句があるのか、レティ」

　俺は文句を言っているとんがり帽子を見る。

「だって、こっちは色々、寝ないでレッドドラゴン対策を立ててきたのに、そんな卑怯くさい星里奈の一撃で終わらせるとか、納得いかない！」

　うるさい奴だ。

「卑怯くさいって……」

　星里奈も自分の必殺技を悪く言われて微妙な顔だ。

「ううん、違う、今のは浮遊や瞬間移動を使ったアレックが卑怯くさいのよ。私は違うわ」

「うるさいぞ、星里奈。お前も俺に黙って従っておいて、あのやり方を知らなかったなんて言うつもりか？　今更真っ当な勇者面すんな」

「うう、せめて格好良くレッドドラゴンを倒したかった……」

　知るか。見栄にこだわって仲間を危険にさらすとか、それはまともな神経じゃないだろう。

　本当に大事なのは、仲間が全員無事なことだ。

　格好良さなんて掃いて捨てちまえ。

「アレック、赤い水晶玉と、鱗と、爪、全部回収したよ！」

　ドロップ品を拾い上げたリリィが報告する。

「よし、じゃ、この階層のボスに挑むぞ。全員、気を引き締めろ」

「ええ？　今のがボスじゃないのかい？」

　ルカが疑問の声をあげるが、お前もそいつを見てるはずなんだがな。

「レッドドラゴンの後、炎の何かが出て来たんだろ？」

「あっ、そう言えば……！」

　ルカが慌てて左右を見回したとき、異変が起きた。

地面が燃え上がり、それが次第に人の形を取っていく。

「モンスターよ！」

「レティ、お待ちかねの本番だぞ」

今度は星里奈の【スターライトアタック】でも苦労することだろう。

なにせ、奴は炎の精霊タイプ、自分の形すら変幻自在、剣も風圧で避けてしまうはずだ。

「ええ?!　ちょっと待って！　心の準備が」

「アホか！　レッドドラゴンと同じ戦い方でいいからさっさと唱えろ」

俺もちょっと焦る。

こいつは『白銀のサソリ』を壊滅に追いやったほどの危険な相手だ。

うかうかしてはいられない。

「HA、HA、HA、HA、HA！」

俺達の狼狽えぶりを嘲笑うように炎の精霊は笑い声をあげ、瞬く間に固形として実体化した。

魔神風の赤いムキムキの筋肉男となり、すぐさま突進してくる。

「くっ、こいや、オラぁ！」

「よせ、ジュウガ、避けろ！」

ツーハンデッドソードを構えてカウンターを狙ったジュウガに向かって俺はそう言ったが、ジュウガはそのまま剣を振り下ろした。

「ぐえっ！」

「「ジュウガ！」」

ぶつかって簡単に空中に吹っ飛ばされたジュウガだが、奴め、相当なパワーがあるな。

炎で攻撃してくるかと思ったが、当てが外れた。

「星里奈、今なら奴に当ててられるぞ」

「分かってるけど！」

だが、星里奈はすぐには追いかけない。

コイツ、まさか、ビビってるのか？

いや、違うな、スピードで追いつかないと判断して、奴が次に向かう方向を見極めようとしているのか。

それなら。

「レティ！」

「急かさないでよ！　今、呪文を唱えてる最中なんだから！　――大勢の前でウェットに富んだギャグをかましてシーンとなったときのようなあの寒さ、そこに機知は無く、あるのは冷たい静寂のみ、穴があったら入りたいというあの気持ち、それは冥府の氷の女王のような冷血な心の仕打ちなり。我はせめてもの優しさを求む、いや忘れたい、その場の名は【絶対零度空間！】」

なんだか独白のポエムみたいな呪文だったが、青い光が空間を漂い、魔法としてはまともに完成したようだ。

そこに取り込まれたムキムキ男の纏っていた炎のオーラが消えていく。

「よし！」

「やったか!?」

「AH、HA、HA、HA、HA、HA！」

氷の結晶ができあがったと思った途端、ムキムキ男がそれをパワーで強引に打ち破って出てきてしまった。

こいつ、思ったよりも厄介だな。

ここは素直に【鑑定】で行くか。

〈名称〉イフリート〈レベル〉72
〈HP〉87263／88000
〈MP〉9999／9999
〈状態〉炎上
【解説】
炎の魔人。
性格は不可解で、選ばれし者に対してアクティブ。
体は炎でできており、姿は変幻自在。
無限の魔力を持ち、常に炎を纏う。
ほぼすべての冷気魔法を無効化。

チッ、氷が効かないってか？

「レティ！　属性を変えろ。氷系はダメだ」

「そんなこと言われても、じゃあ何で攻撃すれば良いのよ!?」

そこはお前、魔術士が自分で考えるところだろ。

「何でも良いから試せ。ただし、炎はダメだぞ」

「分かってるけど！」

さて、倒れたジュウガはフィアナが回復中、他のメンバーのＨＰは――

「危ない、ご主人様！　後ろですっ！」

「なにっ!?」

ミーナの声にとっさに振り向いた俺だが、そこに前傾姿勢で突っ込んでくるイフリートがいた。

お前、さっき向こうに突っ込んでただろうに、どうしてこっち来た？

第一話　無敵

第七層の最深部、レッドドラゴンはあっさりと倒した俺達だったが、裏ボスのイフリートは厄介だ。

「ちいい！」

俺は【瞬間移動】を使ってイフリートの突進を躱す。

すると奴はまた炎に変化し、その場から消えた。

なるほど、こいつも【瞬間移動】持ちか。

となると、前衛・後衛はもう意味をなさないな。

全員が背中を狙われる危険がある。

「全員、パートナーを決めて互いに背後を注意しろ。俺のパートナーはミーナ、お前だ」

「分かりました、ご主人様！　光栄です！　ご主人様の背中は誰にも譲りません！」

まあ、最初は星里奈と言おうと思ったんだが、そんな感じだからな。

「じゃ、私のパートナーはルカ、あなたにするわね」

「オッケー、星里奈。背中はアタシに任せときな！」

「ほんなら、イオーネ、うちと結婚や」

「いえ、結婚じゃなくてパートナーですよ」

「いや、分かってるって。タダの気分や、気分」

「ですから気分としてはお断りなんですよ、ふふ」

「ええ？」

早希とイオーネって仲が悪かったか？　まあいい。

「あれれ？　じゃあ私は誰と組むの？」

「ああ、リリィが余ってもうたな。ほんなら、ウチらの組みに入り」

「うん！」

とにかく星里奈とルカ、ジュウガとフィアナ、レティとネネ、イオーネと早希とリリィがそれぞれパートナーを組んだ。

「しっかし、避けるのはええとして、攻撃はどないしょ？　イオーネ、後ろに出たで？」

「ええ、ありがとう。【心眼！】」

イオーネがギリギリのカウンターで避けざまに斬りつけたが、剣の方が力負けして折れてしまった。

「くっ、私が未熟ということですね……」

いや、相手が悪いんだろう。

イオーネは準備が良く、アイテムストレージから予備の剣を出してきたが、うちのトップクラスの剣士であるイオーネの腕でダメとなると、相当にキツい。

「星里奈、頼むぞ」

「分かってるけど、私の所になかなか来てくれないのよね……ルカ！　そっち！」

「あいよ！　この！」

ルカが正面から斬りに行くのでヒヤッとしたが、彼女はイフリートの繰り出したパンチを体をひねって上手く躱していた。

「ルカ、あまり無理はするなよ」

「分かってる。でも、コイツだけは、コイツだけは倒さないと！」

んん？　そうか、コイツはルカの仲間を倒したんだったな。ハンナの仇か。

余計にまずいな。

「ルカ、お前は攻撃禁止だ。仲間のカバーに回れ」

「何でよ！」

「攻撃が危なっかしいからだ。それに、奴を仕留めるのは星里奈だ。お前、まさか自分の方が強いなんて言うなよ？」

「くっ、それくらいは、わきまえてるけどさ！」

「俺達はパーティーで戦ってるんだ。仲間を信じろ」

「別に、信じてない訳じゃないさ。分かったよ、カバーに回る」

ルカも珍しく冷静に聞き分けてくれたが、前に偽エルヴィンの事件で牢獄入りの教訓があったからかな。

「ネネ、そっちに行ったわよ！」

「は、はわわ、『よっしゃー、もらった！　ちっこいのをぶっ飛ばす！』」

一人二役とか器用だな、おい。

「ああもう！　真後ろに逃げてどうすんのよ！　呪文キャンセル！　私の可愛い分身、シルフに命ず、【突風！】」

レティが横風を起こしてネネを上手く避けさせたが、これじゃ攻撃には入れないな。

「早希、ネネとパートナーチェンジだ。お前がレティのカバーに付け！　イオーネはネネだ」

俺は指示してパートナーを入れ替えておく。

「はいな、任せとき！」

「よろしくね、ネネちゃん」

「フィアナ、後ろに来たぜ！」

「は、はい」

今度はフィアナが狙われたが、すでにジュウガを回復させた後だったので彼女もすぐに動けた。

イフリートはランダムに位置を変えているようだが、いずれ星里奈にぶち当たるだろう。

固体化して星里奈に突進したときが、お前の最後だ。

「ミーナ、来たぞ」

「はい、ご主人様、幸せです」

「余計な事は言うな。後でちゃんと可愛がってやるから」

「は、はい、あうっ！」

「馬鹿！」

軽く避け損ねてミーナが攻撃を食らってしまった。

小さめのダメージなので良かったが、服も破れてしまい純白のパンツが見えている。しかし今はのんびり鑑賞してる場合じゃないな。

「なあに、あのバカップルは」

「今のはどー見ても、アレックが悪いわね！　シシシッ！」

「うるさいぞリリィ、俺と交代だ。ミーナのカバーにつけ」

「いいけど」

「そんな、ご主人様」

「やかましい。戦闘中に冷静になれない奴は俺は好きじゃないぞ、ミーナ」

「わ、分かりました。努力します」

普段は冷静な奴だが、こと、俺に関することになるとちょっと度が過ぎる面があるからな。

後で対策を考えなきゃだが、今はイフリートだ。

「そちらです、アレックさん」

イオーネが言ってくる。くそっ、こっちか！

「くっ！」

「HAHAHAHA!」

イフリートの突進をギリギリでやり過ごす。

「ダーリン、そっちや」

「むむっ!」

「HAHAHAHA!」

また俺が狙われた。

「んもー、さっきからアレックばっかり遊んでるし。アレックのお尻が気に入ったんじゃないの? ぷふっ」

それを見たリリィがからかってくる。

「うるさい。うおっ、またか」

集中して俺に来やがった。

【瞬間移動】が使える俺としては一番、確実に回避が可能なのだが、こう連続で来られるとさすがに疲れる。

「星里奈、こっちに来い!」

「分かった!」

星里奈を移動させてみたが、すると今度は別の奴が狙われた。

「コイツ、まさか星里奈の必殺技に気づいてるのか?」

『ぎくっ! だってそいつの必殺技、チョー恐いし?』

ネネが反応したが、くそ、イフリートには知能があって当然だったな。

道理で星里奈が狙われずに俺ばかりに来るわけだ。

「くっ、どうするの?」

「それくらいで狼狽えるな。何も必殺技はお前の専売特許じゃないだろう、ここで!」

俺はイフリートのタックルをいったん避けて、すぐにこちらから飛びつく。

「アレック!」

「ちょっと!」

俺の服が燃え始めたが、ちょっと熱いだけで火傷はしていない。

【火炎耐性　レベル5】があるから、体の方は無傷だ。

そして――

「そう来ると思ったぜ！」

イフリートは再び炎と化して、消え始める。

その瞬間を狙って、炎を思い切り吸い込んでみた。

炎はイフリートの体そのものである。

それを分断させたら、奴はどうなるのか。

試してみる価値はあった。

「だ、ダメよ、アレック、そんなことをしたら――」

レティが慌てるが、俺は火炎を吸い込んだくらいではどうと言うことはない。

ちょっと熱いけど。

「んん!?　ぐおっ!?」

肺に違和感が生じ、それは次に痛みになった。

嘘だろ、まさか、野郎、こっち側に本体を移動させて？

「いけない！　早く吐き出して！」

そうしようと思ったが、その前にイフリートが体を実体化させてきやがった。

――俺の体の内部で。

「がはっ！」

血が一面に飛び散った。

「「アレックー！」」

「いやああ！　ご主人様ぁあああ！」

くそ、なんなんだ、このスプラッター映画みたいなのは。

俺はこういう系統は凄く苦手なんだが。

しかも痛え。

「うわ、まだ生きてるわ。フィアナ、早く回復を！」

「わ、分かりました」

「こんちくしょう、よくもアニキを。オレが相手だコラァ！」

「ご主人様の仇！　地獄でご主人様に謝って下さい！」

どうでもいいが、ミーナ、俺は地獄行き決定なのな。あと、まだ俺生きてるから。

「げほっ、がはっ」

「し、しっかりして下さい。——女神エイルよ、我が願いを聞き入れたまえ。ヒール！　ええ？　こんなに回復するはずが」

「俺のスキルだ。気にするな」

【生える再生　レベル５】
【無尽の体力　レベル５】
【火炎耐性　レベル５】
【グロ耐性　レベル５】

これでもキツかったので、他にもいくつかスキルを取っている。

【痛覚遮断　レベル５】Ｎｅｗ！
【窒息耐性　レベル５】Ｎｅｗ！
【再生速度向上　レベル５】Ｎｅｗ！

「はあ、アレックさんは本当に人間なんですか？」

フィアナが疑ってくるし。

「間違い無く人間だ。お前もヤって、分かってるだろ？」

「そ、それは今はいいですから。次は無茶しないで下さいね」

「おう」

「くっそ！　やっぱ強い男がいいンだな？　フィアナ！　今に見てろよ！　絶対にアニキを超えてみせるぜ！」

ジュウガがなんだか燃えている。

「いえ、そういうわけでも……」

フィアナは単に強さを求めているわけでもない

ようだが、まあ今は戦闘中だしな。集中だ。

吸い込み分断作戦は完全に失敗だった。

いや、どうしてアレで行けると思っちゃったかな？

イフリートの場合、魔法の炎なので、酸素を遮断したところで燃え続けるだろうにな。

だが、これで倒し方ははっきりした。

「奴が固体で実体化しているときに倒すしかないぞ」

「ええ、分かったわ」

「ということは、ハッ！　大地属性の呪文ね！」

レティが何か思いついたようで、すぐに呪文を唱え始めた。

「よし、時間を稼ぐぞ！」

「「了解！」」

俺達は果敢に斬り込んでイフリートに的を絞らせない。

狙われそうなレティは俺が抱き上げてやり、瞬間移動で空中を逃げまくった。

「アレック、もう呪文が完成する」

「よし、下に降りるぞ」

「ええ。――其(そ)は硬く、金剛石よりも、アダマンタイトよりも、上を行くものなり、しかし、其は不変ならず。其は万物の流転の中にありや。それが物質世界(マテリアル)のコトワリなり。形あるもの、いつか壊れるんです！　だから叱らないで【不運な巨人の足(フーンデクラッシャー)】！」

レティの呪文が完成すると、すぐ背後に迫っていたイフリートの真上に巨大な足が出現した。

イフリートはそれを見上げ、両腕で受け止めようとしたが、パワーでは巨人の足の方が圧倒的に上回っていたようで、すぐに踏みつぶされた。

オレンジ色の煙が巨人の足の下から巻き起こる。

ボフン。

「よし！　倒したぞ！」

「「やったぁ！」」

リリィがドロップ品を拾い集める中、放心したようにその場に座り込んでいるルカに、俺は声をかけた。

「終わったぞ、ルカ。お前は生き残ったんだ」

最悪最凶の相手に。仲間の仇相手に。

「ああ。ありがとう、アレック。これでようやくアタシの肩の荷が下りたよ。ずっと、ずっとアタシのへまが気になってて、うう……」

「よせ、お前は泣くような柄じゃないだろう」

「ハハッ、そうだね。ハンナが見たら、笑われそうだ」

ルカは肩をすくめると笑顔で自分の涙を拭った。

「それに、俺達には次の階が待ってるぞ」

「そうだったね」

ルカが立ち上がろうとしたので、俺はその手を引いてやった。

彼女は少しはにかむと澄んだ目でまっすぐ俺を見つめ――

「ねえ、アレック」

と、後ろでレティが呼ぶので振り向くと、彼女はさも当然のように俺に向かって手を差し出していた。

この手を見るとペチンとしたくなるが、さすがに今回はそれはできないな。

イフリートを倒したのはコイツだ。

「よくやった、レティ。お前のラストキルだし、一人で倒したようなもんだからな。今回は特別報酬だ。受け取れ」

「フン、そんなにおだてておいて、どーせたった1ポイントとかせこい……なぬっ⁉ い、1万だと⁉」

「俺は正当な働きには、正当な報酬で応じるぞ」

さっきの二連戦で高額スキルをコピーできたこともある。ポイント還元の大盤振る舞いだ。

「ははーっ！　アレック大明神様ぁ！」

大げさだが、この態度も数分だけのもんだしな。

好きにひれ伏せさせておこう。

第二話　第八層

第七層の裏ボス、イフリートを倒した俺達はそのまま続く階段を下に降りた。

「ここは……」

「また感じが変わったな」

第六層や第七層は天然洞窟といった感じになっていたが、この第八層は再び石壁に戻ったようだ。

だが、色がグレーから紫色になっており、上階とも雰囲気が違う。

何やら重い静けさがある。

「ここが、Aランクパーティーだけが到達した領域なのね……ゴクリ」

レティが通路の先を覗き込んで緊張しているが。

「レティ」

「何よ」

「忘れたのか。俺達もすでにAランクだぞ。ま、気楽に行こう」

「お、おう……あれれ？」

「あン？　なんだかいつもと違うじゃねえか、アニキ。いつもは『死ぬぞ』とか脅すのによう」

それはレティが緊張していたからだ。

「お前は死ぬぞ、ジュウガ」

「くっそ！　なンだよ、そりゃあよ。分かってるって、気を引き締めろって言うんだろ？」

ニカッと笑うジュウガも理解が深まってきたようだな。

「でも、ウチらもAランクのクランになったんやなぁ。駆け出しの頃が懐かしいわぁ。あかん、ちょっと泣けてきた。警戒、誰か頼むわ」

早希がマジ泣きしているが、ウチらと言っても、お前は途中参加組の奴だからな。

早希の駆け出しの頃は俺も知らん。まあ、コイツにも駆け出しの頃はあっただろうし、別に良いか。

「うーん、私は二軍でいいんだけどなあ。ここって相当、危ないところでしょ？」

リリィが言うが。

「心配するな、リリィ。お前にもその実力はある。ただ人数も増えてきたことだしな。次は二軍に入れ替えてやるぞ」

「ちゃんとよ？」

「分かった分かった」

コイツは忘れっぽいから、行くぞと言えばホイホイ付いてくる。回避系のスキル取得には余念が無い奴で、徹底して敵から回避しているから、割と使いやすいのだ。

無理して突っ込んですぐ死ぬ奴よりは、リリィのほうが良い。

ちゃんと、こき使ってやろうっと。

「おい、邪魔だ。どけ」

後ろから声がして、振り向くと漆黒のゴツい鎧に身を包んだ金髪男だった。

コイツには見覚えがある。

モフモフのファー襟巻き付きの鎧。オールバックの金髪。

第四層で俺達が『影の不死王』と戦ったときに参戦してくれていたAランクパーティーのリーダーだ。

噂で聞いた通称は、『闇剣使い』のエスクラドスだったか。

漂ってくる雰囲気はいかにもな世紀末だ。

「道を空けてやれ」

俺達が道を空けると、奴隷の戦士や魔法使いを連れたエスクラドスはフンと鼻を鳴らし、軽蔑した視線を俺に投げかけてから前を通った。

「ああ、そうだ、エスクラドス」

俺は通り過ぎたエスクラドスに声をかける。

「エスクラドス様、だろう」

「なんでだ。俺もお前も同じAランカー、冒険者には貴族も何もなかったはずだが」

「おお、そうだったか。そいつは悪かったな。オレはお前がAランクに上がったなんて知らなかったからな、ルーキー」

　エスクラドスがニヤついて言う。

　やれやれ、このダンジョンに潜って、かれこれ半年以上になるが、未だにルーキーと呼ぶ奴がいたか。

　しかも、本当に知らなかったのなら、まずは俺達が本当にAランクかどうかを疑ってかかるはずだろう。まあいい。

「じゃあ、覚えておいてくれ。それと、この階でソロのPKを見かけたか？」

　俺は例の話を聞いた。

　国王に頼まれたからと言うこともあるが、何より、俺達の安全のためだ。情報収集は怠らないようにしないとな。

「さてなあ。話は聞いたが、奴にも了見はあるんだろうよ」

「了見？」

「フッ、強いオレ様を避けてPKをやっているだろう。なら、オレ様の知ったことではない」

　エスクラドスの言う了見とはどうやら『分別』という意味らしい。

　コイツもナルシストというか、傲慢な感じの奴だなあ。

　となると、あまりコイツは情報を持っていないか。

「そりゃ邪魔して悪かった。行ってくれ」

「おい！　いいか。黒犬だか黒猫だかのアレック！　オレは人から指図される男ではない。それを忘れるな」

　エスクラドスは俺をひと睨みすると通路を歩いて行った。

「かー、なんだべや、あの偉そうな奴」

「ホント、ムカつく」

「なんなのかしら」

「やーな奴やで」

「ご主人様を馬鹿にするとは、次に会ったらＰＫしてやります」

　皆がいら立つのも当然だが。

「ミーナ、放っておけ。アイツは俺達の敵じゃないからな」

　俺はその点をはっきりさせておく。ダンジョン内で意識が他の事に向かってしまうのは避けたほうがいい。

「分かりました」

　気を取り直して、第八層のマップ探索を開始した。


「ちょい待った！　ミーナ！」

　二手に分かれた右側の道、俺達はエスクラドス達が進んでいった道とは反対方向へ進んでいたが、早希が大きな声で呼び止めた。ミーナは先頭を歩いているが……。

「なんですか？　早希さん」

「そこの壁、小さい穴が並んでるやろ？」

「そうですね」

「どーも、うちは嫌な予感がするんや。ちょっとダーリン、そこ歩いてみてや」

「ああ、こうか？　痛っ!?」

　通路を進むと、俺の首筋に矢が突き刺さってきた。

「ホラな？　罠や」

「さすがですね、早希さん」

「よく見つけたわね」

「危ないところだったな！」

「良かった良かった」

「おい待て、お前ら。俺の首に刺さってるこの矢はどうしてくれる」

「ええやん、ダーリンは矢の一本や二本、食らったところで死なんし、放っておいても傷は元通りや」

「それに、毒矢だと私達じゃ危ないものね」

「よし分かった、なら、誰か前に出ろ。俺が毒耐性と回復系のスキルポイントをくれてやる」

誰も前に出ない。

それを見てからミーナが前に出たが何か納得いかないな。

「まあいい、じゃ、ミーナ、毒耐性をＭＡＸにしておけ」

「はい、ご主人様。あと、【舐めて治る】があったのでそれにしておきます」

「んー、まあ、それより良さそうな回復系が無いなら、それでいいぞ」

「はい。他には無いようです」

ミーナも別にエロいスキルを狙って取ったわけでは無いだろう。他のエロいスキルは俺がポイントをくれてやって、ミーナがあれこれと取っている。

この間取った【ア○ルセックス】は俺の方はそうでも無かったが、ミーナの方は結構喜んでいた。

「ご主人様、通路の先に何かいます。その……すごく悪臭というか」

「よし、陣形を崩さずに進むぞ。ただし、先頭は星里奈だ」

「それ、私に対する当てつけなの？」

「そうじゃない。一番攻撃力がある奴を前に出して、ヤバイ敵が出て来てもさっと片付けようという考えだ」

「うーん、分かった」

ま、ご想像通り九割方は星里奈への当てつけだ。

だが、正当な理由も今述べたとおりだからな。

通路を曲がると、その先にはコウモリの羽を持った人型のモンスター、悪魔の群れがいた。

「ヒャッハー、見ねえ奴が来たな！　全員アナルで可愛がってやんぜえ！」

「レッツ、パーリー！　ウェーイ！」

耳障りな声はネネではなく、悪魔が発したものだ。

喋るモンスターか。

ま、典型的な悪者だからどうということはない。

「戦闘開始！」

俺は迷わず合図を出し、皆も剣を抜いて斬りかかった。

第三話　デーモン

「ひぃぃ！　悪魔ぁ」

悲鳴を上げて後じさるソイツだが、お前が悪魔だろと。紫色の肌に羽も生えて山羊みたいな角まで付いてるし。

すでに戦闘は終了し、一匹を残して残りは全滅させた。

もちろん、俺達にとって第八層の雑魚敵など、余裕だ。星里奈の必殺技も出すまでもなかった。

「聞きたいことがある」

俺はデーモンに向かって言う。

「な、何だ」

「お前、最近、ここにソロで通ってる冒険者を見たことがあるか？」

「おお、そういう話か。だが、タダじゃあ教えられねえな」

「そうか、ならお前の命と引き替えでどうだ？」

「くそ、覚えてろよ人間、後で仲間を連れて仕返しに行ってやるからな。ボコボコにして男も女もア○ル責めだ」

「やってみろ」

俺は真顔で言い返す。

「うっ。くそう……」

デーモンが悔しそうに目をそらした。

「で、どうなんだ？」

「そんな冒険者は見てねえ。だいたい、ここは泣く子も黙る第八層だぞ？　ソロでやれる人間がいるかよ」

　となると、国王のガセネタか？

　どうも変だな。

　だが、たまたまコイツが見てないだけかもしれない。

「そうか、じゃあ、早希、仕留めろ」

「ふふっ、ええなあ、ダーリン。悪魔に悪魔の所行や」

「なっ！　は、話が違うぞ!?　そこの聖職者、アンタは心が痛まないのか！　こいつ、嘘をつきやがったぞ！」

「ええ、そうですが、あなたも今までさんざん嘘をついてきたのでは？」

　悪魔の言葉にフィアナも落ち着いたままで問い返す。

「いやいや、オレは嘘なんてついてないぜ？　悪魔は心がピュアなんだ」

　どー見ても嘘だな。ピュアな奴がア○ルとか口走るかって話だ。

「いいわ、アレック、私にやらせて。どうもこういう言い訳する奴って成敗したくなるから」

　星里奈が言うが、これはこれでちょっと危ない奴の気がするな。

　だが、その名に反応したのは悪魔だった。

「な、なに、アレックだと!?　今、アレックと言ったのか？」

「そうよ。でも、へえ？　ひょっとして悪魔の間でも名が知れてるの？」

「当たり前だ。お前、豚汁を出したっていう冒険者だろう」

「そんなこともあったかな」

「ふざけんなよ！　お前のせいでオレの住処(すみか)は豚汁に浸かって大変だったんだぞ！　謝れ！」

第四層より上が滅茶苦茶になったのかと思ったが、下も凄いことになっていたようだ。

その割には痕跡が無かったが……。

「それ、本当の話か？」

「くそ、いくらオレが悪魔だからって酷えよ。最初はな、オレも旨い物が食えるって喜んださ。だが、あの量はおかしいだろ！　食っても食っても増えるし、くそ、思い出しただけで吐き気がしてきた。オエッ」

ふむ、どうやら本当の話だったようだ。

「それは悪かったな。俺もわざとじゃないんだ。許してくれ」

「おう、そうやって初めから素直に謝ってくれりゃ、こっちも許そうかって気分になるんだ。なんだ、人間、お前、割と話せる奴じゃねえか」

「そうかもな。俺も今、お前が割と話せる悪魔だと思ったところだ」

そう言うと星里奈に向かってうなずく。

「おお、それじゃ……ぐはっ!?」

星里奈が笑顔で突き刺してるし。まあ、俺もそのつもりでうなずいたんだが。

「悪いが、俺は悪魔の男を助ける趣味はないんでな」

緑の煙がボフンと上がり、悪魔は消え去った。

「んー、喋る相手だと、ちょっとやり辛えなあ」

ジュウガが渋い顔で言う。

「そうですね。自分を試される感じです。あ、もちろん、神への信仰心は揺るぎませんけど」

フィアナも言うが、まあ、苦手に思う事は別に普通だろう。

「お前らは無理して倒す必要はないぞ。そーゆー汚れ仕事は全部、星里奈メンバーに任せておけ」

俺は星里奈を親指で差して言う。

「なんかちょっと引っかかる言い方だけど、悪は悪、モンスターだもの、遠慮はしないし任せてね」

星里奈が笑顔で応じる。こういうときは良い奴だ。

「おう、じゃ、悪魔は星里奈に任せるぜ！　他はちゃんとオレ様が倒してやっからな！」

「星里奈さんに神のご加護があらんことを」

「よし、行くぞ」

「「了解！」」

第八層の探索を再開する。

「ん？　ちょっと待って」

通路を少し進んだところでルカが屈んだ。何かを見つけたようだ。

「何だ？」

「この髪飾り……ハンナのだと思うんだけど」

ルカが拾ってそれを俺に手渡してくるが、小さな青いスミレの花の髪飾りだった。だが、ハンナと直接会ったことも無い俺にはそれが誰の物か分かるはずもない。

「たまたま、同じだったんだろう」

俺は何気なさを装って言う。

『白銀のサソリ』は第七層のボスで壊滅したのだ。仮にハンナが一人で突破できたとしても、他のメンバーを放ったまま先を行くとは考えにくい。

「いや、でも……」

「それは地上に持ち帰ってから、また調べれば良い」

第八層に降りた人間は数も限られている。だから酒場で聞けば本当の持ち主が分かるかもしれない。

「そうだね。分かった」

ルカが納得したところで再び探索に移る。

その日は順調に進み、安全そうな小部屋を見つけた俺達はそこでキャンプを張ることにした。

「この感じだと三日もあれば第八層はマップが埋まりそうね」

星里奈が言うが、そう簡単にいくとは思えなかった。何しろ、ここより下へ潜ったパーティーはいないのだ。

「それは急がなくて良い。いつも通りにやるぞ」

俺は言う。

「ええ、分かってる」

「ルカ、お前ももう休め」

毛布にくるまって髪飾りを見ていたルカに言う。

「ああ」

ルカが肩をすくめ、髪飾りを仕舞って横になったとき、扉が急に開いた。

「くっ！　モンスター!?」

全員が慌てて剣を取って起き上がったが、扉から入ってきた人物は面倒そうに手を振った。

「騒ぐな、ド素人共が」

黒い鎧を装備した、金髪オールバックの男。鎧の襟は見覚えのあるモフモフのファーだ。

「エスクラドスか……」

「なんだよ、冒険者かよ、脅かさないでくれよな、ったくよう」

ジュウガが気の抜けた声で言う。

「んもう、ノックくらいしなさいよ」

レティも言うが、ここは俺達の部屋って訳でも無いし、エスクラドスも俺達が中にいるとは思ってなかっただろう。

「フン、この扉を開けられるのは人間だけだ。そんなことも知らないのか」

エスクラドスは鼻を鳴らして見下してきた。

「いや、知ってるが、寝入りばなで焦ったもんでな」

「どうだかな。それよりお前ら、ここに二刀流のレイピア使いが来なかったか？」

「んん？　いや、俺達もさっき来たところだが、見てないぞ」

「そうか。チッ、あの女、次に会ったら、殺してやる」

エスクラドスが不機嫌そうに舌打ちして言った。頬にかすり傷ができている。

「何かあったのか？」

ひょっとして国王の言っていたＰＫソロに出くわしたのか。

「フン、何も無ぇ。オレもここで休むが、いちいち話しかけるな、素人共」

エスクラドスはそう言って壁際にどかっと座った。彼のパーティーの奴隷達も黙って周りに座る。

「なあに、あれ」

「感じの悪いやっちゃな。誰が素人やねん」

レティや早希が小声で不満を漏らすが、今は俺達も休みたいからな。

その辺にしておけと俺は手で合図して横になった。

「アレック」

体を揺すられ、目を開けると、ルカだった。

「どうした？」

「エスクラドスが出て行ったよ」

「そうか。ふあ、もう少し寝かせろ」

「んー、分かったよ。じゃ、後で話があるから」

「ああ」

しっかり寝た後、起きて朝食のパンをかじる。いつもよりしけた味だ。

宿で食べる夕食のパンの方がずっといい。特に今は。

「で、話は何だ、ルカ」

俺は食べ終わって待っているルカに声を掛けた。

「さっきのエスクラドスだけど、あれってさ、ハンナと出くわしたんじゃないかと思うんだ」

「ほう。理由は？」

「ハンナもレイピアの二刀流使いだからさ」

「オイオイ、待てよルカ。お前の気持ちも分かるけどよう」

「たまたま同じ二刀流だった可能性もあるから

「……」

　他のメンバーは否定的だ。ルカに気遣いつつ言葉を選んでいるが、ま、普通に考えてそれは無いだろうからな。

　だが、彼女が普通でない状態になっていたなら、あり得るかもしれない。

　レイピア使いならたくさんいるだろうが、二刀流の女、しかもこのダンジョンの深部まで潜れる実力となると、限られてくるはずだ。

「でもほら、この髪飾りだってハンナのだし。きっとこの八層まで来てるのさ」

「ルカ、仮にハンナが生きていたとして、そいつが例のPKソロだったら、どうするんだ？」

　俺は単刀直入に聞いた。

「それは……説得するよ。自首させる」

「それでも相手が言うことを聞かなかったら？」

「…………」

「ルカ、今から俺達は地上に戻る。お前はしばらく、二軍の連中とパーティーを組んで奴らを鍛えてやれ」

　その方が良いだろうと思って俺は言ってやった。

「いや、頼むよ、アレック、ハンナと話くらいはさせて」

「最悪の場合、戦闘になるぞ？　ハンナとだ」

「その時は、アタシがハンナを倒すよ」

　ルカはまっすぐ俺を見据えて言った。

第四話　ヴァンパイア・ハンター

　事実上の最下層、第八層――。

　第九層はグランソードの初代国王が五百年前に到達したというが、眉唾の話だからな。現在は誰も確かめた者はいないのだ。

　高難易度の『帰らずの迷宮』において、ここまで潜れる人間はAランクパーティーだけだ。

　その凄腕のパーティーを相手に、ソロで互角以上にやり合う人間。

いや、ソレは人間などではあるまい。

悪魔に魂を売ったか、あるいはゾンビか。

いずれにしろ、モンスターだと思っていた方が良い。

かつてのパーティー仲間、ハンナを慕っていたルカは、その仲間を攻撃できるのか？

ルカが悪いわけじゃないが、胸くそ悪い話だ。

そういうことなら、ハンナは死んでもらっていた方がよほどマシだった。

「ルカ、無理はするな」

俺は言う。実際にその場で躊躇されたら命取りになる。ルカだけじゃない、俺達もだ。

「無理じゃないよ！　いや、無理はしてるかもね。でも！」

彼女は拳を握りしめると、続けざまに言った。

「アタシはハンナが好きだったんだ。その彼女がおかしな事になってるなら、仲間としてケリを付けてやらなきゃいけないだろ？」

そのくらいはルカも考えていたようだ。

ま、名うての冒険者とは言えどBランクだったハンナが、一人でエスクラドスのパーティーとやり合う実力などありはしない。

エスクラドスはAランク、レベル86の『影の不死王』を相手に長時間戦って生き残っているような奴なのだ。

「……良いだろう。話はさせてやる。だが、俺の指示は守れよ？」

「分かってるよ、リーダー」

真っ直ぐ俺を見返したルカも、『風の黒猫』でやっていく決意はある、か。

「星里奈」

俺は名前だけ呼んで、目配せしておく。

いざというときはお前がやれと言うことだ。

「分かった」

彼女もそれだけで話が通じた。ここまでパーティーを組んで死線を何度もくぐり抜け、セックスでも親しくしている相手だ。

お互いの考え方もだいたい理解できている。他の女性メンバーもだ。

俺は全員に向けて言った。

「いいか、相手はこんな場所でソロを張れる実力者だ。Bランクだとは思うな。格上だと思って戦えよ」

「「「了解！」」」

良い返事だ。

「出るぞ」

小部屋を出て、第八層の探索を再開する。

食料の残りはあと三日分、非常食のチョコレートもあるので、さらにもう二日三日は延びても大丈夫だ。

「ご主人様、血の匂いです。人間の！」

ミーナが緊迫した声で告げた。

来たか。

「全員、戦闘態勢！　いつでもやれるようにしておけ」

「「「了解！」」」

剣を素早く抜き、全員が構える。

通路の先から裸足で走る音が聞こえ、ソイツがこちらに向かってきた。

「WHIIII――――！」

奇声をあげた金髪女が素手で走り寄り、俺達に襲いかかってくる。

目が赤く光っているが、完全にホラーだな。

彼女は口から血を流しており、その間からは白く輝く長い二本の犬歯が見えていた。

それは、もはや牙というべきものだった。

「奴に噛まれるな！　吸血鬼だ！」

【鑑定】するまでもない。俺は急いで指示し、スキルリストを確認する。

【性病耐性】

いや、違うだろう。ソレは絶対に違う。
だが、念のため俺はそれを取得した。
そしてもう一つ。

【魅了耐性】

これだ。
吸血鬼が赤く光る瞳で相手を魅了する能力があるというのは何かの本で読んだ。
定番だな。

【血気盛ん】

これも何か違う気がするが、ポイントはこれまでの冒険でたっぷり貯まっている。

相手は強敵なのだから、ここで出し惜しみは無しだ。
俺が吸血鬼化してバッドエンドなんて笑えない。

【シャイン・フラッシュ】

そしてこれは聖属性の範囲攻撃魔法だな。

【性病耐性　レベル5】Ｎｅｗ！
【魅了耐性　レベル5】Ｎｅｗ！
【血気盛ん　レベル5】Ｎｅｗ！
【シャイン・フラッシュ　レベル5】Ｎｅｗ！

よし、これでいい。
「待たせたな。後は俺に任せろ」
俺が前に走り出たが。
「終わったでぇ、ダーリン」
「んん？　もう片付けたのか？」

見ると、足下にさっきの金髪吸血鬼が倒れている。胸から血を流しているが、早希が片付けたらしい。

「もちろんや。『ミスリルソード』と『炎の剣』にかかれば、吸血鬼もへっちゃらや！　二刀流は何もハンナだけやないでぇ」

早希がすでに鞘に収めた剣をぽんぽんと叩いてアピールするが、コイツも二刀流だったな。

「その……ルカ、ごめんね」

星里奈がそこにしゃがみ込んでいるルカに謝るが。

「何言ってるのさ、星里奈、別にアンタは何も悪くないよ。それに、コイツはハンナじゃない」

振り向いたルカが言う。

「ええ？」

「確かにコイツも金髪だけど、ハンナはもっとずっと美人だからさ」

別人だったか。

ま、こちらの世界は金髪率が高いからな。金髪女というだけで特定するのは、やめた方がいいだろう。

「そうか」

他の面子(メンツ)も少しほっとした様子を見せた。

「でも、吸血鬼って話には聞いてたけど、なんか感じが違ったね。話ができると思ったんだけど」

ルカが言う。

「そいつはレッサーなのよ」

レティが言った。

「レッサー？」

「下位種よ。劣ってるって意味。『レッサー・ヴァンパイア』はヴァンパイアが適当に噛みついて生み出すモノ。眷属(けんぞく)というより、使い捨ての駒と言った方がいいかも。そいつらには知能は期待できないわね」

「「「……」」」

「あれ？　意味が分からなかった？　えっとね

「……」

「いや、意味は分かったぞ、レティ」

俺が言い、みんながウンウンとうなずく。

「じゃあ、なんで」

「お前が魔導師っぽい事を言うのが珍しいからだ」

「なっ！『っぽい』じゃなくて、アタシは正真正銘の魔導師ですから！ Bランク認定だけど、魔術ギルドのジジイ共の意地悪でそうなってるだけで、本当はAランクの天才魔導師なんだから！」

「ああ、いや、ランクのことはどうでもいい」

「良くない！ 全然っ、良くないから！」

おっと、レティの面倒なスイッチを入れてしまったようだ。

「じゃ、行くぞ」

「待ちなさいよ！ アレック！ 待ちなさいってば！」

うるさい奴だ。

ここで「はいはい、AランクAランク」と言うと「ちょっとそのいい加減な認め方は何よ」と怒り出すからな。放置が一番だ。

「ぐすっ、Aランクなのに……」

小部屋を見つけ、休憩を取ったが、まだぶつくさ言ってるし。

「レティ、ちょっと来い」

「何よ」

「いいから」

俺はレティを抱き寄せると、ディープキスをしてやった。

「んっ！ ちょっ、やめ、んんっ、ん……」

嫌がったレティだが、すでにしっかりと調教済みだからな。舌を舐め上げてやると、すぐに彼女も自分から応じてきた。

「よし、大人しくしてろ」

「あん、もっとぉ」

「上に戻ったらな」

「エー？」

いくらモンスターが入って来ない場所とは言え、人間の冒険者は別だからな。

こんな場所でセックスなんてできるわけないだろう。

「寝ろ」

「やだ、寝てくれなきゃ寝られないよぅ」

甘ったれた声を出すな。

レティにどう言ってやろうかと俺が考えたとき、扉がノックされた。

「そちらに誰かいますか」

それは透明感のある声で、若い女の声だった。

第五話　双剣のハンナ

扉の向こうからの声。

「おう、いる——」

「待て、ジュウガ」

俺は返事をしかかったジュウガを手で制して黙らせた。

なぜなら、その隣でルカが動きを完全に止めていたからだ。彼女は呼吸すら止めていた。

「ルカ、ルカ！」

小声で呼ぶ。

「あ、ああ」

「この声はハンナで間違いないんだな？」

ルカに確認する。

扉の向こうから呼びかけてきた相手を。

「間違いないと思うよ。でも……」

「よし、約束通り、話はさせてやる。ただし、扉はまだ開くな。いいな？」

「分かった」

ルカを前に出し、その脇を星里奈とイオーネで固めさせる。二人とももちろん、剣を抜いての戦闘態勢だ。

ルカの後ろにはミーナとジュウガを配置。

これで奴が扉を開けて突っ込んで来ても、包囲して戦える。

「ねえ、誰かいるんでしょう？」

「……あ、ああ、いるよ！」

ルカが返事をした。かなり緊張しているようだが、受け答えはしっかりできている。これなら任せても大丈夫そうだ。

「良かった。いきなりの遭遇戦闘って慌てちゃうものね。でも、その声って……まさか、ルカなの？」

向こうの女が問う。

「ああ。ハンナ、アタシだよ」

「……そう、生きていたの」

「そっちこそ、無事だったんだね。うう、アタシはてっきり……」

ルカが涙声で目をこする。

「ロイドは？　消息を知ってる？」

ハンナが聞いた。

「知ってる。無事だよ。でも、引退さ」

「そう。当然ね」

「ハンナ、アーヴィンや他のみんなは……」

ルカが行方知れずの仲間について聞いた。

「いいえ、逃げ延びたのはあなたとロイドだけよ。他は全員、死んだわ」

「……そう。そうか」

「ねえルカ、ここ、開けてくれない？　あなたの顔が見たいわ」

「あ、ああ」

ルカが振り返って俺を見るが、俺は首を横に振った。

「その前に、ハンナがどうなっているかを聞け」

俺が小声で指示する。

「分かった。ハンナ、あの後、どうしてたの？」

「それは……あなたこそ、どうしてたの？」

「アタシは三日ほど例の集合場所で待って、誰も来ないからロイドと二人で地上に上がって、知り合いに頼んでパーティーを組んでまた潜ったよ。でも誰も見つからないしさ。仕方ないから新しいパーティーを組んで、今は『風の黒猫』に入れてもらってる」

「『風の黒猫』？　聞かない名前ね」

　ルカがそれを聞くなり下唇を噛んだ。今となっては俺達は名の知れたクランであり、知らない冒険者は新入りか情報に見向きもしないもぐりくらいのものだろう。

　ハンナは『白銀のサソリ』を率いていた慎重派のリーダーであり、その辺の情報収集を怠っているはずがなかった。

　俺はルカからハンナについて聞かされていたから、よく知っている。

　つまり、今のハンナは、ハンナではない。

「ルカ？　ごめんなさい、別に悪く言うつもりじゃなかったのよ？」

「わ、分かってる。良いパーティーだよ。実力もあるし、みんな気の良い奴ばっかりさ。ちょっと変なのもいるけどね」

「リーダーはしっかりしてるの？」

「ああ、しっかりしてるよ。アレックだ」

　俺は人差し指を立て、それ以上は内緒にしろと合図した。あまりこちらの手の内を明かしたくはない。

「編成は？」

「あーと、えっと」

「あ……そうね、今更だもんね。いいわ、このままここで別れましょう。ロイドには謝っておいて。ここに金貨を置いておくわね。あなたとロイドで分けて。それじゃ」

「待って、ハンナ！」

　チッ、ルカが扉を開けてしまった。

「ルカ……」

扉の向こうには軽装のレイピア使いがいた。

見た目は普通の人間だ。金色のさらりとしたセミショートの髪に、整った顔立ち。北欧系に見える色白の顔。

優しげな瞳のそいつはレイピアを鞘に収めると、微笑み、ゆっくりと両手を広げてみせた。

さあ、いらっしゃい、とでも言うように。

「行くな！　ルカ！」

吸い寄せられるようにそちらに一歩踏み出したルカに、俺は言う。

彼女はビクッとして足を止めた。魅了状態というわけでもなさそうだ。ステータスも確認したが、通常だ。

「あなたがアレックね」

ハンナがこちらを見る。

「そうだが、今のお前は何者だ、ハンナ」

俺は静かに問う。

「私は、そうね……今はタダのハンナよ。双剣のハンナ。ソロでやってるわ」

「とある情報筋からこの第八層でPKをやっているソロ冒険者がいると聞いた。それがお前か？」

「いいえ」

即座にハンナが否定した。

「しらばっくれるな。お前はBランクだったはずだ。短期間でソロを張れる実力になったとでも言うのか？」

「ええ、それはどう説明して良いか……入っても良い？」

「ダメだ。説明してからにしろ」

「ふう、分かったわ。もうルカから聞いているでしょうけど、私達のパーティーが『壊滅』したあの日、私も死を覚悟していたわ。でも、何とか逃げ延びた。逃げ延びてしまったのよ」

「それはいい。だが、どうして地上に上がってこない？」

「上がろうとはしたわ。でも、日光があるとダメなの。あなたももう理解しているのではなくて？

私は吸血――」

「嘘だッ！」

ルカが叫んで、ハンナの言葉を遮った。

「そんなわけがあるか！　ハンナは最強の冒険者だ。吸血鬼相手に負けるわけがない！」

「ええ、落ち着いてルカ。私は吸血鬼に負けたわけじゃないわ。最強ってわけでもないけど」

「じゃ、じゃあ」

「いいえ、吸血鬼化はしてるのよ。金色の宝箱を見つけて、罠が掛かってるのは知ってたけど、私、それを開けたのよ」

吸血鬼になる罠まであるのか。

おっかねえな。あとでシーフの早希には耐性スキルを取らせておかないと。

「どうして！　アンタはそんなことは絶対にしない……死ぬつもりだったの？」

「ええ。仲間を死に追いやってしまった。私一人だけ生きていてもって思っちゃって」

「そんな。アタシは生きてる！」

「ええ、そうね。でも、私は死の世界の住人になってしまったわ。アレック、ルカを頼みます」

ハンナが俺の目を見て頼んだ。

「分かった。それは引き受けよう」

「じゃ、ルカ。あなたの顔が見られて本当に良かったわ。元気でね」

「ま、待って」

「ルカ、約束だぞ」

「くっ、ま、まだそうなったわけじゃ」

ルカとの約束。

ハンナが説得に応じない場合は、戦闘だ。

ハンナは立ち去ろうとしているので、そのまま見送ってやりたいという気持ちは俺の中にもある。

だが、相手は国王も懸念しているＰＫソロだ。

このまま放置すれば、いつ別の冒険者が命を落とすかもしれない。

「戦闘態勢！　命令だ」

「アレック！」

下手をするとルカもハンナの側に付くかもしれず、良くない状況だ。

だが、時間をかければ良いというものでもない。

「仕方ないわね……」

ハンナも双剣のレイピアを抜いた。

「下がれ、ルカ」

「くっ」

俺が戦闘開始を命じようとしたその時。

「おい！　その女を捕まえろ！　逃がすな！」

ハンナの後ろの通路からエスクラドスの怒鳴り声が聞こえてきた。

ま、エスクラドスが片付けてくれるなら、その方が後腐れがないか。

俺はそう思って彼に任せようとしたが、闇から緑のローブを纏った金髪の女剣士が現れると、いきなりハンナを斬った。

「かはっ！」

「ハンナ！」

第六話　吸血鬼

てっきりハンナがPKソロだと思っていたのだが。

やってきたエスクラドスは倒れたハンナには目もくれずに緑のローブの剣士を追いかけている。

この様子だと、ソイツこそが真犯人だったようだ。

「くそっ、まだ別口がいたのか。戦闘開始！　ハンナじゃなくて、緑の剣士だ！」

俺は人違いを察して、指示を出す。

「フフ、ここにも美味しそうな子豚ちゃん達がいたのね。しかも美人揃い。ああ、私はなんてラッキーなのかしら！」

真犯人の吸血鬼が高揚した声で言い放つ。

「でも、そこのまずそうな男がいなかったら完璧だったのに。邪魔よハゲ」

嫌悪した表情で俺を見やがって。

「うるせえ。俺はハゲてねえ！　【シャイン・フラッシュ！】」

俺が両手の指を頭に当てて聖属性魔法スキルを使ったが、くそ、これも何か嫌なスキルだな。

とにかく俺はハゲてない。額が若い頃よりほんの少し広くなって、髪もボリュームが欠けてきたが、それだけだ。

頭頂部は完璧に無事なのだ。

「きゃあああ！　くっ、何なのこの光、これはまるで、まるで、地上の、あああ！　焼けるぅ！」

レベル5のMAXだからな。日光レベルの効き目のようだ。

吸血鬼女は皮膚から煙を上げ、悲鳴を上げると慌ててローブで身を隠そうとした。

「取った！」

顔を隠して視界が遮られたところに、イオーネの一撃が綺麗に決まった。

「ぐっ！　取れてなぁあああい！」

「きゃっ」

吸血鬼女は脇腹を斬られていたが、力任せに反撃し、イオーネにダメージを返してきた。

やはりこの階層でAランクをソロで襲う化け物、一筋縄ではいかないか。

「次はオレ様の番だぜ！」

良いタイミングでジュウガが次の一撃を入れた。相手の追い打ちを防ぎ、攻撃にもなっている。

いいぞ。

「ひ弱な人間の分際で！」

「うおっ!?」

ジュウガはツーハンデッドソードで相手の攻撃を上手く受け止めたはずだが、そのまま後ろに吹っ飛ばされた。

なんて力だ。

「下手に受けるな！　相手の力は人間のレベルじゃないぞ」

俺は指示を出す。

分かってはいたことなのだが、見た目が人間だと、どうしても無意識に筋力の程度を決めつけてしまうようだ。

「このっ！　くっ、速い！」

星里奈が斬りつけたが、避けられてしまった。

「邪魔だ、クズ共！　オレ様の邪魔をするなら、お前らから先に片付けてやる！」

追いかけてきたエスクラドスも乱入してきたが、協調して戦おうというつもりはゼロのようだ。面倒だな。

いっそのことエスクラドスもサクッと片付けてやろうかと思ったのだが、しかし相手はAランクである。吸血鬼と一緒に敵に回してはこちらも損害が大きくなるし、死人も出そうだ。

「前衛、下がれ！」

パーティーを預かる身なので、俺は感情より判断を優先させて指示を出す。

「アニキ！　今のはどう見てもオレ達の獲物だべ？」

「いいから譲ってやれ、ジュウガ。その代わり、さっさと片付けろよ、エスクラドス」

「誰に口を利いている。【ダーク・カタストロフ！】」

エスクラドスの黒い刃の剣から、さらに黒い光がほとばしり、吸血鬼女を袈裟懸けに切り裂いた。

「ぎゃあああああ！」

「フン、他愛もない」

エスクラドスが床に倒れた吸血鬼女を見ずに鞘に剣を収めてしまったが。

「まだだ！　エスクラドス！」

奴はまだ動いていた。

「なに？　ぐっ！」

エスクラドスの腹に、下から突き上げたレイピアが突き刺さる。

「あーはははは！　油断したねえ、人間。私達がアンデッドだって事、忘れたのかしら？」

「くそっ、たとえアンデッドであろうとも、肉体ごと消し去れば同じ事！　【ダーク・カタストロフ！】」

「ちぃいぃっ！」

片腕ごと消し去ったが、またしても吸血鬼女は致命傷を免れた。

何やってんの、エスクラドス。

威力はあるが、いまいち範囲が狭いな、あの技。

「さあ、次はあなた達とも遊んであげないとね。ふふっ、ふふふふ！」

「行ったぞ、星里奈」

「任せて。【スターライトアタック！】」

よし、当てた。

「ぎゃっ！　だが、これしきの傷、んんんっ？」

右手首に傷を負った吸血鬼女が腕を押さえて変な顔をする。

さて、聖属性の一撃必殺スキルはコイツに通用するか？

「ああぁっ、そんな、広がる、いや、これは崩壊!?　くっ！」

ほう。奴め、傷が広がりかけたところで、自分で自分の手首を食いちぎって捨てやがった。

スターライトアタックの必殺効果が、捨てられた手首を消し去ったところで止まる。

馬鹿っぽい巨乳のくせに頭の回転も速いな。

だが、これで奴は両手を失った。

もう双剣が使えない。

「逃がすな！　イオーネ、星里奈、後ろの扉を固めろ」

「「了解！」」

この小部屋の出入り口は前と後ろの二つだけ。

これで追い詰めたな。

後は時間の問題だ。

「馬鹿め！」

吸血女が跳んだ。

「んんっ!?」

「危ない、ご主人様！」

「馬鹿っ、よせ、ミーナ！」

跳んで噛みついてきた吸血鬼から俺を庇おうと思ったか、ミーナが間に入る。

俺には耐性があるから少々噛まれたくらいでは問題がないのだが。先に言っておけば良かったな、くそっ。

「あうっ」

チッ、噛まれたか。

「私が相手をするわ。他は下がって」

倒れていたハンナだが、生きていたようだ。いや、コイツも吸血鬼、アンデッドだったな。

ハンナに相手をしてもらった方が安全か。


「うるさい！　オレ様の邪魔をするな！」

「ええっ!?　ちょっと、くっ！」

激高したエスクラドスはお構いなしにハンナに襲いかかってるし。相手が違うだろうが！

「あははは、いいよいいよ、隙有り！」

後ろを取った吸血鬼がエスクラドスの足に噛みついた。

コイツ、もう勝利や逃走は諦めて、捨て身の感染を狙ってるな？

「吸血鬼化を狙ってるぞ！　俺とハンナで相手をする。他は下がってろ」

「「了解！」」

他のメンバーを下がらせ、逆に俺が前に出た。

「ほら、アンタも今日から吸血鬼だよ！」

吸血鬼女が俺の腕に噛みつく。

「どうした、ほれ、もっと吸ってみろ」

だが、俺は腕に噛みついた吸血鬼女に平然と言い放つ。

「くっ、なんなのこの活きの良い美味しさ。こんなの初めて！　しかもジューシーでボリューミーで……！」

「良かったな。じゃあ、死ね」

　俺は吸血鬼女の心臓に剣を深々と突き立てた。

　さらに。

「ハンナ、ルカの後ろに隠れてろ」

　毛布をアイテムストレージから出してハンナに渡してやる。

「分かったわ」

　ハンナもそれだけで俺が何をするか分かったようで、賢いな。

「終わりだ。シャイーン・フラッシュ！」

【超高速舌使い】での連続魔法、重ねがけ。スキル高速化も使っているから、さらに速い。一秒間に十回は光っている。

　そして、まばゆいストロボの光が消えたとき、吸血鬼女も跡形も無く消えていた。

　終わったな。

「さて、片は付いた。これで別に文句はないだろ、エスクラドス」

　俺は面倒な奴とネゴシエイトするつもりで振り向くが。

「あれ？」

　そこには漆黒の剣と漆黒の鎧だけが落ちており、奴の姿が無い。

「おい、エスクラドスはどこ行った？」

「ええと……」

「ボス！　どこですか、ボス！」

　エスクラドスのパーティーも困惑して周囲を探す。

「ねえ、私がここの扉を守ってたし、たぶん、なんだけど……」

星里奈が遠慮がちに言う。

「なんだ？　構わん、言ってみろ」

「うん。エスクラドスも吸血鬼にさっき噛まれてたでしょ？」

「あ、そうだな」

ということは、吸血鬼化したエスクラドスごと消したってことか？

オゥ……ＰＫしちゃったか。ま、いいや。奴が吸血鬼となって襲いかかってきた、そーゆーことにしておこう。

「ボスが消えた……」

エスクラドスの奴隷達がお互いの顔を見合わせ、そして俺を見る。

「あー、アレだ、一応言っておくが、わざとじゃないぞ？」

俺は片手を上げて落ち着かせようとする。

実力はエスクラドスよりは劣るだろうが、それでもＡランクパーティーメンバーだからな。

ここで彼らと戦闘となると、厳しい戦いとなるだろう。

「「「ありがとうございましたッ！」」」

しかし、一斉に頭を下げた奴隷達。

「うん？　そうか」

エスクラドスも手下をこき使ってよほど恨みを買っていたのか、まあ、これで彼らも上手く口裏を合わせてくれるだろう。

「ちょっと！　ミーナもさっき噛まれてたわよね!?」

だが、星里奈が鋭い声をあげた。

第七話　ミーナ

襲いかかってきたＰＫソロ、吸血鬼女を倒したまでは良かったが。

吸血鬼に噛まれて吸血鬼化した冒険者まで消し

てしまった。

しかも、ミーナも噛まれていた。

俺は一気に血の気が引いて周りを見る。

「ミーナッ！」

いない。そんな――。

「は、はい、ご主人様、ここです」

いや、毛布をはぐってミーナが出てきた。ハンナが一緒に匿ってくれていたらしい。

本当に有能な奴だ。

「良かった……！」

「ひゃっ」

彼女を強く抱きしめた。

ミーナは俺の最初の仲間であり、初めての女だ。最愛の恋人だ。かけがえのない存在なのだと気づかされた。

「なんだか妬けるわね」

「そうですね」

「なあに、アレック、そんなにミーナが大事だったんだ」

「当たり前だろ。もちろん、お前らも同じくらい大事だぞ」

真顔で言ってやる。

「ちょ、ちょっと……」

「うわ、そう言うこと、言うんだ」

照れた女性陣もなかなか可愛げがあってよろしい。

「さて、キャンプを張るぞ」

後始末だ。

エスクラドスの遺品はそのまま彼らのパーティーに渡してやった。

俺が奴の装備を持ってたり売りに出したら他のパーティーの連中に何を思われるか、分からないからな。

もちろん、親友エスクラドスは凶悪なＰＫソロ吸血鬼に襲われ、俺を庇って非業の死を遂げたと、きっちり口裏は合わせておいた。

死人に口なしだ。

あの吸血鬼女は何のドロップも落とさなかった。

元々は人間だったのだろう。

彼女の装備も半壊していて使えそうに無かったが、ここはスキルコピー大先生に期待だ。


と、その前に。

「ミーナ、ステータスの確認だ」

「はい」

〈名前〉ミーナ　〈レベル〉35
〈クラス〉水鳥剣士／くノ一　〈種族〉犬耳族
〈性別〉女　〈年齢〉18
〈HP〉753／753　〈状態〉吸血鬼
【解説】
バーニア出身の犬耳族の少女。
性格は忠実で働き者だが、ノンアクティブ。
クラン『風の黒猫』に所属。
アレックの奴隷。

HPは満タンだが、やはり状態が『吸血鬼』になっているな。最大HPも以前の倍近くに増えている。

問題は、これがスキルによるものかどうかと、そのスキルがレアかどうかだ。

もし、ノーマルスキルの【吸血鬼】であれば、【パーティースキルのリセット】で消すことが可能だ。


俺はその可能性に期待してスキル欄を見たが――

【吸血鬼☆　レベル3】New!

そう簡単にはいかないか。

「レアスキルみたいね……」

星里奈も残念そうに言う。

「あ、あの、ご主人様」

ミーナが変な汗を掻いて怯えた目で俺を見る。

「馬鹿。お前がどんな状況になろうと捨てないから安心しろ」

俺は彼女を抱きしめて頭を撫でてやった。

「ご主人様……うう、ありがとうございます」

「でもさー、不死化したのはいいとして、日光対策はどうすんの？」

レティが遠慮無しに聞いてくる。ま、大事なことだな。

「スキルで対応できるなら、それでいく」

服や帽子やマスクでは、それが外れたときに危険だ。

ハンナはそういうリスクも嫌って地下に潜ったままのようだが、これもキツいだろう。

「ミーナ、何か思い浮かぶスキルはあるか？」

これは個人によって候補に出てくるスキルが違うので、本人に任せるしかない。

ありふれたスキルならともかく、日光耐性とか、レアっぽいからな……。

「【日焼け止め】【聖属性耐性】がありました」

「よし、取れ。ポイントはくれてやる」

「ありがとうございます。でも、【日焼け止め】だけなら私のポイントでも」

「いいから取れるのは全部取って最高レベルにしておけ。命令だ」

ここで出し惜しみして後でミーナが消えたら後悔どころでは済まない。

「分かりました、ご主人様。必ず、後でお返しします」

「気にするな、ミーナ。ハンナ、お前にもポイントをくれてやろう」

「ポイントというのはスキルポイントの事な

の？」

「そうだ。まずは1万。良さそうなスキルがあれば言え」

「これは……ど、どうやってこんなに」

さすがにコピーやリセット還元を知らないと驚くか。

「俺のスキルだ」

「そうですか。恩に着ます」

「気にするな。ベッドを共にしてくれればタダで良いぞ」

「いえ、それも悪いのでお金でお願いしますね」

ニッコリ笑顔で言うハンナだが。

チッ、やっぱりリーダーを張ってただけあってしっかりしてる奴だ。

「じゃ、一度地上に戻るぞ」

ハンナに抱きついて泣いているルカも積もる話があるだろうし、それに、取得したスキルで日光を浴びても大丈夫か、まずは確認しないといけない。


第四層のログハウスで一泊して、翌日に第一層へ辿り着いた。時計のスキルでは朝の九時、ちょうど日が当たる時間帯になっている。

「じゃ、少し日に当たって平気かどうかを確かめろ。問題があれば星里奈、イオーネ、毛布をすぐにかけろよ」

「分かってるわ」「はい」

第一層の入り口階段の側にミーナとハンナがおっかなびっくりという感じで歩いて近づく。

城の雰囲気を漂わせた荘厳な場所――そこに差し込む日光は冒険者にとって地上の希望、神々しさ、暖かみそのものだ。

そっとミーナが運命の光に手を伸ばした。


緊張の一瞬。

これまで彼女はいつも俺の側にいた。こちらが何も言わずとも、あれこれと進んで身の回りの世話をしてくれた。

朝に顔を拭くための水桶と布の用意をしたり、部屋の水差しや花瓶の入れ替え、掃除と洗濯、装備や着替えの手伝い、耳かきと爪切りも。ベッドメイキング、それから食後のお茶を入れてくれたり、一緒にチェスをやったり、しりとりをやったり、ほんの些細なことで二人でふふっと笑い合うひととき——

いつの間にかそれが当たり前になっていた。そんな二人の時間を失いたくないと切に願う。何より、彼女に寂しい思いはさせたくない。

頼む、眼鏡女神、そしてこの世界の神々よ——どうか。俺は拳を握りしめ、力の限りに祈った。

そのままミーナの手は陽光に触れる。

「……どうだ？」

「今のところ、平気です」

「私も大丈夫みたい」

「ひりひりしたり、痛みは無いんだな？」

「ありません」

「無いわ」

「じゃ、もうちょっと当たってみろ。星里奈、油断はするなよ」

「分かってるわ」

今度はミーナが体を陽光の下に晒す。

目を閉じてシャワーを浴びるかのように両手を広げる。


……何も起きない。


「ご主人様、大丈夫みたいです！」

ミーナが目を輝かせ弾んだ声で言う。

「ああ。よし！」

俺も心底ほっとした。

「アレック、なんてお礼を言ったら良いか……」

ハンナも同じ気持ちなのか、自分の胸に手を当て、安らぎの表情で言う。

「気にするな。ベッドを共にしてくれたらそれで充分だ」

俺はクールに言ってやった。

「お金で返させてもらいますね」

やはり、ニッコリと微笑んで悪びれずに言うハンナ。

隙の無い女だ。

ま、焦らず行こう。チャンスは必ずあるはずだ。まだ出会ったばかりの初対面だしな。

その日は風呂に入ってのんびりしたが、翌日、王城から呼び出しが来た。

「くそ、あの国王、やたら勘がいいな」

例の殺風景な応接間に行くと、勝ち誇ったように笑みを浮かべている国王がいた。またしても一人だ。

「アレック、やはりできたではないか」

「たまたま上手く行っただけです。それに、結構、危なかったですよ。Aランクパーティーのエスクラドスも命を落としました」

「うむ、彼のことは残念だった。嚙まれてしまったそうだな」

「ええ」

なるほど、エスクラドスの奴隷から話を聞いたか。

「彼とは一度手合わせしてみたいと思っていたが、とうとう機会が無かった。オレの見立てでは闘技場でも優勝できるほどの腕前だと思っていたが……やはりあのダンジョンは侮れぬ。吸血鬼とは」

「ええ……」

神妙な顔でうなずくが、この話には深入りしたくない。ハンナとミーナが吸血鬼化してしまっているので、もし国王が『すべての吸血鬼を退治すべきだ』と言い出すと厄介なことになる。

「ま、これで危険なPKも減ることだろう。良くやってくれた。褒美をやろう」

それを知ってか知らずか、ニカッと笑った国王から五十万ゴールドを受け取った。国王はやっぱり羽振りが良いな。

「言っておくが、ゼノンに渋い顔をされてようやく調達した金だ。オレも金欠になったから、しばらくはクエストは無いと思って良いぞ」

当分、国王クエストは無しか。

「それは朗報です」

「こいつめ」

国王が握り拳を作ったが、そのポーズだけだ。

「では、アレック、お前の幸運を祈っておこう。お前なら……いや、何でもない」

国王は何か言いかけたが、俺達が『帰らずの迷宮』全階層クリアできるという話だったかな。しかし、あまり意識しすぎても足を掬われかねない。

ダンジョンはこれからもいつも通りのスタンスでいく。

ダンジョンもまた、いつも通りに俺達を出迎えるだろう。

俺はうなずいて一礼し、城をあとにした。

❦エピローグ　観戦

俺の部屋のベッドで、ルカが顔を赤らめ、服を脱いでいく。

これからセクロスだ。

なんと言っても、ルカの親友でありパーティーリーダーだったハンナを助けてやったのだ。

当然、俺への感謝の気持ちを体で示してもらわないとな。

「アレック、お願いなんだけどさ」

「ああ、言ってみろ」

「ハンナは男と付き合うような奴じゃないから、

あまり無理に言い寄るのはやめて欲しい。その代わりと言ったら怒られるかもしれないけど、アタシが体を張って何でもするから」

ルカが肩をすくめながら健気な申し出をしてくれた。健康的な小麦色の乳房がそれに合わせて少し揺れる。

「良い心がけだ。約束しよう。無理に言い寄ることはしないぞ」

もちろん、じっくりねっとり言い寄って後で必ずヤるつもりだが。

「ありがとう！　あと、ハンナも『風の黒猫』に入ってもいいって言ってたから、ハンナも入れてやって欲しいんだ」

「それはお安いご用だ。こっちもハンナなら大歓迎だぞ」

もちろん、入れてやるとも。色んな意味で。

「ありがとう。本当に……。アレック……」

ルカが俺を見つめ、しみじみと感激しているようでこちらも気分が良い。

「あ、じゃあ、えっと、今日は何かアタシがしようか？」

「いや、ルカ、お前は何もしなくて良いぞ。ただし、今日はハンナのお願いもあって、お前がどんなプレイをしているか、観戦してもらうことになっている」

「は？」

意味が分からなかったようで、ルカが呆けた顔で目をぱちくりさせた。

「ハンナ、もういいぞ」

俺が後ろを向いて言うと、ハンナが隠れていたクローゼットの中から出てきた。

「ええと、私、できれば知らせないでこっそり覗きたかったんだけど……」

「なっ、なっ！」

ルカが顔を真っ赤にしてあたふたしているが、ふふ、いい顔だ。

「それだとよく見えないだろう。ルカが無理矢理やらされてないか、しっかり見ておいてくれ」

「分かったわ。悪いわね、ルカ」

「えええええ？」

「じゃ、やるぞ、ルカ」

「ま、待って、ちょっ、ダメだって、ハンナが」

もうすっかりセクロスに慣れているはずのルカだが、ハンナに見られるというのは彼女にとっては受け入れがたいようだ。

「いいからヤるぞ」

ルカをここでぐちょぐちょにしてやれば、ハンナも「私も、欲しくなっちゃった……」などという展開があるかもしれない。

俺はルカの後ろに回り、服を脱がせに掛かる。

【脱がす　レベル5】のスキルも取得しているので抵抗されようが楽勝だ。

「ああっ、ちょっ、やめっ、あんっ」

腕組みしてポーカーフェイスで余裕を見せているハンナに、こちらも見せつけるようにルカの胸を揉む。乳首をつまんでこりこりしてやる。

「んんっ、ああんっ！　それ、だめぇっ、いいのぉっ！」

すっかり調教済みのルカは、ハンナに見られているにもかかわらず、甘い悲鳴を上げて敏感に反応した。俺はニヤリと笑うと、ルカの足をそちらに向けてM字開脚させてやり、背後から秘所をいじってやった。

「んあっ！　くうっ、ああっ、み、見ないで、ハンナ、ダメェ……！」

結構な力で暴れるルカだが、こちらも力で押さえ込み、執拗に秘所をいじっていく。ビクビクと痙攣したルカはすぐに力が抜けたようで、びしょびしょだな。

「よし、もうできあがったぞ。これで一分だ」

ハンナは軽く肩をすくめただけ。

そのまま俺はルカに後ろから挿入し、前後に動

き始める。

「んっはっ、はっ、はぁんっ、こんな、くうっ、見られてるのに、ああっ！」

ルカも自分の新たな一面に気付いて興奮しているようだ。だらしなく口をあけ、上と下の口からよだれを垂らして、自分から腰を動かしている。

「ルカ、俺は今までお前に無理矢理したことは無いよな？」

ハンナが確認したいであろうことを聞いてやる。

「な、無いよ。誘われて、アタシもちょっとしてみたかったから、んんっ、あんっ！」

鍛えてある腹筋をビクビクと震わせるルカ。

「ルカは剣の腕もいいからな。別にこうしなくても俺のパーティーではレギュラーだ。だが、まあ、こいつもシたがっているしな」

「う、うん、もっと突いてぇ！　アレック、くう、もう、イキそう」

ハンナに見られていながら、ルカは自分から要求してきた。

「いいだろう。ほれ、イけ」

「あああっ！　イクぅ！」

いつもより速く、あっという間にルカはイってしまった。

「さあ、どうだ？」

俺は観戦しているハンナを見る。

「ええ、特に問題は無さそうね。ありがとう、アレック」

「あ、おい」

行ってしまった。くそ、もっとじっくりプレイすべきだったか。まあいい。また次も「観戦」に誘ってみるとするか。

俺は新たな見せっこプランを考えることにした。

次巻予告　第十三章（裏）ルート　リーダーは譲らない

✧プロローグ　前衛が余ってる？

『帰らずの迷宮』第八層――

不気味な灰紫色に彩られた石壁は、光の加減によって血の色のようにも見える。

進むと通路が複雑に折れ曲がり、あちこちに枝分かれして、冒険者の行く手を阻んでいた。静けさに包まれたダンジョンは、足を踏み入れる者に無言の圧力をかけているかのようだった。

その先頭を歩くミーナが立ち止まる。

「ご主人様、この先にデーモンの臭いがします。数は三体」

「よし、気付かれないように近づいて、先手を取るぞ」

俺は小声で、作戦を仲間に伝えた。

パーティーの面々は無言でうなずくと、剣を抜いて奇襲に備える。

と、金髪のレイピア使いが一人で前に出ていこうとした。

「ハンナ、前に出すぎだ」

「いいえ、三体なら私一人でやってみせるわ。前衛としての実力も見てもらいたいし」

「無茶だよ、ハンナ。焦らなくたってこのパーティーはちゃんと実力を見てくれるから」

ルカが止めた。しかし、ハンナも考えあってのことだろう。彼女は吸血鬼化もしており、少々の深手を負っても死んだりはすまい。

「いいぞ、なら見せてもらおう」

「ええ、任せて」

さらに前に進むハンナ。通路の角を曲がると――コウモリのように天井にぶら下がっていた悪魔（デーモン）が一斉に襲いかかってきた。

「「「SHA――――！」」」

「【独楽（こま）の舞】」

ハンナがバレリーナのようにくるくると回転しながら、優雅にデーモンの間をすり抜ける。

「ハッハー！　避けるだけじゃ、オレ達には勝てないぜ、嬢ちゃん」

「あら、そうかしら。攻撃されたのも気付かないようでは、私には勝てないわね」

立ち止まった彼女が涼しげに言う。

「なにっ⁉」

デーモンが自分の体を見て、胸にZの赤い文字が刻まれていることに気付く。すでに致命傷だったようで、そのデーモンは次の言葉を発す前に煙と化していた。

「こ、このアマ、いつの間に！　こうなったら挟み撃ちだ！」

「応よ！　死ね、ニンゲン！　ヒャッハー！」

左右から残りの二体が駆け込んで来る。慌てずにハンナは両手を広げ、二本のレイピアをそれぞれ正確に突き通し、二体の敵を同時に葬った。

「クリア」

「やった！　凄いよ、ハンナ！」

ルカがガッツポーズで喜んだが、確かにやるな。名の知られた『白銀のサソリ』でリーダーを務めた女だけのことはある。

「お見事です。剣先が速くて私の目にも追い切れませんでした」

イオーネが感心した声で言う。俺には剣のきらめきしか見えなかった。大したスピードだ。

「私なんて一撃当てたようにしか見えなかったわ。三回も当ててるだなんて」

星里奈も肩をすくめて笑う。強い仲間が加わったことを素直に喜んでいるようだ。

「そんなに強く斬ったようには見えなかったぜ？」

ジュウガも首をひねるが、パワーよりスピード型の剣士といったところだろうな。

「で、ハンナは前衛と後衛、どっちがええん？」

早希が希望のポジションを聞いた。

「私はどちらでも構わないわ。でも、このパーティーは、ルカ、ミーナ、星里奈、イオーネ、ジュウガと、五人も前衛がいるから、私は後衛に就いたほうが良さそうね」

「そうだな」「ええ」

ハンナが加わる前から、前衛は二列になることが多かった。通路の幅がそれなりにある広めのダンジョンとは言え、剣も振り回すのだから、横一列に何人も並ぶわけにもいかないのだ。相手のモンスターの数によっては何もしないまま戦闘が終わっていたりもする。

次の仲間は弓矢使いにでもするかな、と俺が考えていると、リリィが言う。

「ねえねえアレック、こんなにメンバーがいるなら、私は宿で遊んでてもいいよね？」

確かにメンバーは余っている感じだが、リリィを外すわけにはいかない。灯り持ちが一人は欲しいし、そうなるとどうしても接近戦用の武器は同時には持たせづらいから、リリィが最適なのだ。

「まあ、そう焦るな」

「エー。アレックっていっつもそれだよね！　今日はちゃんと決めてもらうんだから」

「分かった分かった。ほれ、飴をくれてやるぞ、リリィ」

「わーい。んまー」

喜んで飴を口に放り込んでにこにこ幸せそうに頬張るリリィを横目に、星里奈が言った。

「アレック、真面目な話だけど、そろそろ、一軍のメンバーを入れ替えてもいいんじゃない？」

「ふむ」

戦闘の配置を考えれば、星里奈の意見ももっともなのだが……。

「ご、ご主人様、索敵役は必要ですよね！」

ミーナが一軍を外されるのではないかと心配したか、焦り顔で駆け寄ってくる。

「もちろんだ。お前を外すことはないから、安心しろ、ミーナ」

索敵を抜きにしても、最も忠実で信頼できる彼女を外すつもりはない。

「まあ、天才魔導師の私も固定メンバーとしても、やっぱり前衛が余り気味なのよね」

とんがり帽子をいじりながらレティが言う。ま、その通りだ。天才かどうかはこの際置いておくが。

「アニキ、オレもきっちり動けてるだろ？」

ジュウガが自信ありげにニカッと笑う。確かに義足でも問題の無い動きだ。ただ、一軍ならやはり最強メンバーで固めておきたいところでもある。

「私は二軍でも構いませんけど……向こうも指南役がいたほうがいいかもしれませんし」

イオーネが控えめに言うが、二軍のリーダーを任せるのもありだ。ただ、イオーネはこのパーティーでは最強の剣士だからやはり外せないな。

「ううん、誰を外したら良いのかしら。結構、難しいわね……」

「せやなぁ。実力もレベルもそんなに変わらん気がするしなぁ」

星里奈と早希が腕組みして考え込むが、そうだな、すぐに決まりそうにないか。

「よし、この件は一度地上に戻って考えるぞ。ここはダンジョンだからな。気を抜くな」

「「了解！」」

俺達は一軍のメンバーを決めるため、一度地上に戻ることにした。

ま、誰が一軍になろうと、宿で二軍とはいつも顔を合わせるのだ。ベッドのようにメンバーをローテーションしたっていい。

　メンバー同士の仲も良いのだから、どのような結果であれ、それほど揉めたりはしないだろう。

俺にはそんな確信があった。

　それよりも——俺は後ろを振り向く。

　ここは第八層だ。モンスターも上の階層よりは強くなっているが、俺達は戦えている。広大な迷宮もマップの大半が埋まり、探索も終わりかけていた。

　だがしかし。その先の第九層へは、他のAランク冒険者も誰一人として到達できていないのだ。

かつて五百年前にグランソード王国の初代国王がたどり着いたという伝説が残されているだけである。セーラなどはもうこのダンジョンで何年も挑んでいると話していた。


　これはどういうわけだ？

　第八層のボスがよほど強いのか？

　それとも、やはり第九層への階段など最初から存在しないのか——。

「アレック、どうかした？」

　星里奈の声に俺は思考を中断する。

「いや、なんでもない」

　この先に何が待ち受けようとも、今の俺なら、いや俺達ならやれるはずだ。

　やってやろうじゃないか。

　俺は決意を新たに通路を踏みしめると、迷宮をあとにした。


——第4巻・完——

Now Loading……
第五巻　第十三章（裏）ルート　リーダーは譲らない　第一話　メンバー会議

Record of
Erotic
Warrior

Extra

書き下ろし短編1　ミーナの山ごもり忍者修行

大切なご主人様を守りたい。

最近、そう思うようになりました。

王様に剣を突きつけられて脅されたり、ダンジョンでも危険な目に遭ったりしています。何より、犬耳族の私が宿に侵入していた忍者の匂いを発見できなかった事、それが悔やまれてなりません。ご主人様から索敵役を任されていたというのに、任務失敗です。

でも、そんな私をご主人様はぶったり叱ったりもしません。それどころか「気にするな」と渋みのある声で気遣ってくれるのです。ご主人様は少しだけ不器用な感じで、ときどき星里奈さんに酷い事をしたりしていますが、病気の私を買い取って治療までしてくれたのですから、根は優しい人なのです。周りからはちょっと誤解されやすいだけなのです。

そんな優しいご主人様に私が何かしてあげられる事はないかと考えるのですが、良い考えが浮かびません。お掃除や身の回りのお世話は奴隷としては普通の事なので、もっと違う事がいいのです。

「困りました……ふぅ」

お部屋の水差しを交換しようと井戸の水を汲み上げながら、私はあれこれと考えます。

「おはよう、ミーナ。今日も早いのね」

「あ、おはようございます、星里奈さん」

「さっき、ため息をついてたみたいだけど、何か悩み事があるなら私が相談に乗るわよ。アレックにベッドで酷い事をされてるんでしょう」

「い、いえ、そっちは別に……」

ベッドの上では特に、そのぅ……優しくしてもらっているので、星里奈さんには言いにくいです。

「そう？　本当に？」

「ええ、それより、戦闘で何か役に立てないかと思って。星里奈さんは凄いスキルがありますよね」

「ああ、【スターライトアタック】ね。んー、確かに一撃必殺だけど、これって結構使いにくいのよね」

星里奈さんがそう言うと微妙な苦笑を見せながら肩をすくめます。

「そうですか。まあ、人に対して使うのは難しいですよね」

「そうなのよ。それにミーナも前衛として頑張ってるじゃない。索敵もすぐに敵を見つけてくれるから私達は大助かりよ？」

「いえ、そんな。でも、もっと強くなるにはどうしたらいいでしょう？」

「うーん、レベル上げや剣術の朝稽古で良いと思うんだけど」

ですが、それではご主人様を守れるほどにはなりません。何と言っても、ご主人様のほうが私よりずっとお強いですから。異世界の勇者なのです。

「あ、そうそう、酒場で耳にしたけど、強くなるにはクラスチェンジって方法もあるみたいよ。なんでも上位クラスに転職すると、レベルが上がったときの能力値も上がりやすくなるんですって」

そんなことを星里奈さんが教えてくれました。

「へぇ、上位クラスですか。あっ、そういえば佐助さんが忍者でしたね」

リリィちゃんのお付きの人達に、珍しいクラスの人がいました。忍者というのはあまり見かけません。

「そうだったわね。んー、あれって上位なのかしら？　まあ、私達が侵入に気づけなかったくらいだから、強いとは思うんだけど」

「ええ、強いですよ。私、決めました。もう一度、佐助さんに技とクラスを教えてもらえるよう掛け合ってみます」

一度、技を教えてくれと頼んだことはあるのですが、ダメでござるとあっさり断られてしまっています。

「ええ？　あの忍者、親切そうには見えなかったし、一度断られたなら難しいと思うけど……」

「大丈夫です。今、秘策を思いつきました」

リリィちゃんのお付きの人なら、リリィちゃんに頼めばなんとかなるでしょう。

「いいよー」

部屋に行き、おまんじゅうをリリィちゃんに渡して佐助さんに頼んでもらう事にします。とても簡単な事でした。

「しかし、姫様、ヴァレンシア王国の隠密技は一子相伝、おいそれと他人にはお教えできませんぞ」

老執事のセバスさんが難しい顔をしています。

「いいの！　決めたし、そーゆー難しい技じゃなくて、フツーの忍者の技でいいでしょ」

「なるほど。一般的な初歩ならば、問題ありませんな。聞いたか、佐助」

「承知」

うわ、また天井にいたなんて、全然気がつきませんでした……。

「だが、娘よ、忍びの修行は厳しいでござるぞ？　付いてこられるか？」

「やります！」

「フッ、いい目をしている。良いだろう。では今から山に行くでござる」

「はい！」

今日はちょうど冒険がお休みの日で絶好の修行日よりです。

「ではこれより忍びの修行を始める。まずは山の頂上まで登ってこい。なるべく速くだ。それがしは先に上で待っているでござる」

「はい」

今日はなぜか鼻の長いお面をつけている佐助さんですが、これも忍びの習わしなのでしょう。気にしないでおきます。

シュンシュンと残像を木と木の間に滲ませて、あっという間に佐助さんは消えてしまいました。

忍者、凄いです。

でも、走る事なら犬耳族だって負けていませんよ。長距離走は得意です。

「あっ！」

目の前に大きな丸太が転がってきたので、私は慌ててジャンプします。

「ふう、危なかった。でも、なんであんなものが……ハッ」

そうか、これも修行なのですね。きっと佐助さんが用意してくれているのでしょう。

なら、頑張らなくては。ご主人様のために。

転がってくる丸太を飛び越え、横から飛んでくる丸太も躱し、私はなんとか山頂に辿り着きました。

「はあっ、はあっ、はあっ、くっ」

い、息が……苦しいです。

「どうしたでござる。こんなことでへこたれていては忍びにはなれぬでござるよ」

「わ、分かっています」

「では、次の修行に移る。まずはその小屋に入るでござる」

「はい」

小屋に佐助さんと二人で入り、向かい合って座ります。これからいったい、何をするのでしょうか？

佐助さんは相変わらず鼻の長いお面をつけています。

ハッ、もしや、この鼻の長いお面で……イヤらしいことをされてしまうのでしょうか!?

もしそうなら、全力でお断りです。私はご主人様の奴隷なので、他の男の人のモノにはなれません。

「では、ミーナよ、始めるでござるよ」

「は、はい……ゴクリ」

「これから拙者が質問するので、即座に答えるでござる。モンスターや対人戦闘において、一瞬の迷いが命取りでござるからな」

「なるほど、確かに」

「では、そもさん！」

「？」

「そこは『説破（せっぱ）』と答える習わしでござる」

「な、なるほど。説破！」

「うむ。その辺を歩いていて可愛いウサギのモンスターが出てきたでござる。どうする？」

「それは……動物かどうか観察して確かめます」

パァン！

「きゃっ」

平手打ちが飛んできました。

「判断が遅い。でも……」

「は、はい。でも……」

「ミーナ、お前は犬耳族だ。人より優れた嗅覚があるだろう。それで見極めろ」

「なるほど。分かりました」

「では、今日の修行は終わりだ。また来週、この山頂に登ってこい」

「はい」

私は明日に向けて決意を新たに、また一歩を踏み出したのでした。

書き下ろし短編2　伝説のブルマー

大勢の冒険者を魅了してやまない『帰らずの迷宮』。

俺達はその第三層で蜘蛛（くも）のモンスターと戦闘をこなしていた。

「ご主人様、右から新手が来ます」

「チッ、数が多いな。面倒だ、レティ、魔法で一掃しろ」

「分かった！　――我は贖（あがな）うなり。主従にあらざる盟約において求めん。憤怒の魔神イフリートよ、鋭き劫火で敵を滅せよ！　【フレイムスピアー!!!】」

レティの持つロッドから次々と炎の槍がほとばしると、瞬く間に蜘蛛の群れが煙と化した。

「クリアよ！」

「よし、よくやった」

「ふふん、大魔導師クラッシャー・レティ様にかかればこんなものよ」

「お、宝箱や」

「あっ、私が開ける～」

「ええ？　まあええやろ。上層ならそんなけったいな罠もないやろうし」

早希がリリィに宝箱を譲ってやり、リリィが開けた。

「ほう」

「ほえ？　なんだろ、これ。パンツ？」

リリィが両手で掲げて見せた赤い布には見覚えがあった。ちゃんと半袖の体操服上もセットで宝箱に収まっている。

「下着にしては分厚いわね」

そんな感想を言う星里奈は、おお、なんということだ、ブルマーを知らぬとは。

「それはブルマーだ。下着じゃないぞ」

俺は教えてやった。

「ブルマー？　あっ！　ちょっといかがわしいマンガや動画サイトに出てくるアレね。最っ低！」

星里奈が穢らわしいものでも見る目つきに変わったが、かつては全国の少女が学校で普通に穿いていたのだ。由緒正しき運動服であるというのに、実に嘆かわしい。

「にひっ。じゃ、コレ私がもらっていいよね？」

「やめなさい、リリィ。そんな服は持って帰らないの」

「エー？」

「星里奈、それは他のパーティーメンバーが正当に手に入れた物だ。お前にどうこうする権利はないぞ」

「ちょっと、そういうコトじゃないでしょ」

「ふん、そういうことだ」

「そーそー。ブルマー♪　ブルマー♪　やったぁ！」

素直に喜ぶリリィは微笑ましい。

「リリィ、変なコトには使っちゃダメよ」

「んー？　変なコトって何？」

「それは……変なコトよ」

「星里奈、それはお前の偏見だぞ。やましいモノに見えるのは、お前の心がやましいからだ」

「ええっ？　くっ……」

思い当たる節があったのか、星里奈が羞恥に頬を染めて悔しそうに目をそらす。

「でも、見た目、そんな変な服にも見えんけどなぁ？」

早希も知らなかったようでそんな事を言う。

「そうだ。普通の服だ。星里奈が特別にイヤらしいだけだぞ」

「ちょっと。あなたもそれが何か知ってるでしょ、アレック」

「まあな」

　本来は運動しやすさを考えて作られたはずだが、次第にデザイン性が追求され、より美しく魅せるためにぴっちりと密着した型になり、ときどきお尻が下から半分はみ出してくるのを指で直す仕草が世の男子の心を鷲掴みにした。それを殊更に地上波アニメや少年向けマンガ等々で布教しようとしたためか、世間の反発を買い、自分の好きな女子が恥ずかしそうにしながらブルマーの食い込みを生ライブで直すという最高のシチュエーションが永遠に失われてしまったのだ！　漢のロマン、死す！　愚かなる商業主義、滅せよ！

　……とはいえ、ちょっとコギャルなリリィがブルマーを気に入った様子なので、彼女が自分で望み、清い心で装着する分には好きにさせてやればいいのだ。アレはダメ、コレはダメ、などと自主性を否定するだけのやり方では人間は成長しないではないか。

　そんなこんなで無事にダンジョンから出て地上に戻ってきた俺達は、冒険の疲れを癒やすため、飯を食い、風呂に入ってしっかりと休んだ。

　翌日――

「見て見て、アレック～」

　リリィが体操服セットを着込んで俺の部屋にお披露目にやってきた。

「おお、なかなか似合うな、リリィ」

　ブルマーの中に体操服の上着の裾を入れ込んでいるのは俺的にちょっと残念なのだが、それでも紛う事なきブルマーである。しかもロリっ娘だ。

「えへへー。これ、動きやすいし、冒険にも着ていこうかなぁ」

「ふむ。いや、星里奈がうるさいから、それはやめておけ」

「ええ？　残念、まあいっか」

リリィは自分のお尻を見たあと、ズレが気になったようでブルマーの食い込みを指で直した。

ぷるっとした半ケツがわずかに揺れ動く様は、実に良い。裸よりエロい。

「リリィ、今度は上着の裾を出してみろ。別スタイルだ」

「へぇ。こう？」

リリィが両手でむんずと上着の裾を掴んで引っ張り出す。チラリと見えた小さなヘソがこれまた可愛い。

「そうだ」

手を放すとブルマーが上着に隠れ、見える範囲が大幅に狭まり、傍目（はため）には赤いパンティーを穿いているように見える。

ズボンを穿いてない女子。

それだけで俺の肉体に滾（たぎ）るものがあった。

「じゃ、リリィ、ヤるぞ」

「いいよ。えへへ」

「お前はまだ脱ぐなよ」

「うん」

俺だけが服を脱ぎ、ベッドに上がる。リリィを後ろから抱き寄せ、体操服の着衣の上から未熟な二つの膨らみを撫でていく。

「んふっ、きゃうっ、くすぐったいぃ！　あはっ！」

無邪気に笑って暴れるリリィ。

「ほら、大人しくしろ」

俺は両手でリリィのちっぱいの形を確かめつつ、彼女の肋骨の上をなぞるように指を這わせた。小さな耳たぶも舐めてやる。

「ンンッ！」

ビクッと震えたリリィはそれが気持ちが良かった様子で、大人びた女の表情を見せると、自分から唇を求めてきた。こちらもキスに応じてやりながら、少しぽっこりしたお腹を撫でてやる。

「はにゃーん」

リラックスした声を出すリリィ。俺は上着の体操服を引っ張り、彼女に万歳をさせる。今度は仰向けにリリィを押し倒し、その桜色の二つのポッチを舌で転がすように責めていく。

「ああっ、んっ、やんっ、アレック、そこ、いいよぅ！」

自分から積極的に感想を言い、快楽を貪る少女。無邪気だった瞳はいつの間にか妖しく潤んでおり、蠱惑的な視線を送ってくる。

俺はついに赤いブルマーをずり下げてやり、リリィのぷっくりしたクレバスを曝け出す。桃色のその場所は雨上がりのようにしっとりと濡れている。舌を這わせてやると、リリィが切なそうに艶めかしい声をあげた。

「はぅんっ、やんっ、ああんっ、きゃうっ、ンンッ、あん♥　ダメ、アレック、もう」

そろそろ頃合いか。

だが、俺はそのまま挿入するのはやめ、その場に脱がしていた体操服の上着を拾う。

「リリィ、これを着ろ」

「エエ～？　早くぅ」

「いいから、すぐに入れてやるぞ」

「分かった」

素直に言うことを聞いたリリィが体操服を上だけ着込む。

俺は彼女を抱え上げ、手に入れていたスキルを使った。

【駅弁　レベル1】

「あはっ、やんっ、おおぅ、奥まで入って気持ちいい！」

リリィが悦びの嬌声をあげるが、レベル1だとまだ不安定だな。だがこうして立ったまま、リリィをだっこしてのプレイもなかなかだ。

そして、リリィは今、体操服を着込んでいる。

俺は目を細め、部屋の光景をわざとぼやけさせた。

リズムを取りながら、念じる。

「ここは体育倉庫準備室、ここは体育倉庫準備室……」

チョークの匂いがするマットレス、台形の跳び箱、バスケットボールがたくさん入れられたカゴ。

そんな密室で、小柄な少女を抱くのだ。

「んっ、やぁんっ！　アレックのが、アレックのが、おっきくなってきたよぅ！」

体を上下に揺すられながら、リリィが大きな声で叫ぶ。

「リリィ、そこは先生と呼んでみろ」

「う、うん、先生、あんっ♥　いい、いいよぅ、せんせー」

俺はさらに激しくリリィを突き上げ、リリィも俺を必死で抱きしめてくる。

「あっ、あっ、あっ、ダメ、クる、すっごいのが、クるよ、あああああ――――！」

ふるふると震えたリリィがついに俺の腕の中で果てる。

俺もリリィの中にたっぷりと欲望を流し込み、彼女と共にベッドに座り込んだ。

「ふぅ」

「はふぅ。この服もいいね」

「だろう？」

次はリリィに開脚や前転でもやってもらうか――そんな楽しい事を考えながら、俺達は第二ラウンドを開始した。

アレック

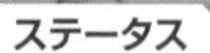

ステータス

〈レベル〉36　〈クラス〉勇者/賢者
〈種族〉ヒューマン　〈性別〉男　〈年齢〉42
〈HP〉438/438　〈MP〉305/305
〈TP〉352/352　〈状態〉通常
〈EXP〉91236　〈NEXT〉17764
〈所持金〉121000

基本能力値

〈筋力〉24　〈俊敏〉23　〈体力〉24
〈魔力〉23　〈器用〉23　〈運〉23

スキル 現在のスキルポイント:21762

（※4ページ目）
【ディテクト Lv5】【索敵範囲上昇 Lv5】【後ろに目がある Lv5】【気配察知 Lv5】【シックスセンス Lv5】【地獄耳 Lv5】【テレホンセックス Lv3】【ヒール レベル5】【生える再生 Lv5】【壁に張り付く Lv5】【天井に張り付く Lv5】【光学迷彩 Lv2】【無尽の体力 Lv5】【火炎耐性 Lv5】【グロ耐性 Lv5】【泡プレイ Lv5】【性病耐性 Lv5】【魅了耐性 Lv5】【血気盛ん Lv5】【脱がす Lv5】【追いかけ回し Lv1】【駅弁 Lv1】

パーティー共通スキル

【獲得スキルポイント上昇 Lv5】【獲得経験値上昇 Lv5】【レアアイテム確率アップ Lv5】【先制攻撃のチャンス拡大 Lv5】【バックアタック減少 Lv5】

ミーナ

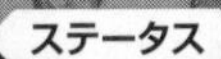

ステータス

〈レベル〉36　〈クラス〉水鳥剣士/くノ一
〈種族〉犬耳族　〈性別〉女　〈年齢〉18
〈HP〉775/775　〈MP〉82/82
〈TP〉287/287　〈状態〉吸血鬼
〈EXP〉419730　〈NEXT〉33770
〈所持金〉111100

基本能力値

〈筋力〉12+20　〈俊敏〉14　〈体力〉10
〈魔力〉2　〈器用〉7　〈運〉34

スキル 現在のスキルポイント:579

【飲み干す Lv1】【おねだり Lv1】【鋭い嗅覚☆ Lv4】【忍耐 Lv4】【時計 LvMax】【綺麗好き Lv4】【献身的 Lv3】【物静か Lv3】【度胸 Lv2】【直感 Lv3】【運動神経 Lv4】【動体視力 Lv3】【気配探知 Lv3】【アイテムストレージ Lv1】【薬草識別 Lv1】【薬草採取 Lv1】【差し入れ Lv1】【状況判断 Lv3】【素早さUP Lv3】【幸運 Lv5】【かばう Lv3】【フェラチオ Lv3】【パーティーのステータス閲覧 LvMax】【罠の嗅覚 Lv3】【毒針避け Lv3】【罠外し Lv3】【ジャンプ Lv1】【水鳥剣術 Lv5】【暗視 Lv1】【悪臭耐性 Lv1】【オートマッピング Lv1】【キュッと締める Lv1】【精神耐性 Lv1】【混乱耐性 Lv1】【手裏剣 Lv3】【忍び走り Lv1】【影縫い Lv4】【全力集中の呼吸 Lv1】【舐めて治る Lv3】【吸血鬼☆ レベル3】【日焼け止め Lv5】【聖属性耐性 Lv5】

Hステータス

〈H回数〉81　〈オナニー回数〉38　〈感度〉80　〈淫乱指数〉15
〈好きな体位〉正常位
〈プレイ内容〉女子校生プレイ、モフモフプレイ、馬乗りプレイ

星里奈

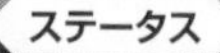

ステータス

〈レベル〉37 〈クラス〉勇者/剣士
〈種族〉ヒューマン 〈性別〉女 〈年齢〉18
〈HP〉493/493 〈MP〉276/276
〈TP〉458/458 〈状態〉通常
〈EXP〉491253 〈NEXT〉18747
〈所持金〉721500

基本能力値

〈筋力〉26 〈俊敏〉26 〈体力〉26
〈魔力〉25 〈器用〉25 〈運〉25

スキル 現在のスキルポイント:254

Caution!
スキルにより閲覧が妨害されました

Hステータス

〈H回数〉101 〈オナニー回数〉3067 〈感度〉99 〈淫乱指数〉94
〈好きな体位〉後背位
〈プレイ内容〉百合プレイ、囚人プレイ、SMプレイ、3P

リリィ

ステータス

〈レベル〉34　〈クラス〉王族/シーフ
〈種族〉ヒューマン　〈性別〉女　〈年齢〉**
〈HP〉156/156　〈MP〉65/65
〈TP〉64/64　〈状態〉通常
〈EXP〉373258　〈NEXT〉6742
〈所持金〉151500

基本能力値

〈筋力〉6　〈俊敏〉8　〈体力〉3
〈魔力〉4　〈器用〉3　〈運〉5

スキル 現在のスキルポイント:735

【高貴な血筋☆ Lv5】【ワガママ Lv3】【マナー Lv1】【ゴミ漁り Lv2】【スる Lv2】【逃げる Lv2】【スリング Lv3】【アイテムストレージ Lv1】【回避 Lv2】【ヘイト減少 Lv5】【体力上昇 Lv5】【サボる Lv3】【遊ぶ Lv3】【様子を見る Lv1】【かくれんぼ Lv5】【他人に押しつける Lv5】【オートマッピング Lv1】【女王様と呼ばせる Lv1】【顔面騎乗位 Lv1】【精神耐性 Lv1】【混乱耐性 Lv1】【ポーションばらまき Lv1】

Hステータス

〈H回数〉79　〈オナニー回数〉0　〈感度〉79　〈淫乱指数〉46
〈好きな体位〉正常位
〈プレイ内容〉女王様プレイ、小悪魔プレイ、ブルマープレイ

イオーネ

ステータス

〈レベル〉37　〈クラス〉水鳥剣士
〈種族〉ヒューマン　〈性別〉女　〈年齢〉20
〈HP〉383/383　〈MP〉109/109
〈TP〉428/428　〈状態〉通常
〈EXP〉491251　〈NEXT〉8749
〈所持金〉51550

基本能力値

〈筋力〉17　〈俊敏〉17　〈体力〉14
〈魔力〉8　〈器用〉19　〈運〉18

スキル 現在のスキルポイント:148

【角オナニー Lv4】【素早さUP Lv3】【心配り Lv4】【優しさ Lv4】【理性 Lv2】【正義の心 Lv2】【直感 Lv3】【反射神経 Lv4】【運動神経 Lv3】【気配探知 Lv3】【水鳥剣術 Lv5】【差し入れ Lv3】【見切り Lv3】【カウンター Lv3】【アイテムストレージ Lv1】【幸運 Lv5】【冒険の心得 Lv1】【女の魅力 Lv1】【心眼 Lv1】【誘惑 Lv5】【パイズリ Lv1】【パフパフ Lv1】【膝枕 Lv5】【水鳥剣奥義 スワンリーブズ Lv5】【水鳥剣奥義 鳰 Lv5】【オートマッピング Lv1】【おっぱい載せ Lv1】【精神耐性 Lv1】【混乱耐性 Lv1】【水鳥剣奥義 カッコウ落とし Lv5】【水鳥剣奥義 ハヤブサ】【水鳥剣奥義 水滴石穿】

Hステータス

〈H回数〉76　〈オナニー回数〉67　〈感度〉75　〈淫乱指数〉24
〈好きな体位〉正常位
〈プレイ内容〉朗読プレイ、ブルマープレイ

ネネ

ステータス

〈レベル〉32　〈クラス〉魔術士
〈種族〉犬耳族　〈性別〉女　〈年齢〉**
〈HP〉212/212　〈MP〉331/331
〈TP〉87/87　〈状態〉通常
〈EXP〉380574　〈NEXT〉19426
〈所持金〉151540

基本能力値

〈筋力〉5　〈俊敏〉5　〈体力〉4
〈魔力〉7+1　〈器用〉9　〈運〉19

スキル 現在のスキルポイント:315

【共感力☆ Lv4】【優しさ Lv3】【悪臭耐性 Lv1】【ファイアボール Lv3】【ヘイト減少 Lv1】【体力上昇 Lv5】【矢弾き Lv1】【アイテムストレージ Lv1】【幸運 Lv5】【オナニー Lv1】【痛み軽減 Lv1】【オートマッピング Lv1】【ブラインドフォール Lv1】【騎乗 Lv1】【アナルセックス Lv1】【精神耐性 Lv1】【混乱耐性 Lv1】【ライト Lv1】

Hステータス

〈H回数〉69　〈オナニー回数〉8　〈感度〉69　〈淫乱指数〉15
〈好きな体位〉座位
〈プレイ内容〉ブルマープレイ、姉妹プレイ、お尻プレイ

レティ

ステータス

〈レベル〉36　〈クラス〉魔導師
〈種族〉ヒューマン　〈性別〉女　〈年齢〉18
〈HP〉244/244　〈MP〉479/479
〈TP〉96/96　〈状態〉呪い(弱)
〈EXP〉452584　〈NEXT〉4716
〈所持金〉121540

基本能力値

〈筋力〉4　〈俊敏〉4　〈体力〉6
〈魔力〉20+10　〈器用〉8　〈運〉5−5

スキル 現在のスキルポイント:115

【床オナニー Lv5】【ファイアボール Lv5】【ブラインドフォール Lv5】【フレイムスピアー Lv5】【ファイアウォール Lv5】【マザー・スライム・レボリューション Lv5】【永劫火炎結晶死剣（ヴァスケットシュタインデス） Lv5】【デス】【アート・イズ・アン・エクスプロージョン Lv5】【ダーク・ファイア・キャッスル Lv5】【リターン・ワーク・ポイント Lv5】【オートマッピング Lv1】【精神耐性 Lv1】【混乱耐性 Lv1】……

Caution!

＊不思議な力により閲覧が妨害されました＊

Hステータス

〈H回数〉28　〈オナニー回数〉64　〈感度〉49　〈淫乱指数〉17
〈好きな体位〉後背位
〈プレイ内容〉魔法少女プレイ、放置プレイ、トランス

ルカ

ステータス

〈レベル〉36 〈クラス〉戦士
〈種族〉ヒューマン 〈性別〉女 〈年齢〉19
〈HP〉420/420 〈MP〉59/59
〈TP〉296/296 〈状態〉通常
〈EXP〉385585 〈NEXT〉16415
〈所持金〉21740

基本能力値

〈筋力〉18 〈俊敏〉13 〈体力〉17
〈魔力〉2 〈器用〉9 〈運〉6

スキル 現在のスキルポイント:12

【不屈 Lv1】【気合い Lv3】【回転斬り Lv3】【サークルウェイヴ Lv3】【オートマッピング Lv1】
【精神耐性 Lv1】【混乱耐性 Lv1】【ダブルスラッシュ Lv1】

Hステータス

〈H回数〉31 〈オナニー回数〉0 〈感度〉70 〈淫乱指数〉7
〈好きな体位〉正常位
〈プレイ内容〉娼婦プレイ、みせっこプレイ

フィアナ

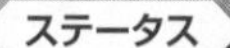

ステータス

〈レベル〉36　〈クラス〉僧侶
〈種族〉ヒューマン　〈性別〉女　〈年齢〉18
〈HP〉272/272　〈MP〉358/358
〈TP〉193/193　〈状態〉通常
〈EXP〉375585　〈NEXT〉26415
〈所持金〉24740

基本能力値

〈筋力〉3　〈俊敏〉4　〈体力〉7
〈魔力〉12　〈器用〉11　〈運〉2

スキル 現在のスキルポイント:202

【ヒール Lv3】【キュア Lv1】【ワイドヒール Lv1】【ターンアンデッド Lv1】【エグザーテイション Lv1】【加護の祈り☆ Lv3】【痛み軽減 Lv1】

Hステータス

〈H回数〉1　〈オナニー回数〉0　〈感度〉72　〈淫乱指数〉3
〈好きな体位〉正常位
〈プレイ内容〉生け贄プレイ

早希
ステータス
〈レベル〉36 〈クラス〉勇者/商人
〈種族〉ヒューマン 〈性別〉女 〈年齢〉18
〈HP〉324/324 〈MP〉60/60
〈TP〉346/346 〈状態〉通常
〈EXP〉375585 〈NEXT〉26415
〈所持金〉221740
基本能力値
〈筋力〉12 〈俊敏〉12 〈体力〉22
〈魔力〉7 〈器用〉22 〈運〉50
スキル 現在のスキルポイント:15
Caution!
スキルにより閲覧が妨害されました
Hステータス
〈H回数〉31 〈オナニー回数〉21 〈感度〉52 〈淫乱指数〉37
〈好きな体位〉正常位
〈プレイ内容〉言葉責めプレイ、3Pプレイ

✧あとがき

どうも皆さん、半年ぶり？　の「まさなん」です。

さて、第4巻はいかがでしたでしょうか？

実は……皆さんにお伝えしなければならない大事なことがあります。

この巻は京都大学の工学博士、矢尾谷教授のご協力により、「Tパンジー型RD」というAIプログラムを用い、量子コンピュータによって最初から最後まですべてを自動で作成し、原稿を出力したものです。

人間の「まさなん」は一行も書いておりません。

——と言ったら、「えっ！」というある種のときめきを感じてもらえるかな……と思って今嘘をつきました。申し訳ないです。実際は私が泣く泣くキーボードを手作業でカタカタ叩いて頑張りながら書きました。（たまにノリノリで楽しく書いているときもあります）

第4巻はカクーコインが登場しましたね。作中ではダメな方へ転がしてみましたが、新しい技術によって新しいモノや制度が生まれ、良いモノもあれば悪いモノもあるので変化が加速する世の中は難しいのぅと私は感じたりします。

アレックの冒険も難易度が上がって強敵も登場し、四大精霊やドラゴンなどファンタジーRPGではおなじみのボスが出てきました。ちょっとスリリングな展開に——なればいいな、という作者的願望はあります。皆さんに楽しんでもらえたなら私としても最高です。

それから私事で恐縮ですが、最近は小説やマンガを前より多く読むようになりました。

本の一ページ目を開いたときのあのワクワク感、それを内容の面白さが上回る作品や、続きが待ち遠しくて堪らない作品のレベルに少しでも自分が近づければいいなと思いつつ手を出し、「はえー」とか「スゲー」とか「そう来たか！」と筆が止まる戦々恐々な日々を送っております。面白くないと感じる作品も中にはあるのですが、方向性の違いもあるのだろうなと考えています。

そんな私が書いてしまった作品に、ご多忙な中で色々と細かい注文に応えて美麗なイラストに仕上げて下さったB－銀河先生、作者が気付いていない話の矛盾点を優しくご指摘していただいた編集K様、その他たくさんのご支援をしていただいた関係者の方々のおかげで、この巻も無事に世に送り出すことができました。この場を借りて謝辞とさせていただきます。

薬味紅生姜先生の描かれるコミカライズ版ミーナもめっちゃ可愛いです！

ウェブでの感想や、ツイッターのいいね、アマゾンレビュー、ファンレターなど、様々な形で応援していただいて、とても嬉しく思っています。

そしてそして、こうして4巻までお付き合い頂いた読者の皆様には言葉で言い尽くせない感謝の気持ちでいっぱいです。大変ありがとうございます！

ゲーム内のウマに蹴られながら――

【追記】
シリーズ発行部数7万部を突破したそうです。
B－銀河最強！　B－銀河最強！
薬味紅生姜最強！　薬味紅生姜最強！
転スラの折り込みチラシ最強！
アキバｂｌｏｇ最強！
エロ無双読者最強ォー!!!

装備ヨシー！スキルヨシー！

今日も異世界ご安全に！！

GC NOVELS

エロいスキルで異世界無双 4

Record of Erotic Warrior

2021年10月8日初版発行

著者 まさなん

イラスト B-銀河

発行人 子安喜美子

編集 川口祐清

装丁 森昌史

印刷所 株式会社エデュプレス

発行 株式会社マイクロマガジン社
〒104-0041 東京都中央区新富1-3-7 ヨドコウビル
［販売部］TEL 03-3206-1641／FAX 03-3551-1208
［編集部］TEL 03-3551-9563／FAX 03-3297-0180
https://micromagazine.co.jp/

ISBN978-4-86716-190-6 C0093

本書は小説投稿サイト「ミッドナイトノベルズ」（https://mid.syosetu.com/）に掲載されていたものを、
加筆の上書籍化したものです。

ファンレター、作品のご感想をお待ちしています！

宛先 〒104-0041 東京都中央区新富1-3-7 ヨドコウビル
株式会社マイクロマガジン社 GCノベルズ編集部「まさなん先生」係「B-銀河先生」係

**右の二次元コードまたはURL（https://micromagazine.co.jp/me/）を
ご利用の上、本書に関するアンケートにご協力ください。**

■ご協力いただいた方全員に、書き下ろし特典をプレゼント！
■スマートフォンにも対応しています（一部対応していない機種もあります）。
■サイトへのアクセス、登録・メール送信の際にかかる通信費はご負担ください。

GC NOVELS 話題のウェブ小説、続々刊行！ 毎月30日発売